श्री सूत्रधारमण्डनप्रणीते वास्तुशास्त्रे

रूपमण्डनम्

डॉ० बलराम श्रीवास्तव

मोतीलाल बनारसीदास
दिल्ली, वाराणसी, पटना, मद्रास
बंगलौर, कलकत्ता

द्वितीय संशोधित संस्करण १९९६

मोतीलाल बनारसीदास
बंगलो रोड, जवाहरनगर, दिल्ली ११० ००७
१२०, रॉयपेट्टा हाई रोड, मैलापुर, मद्रास ६०० ००४
१६ सेन्ट मार्क्स रोड, बंगलौर ५६० ००१
अशोक राजपथ, पटना ८०० ००४
८ केमक स्ट्रीट, कलकत्ता ७०० ०१७
चौक, वाराणसी २२१ ००१

नरेन्द्र प्रकाश जैन, मोतीलाल बनारसीदास, बंगलो रोड
दिल्ली ११०००७ द्वारा प्रकाशित तथा शिवम् प्रिन्टर्स,
इण्डियन प्रेस कालोनी मलदहिया,
वाराणसी द्वारा मुद्रित

निवेदन

भारतीय वास्तुशास्त्र की परम्परा में 'रूपमण्डन' एक महत्त्वपूर्ण कड़ी है। इस ग्रन्थ के प्रणेता सूत्रधारमण्डन कुशल शिल्पी और वास्तु-शास्त्रज्ञ थे। इस ग्रन्थ की एक पाण्डुलिपि को श्रीउपेन्द्रमोहन सांख्यतीर्थ ने 'देवतामूर्तिप्रकरण' के परिशिष्ट रूप में १९३६ में प्रकाशित किया था। 'रूपमण्डन' के प्रस्तुत संस्करण में उनके द्वारा प्रकाशित 'संस्करण' का उपयोग किया गया है, इसके लिये हम उनके कृतज्ञ हैं। किन्तु प्रस्तुत संस्करण का मुख्य आधार वाराणसेय संस्कृत विश्वविद्यालयीय सरस्वती-भवन की खण्डित प्रति है। पाठ-संशोधन में एसियाटिक सोसाइटी कलकत्ता से प्राप्त 'रूपावतारमण्डन' और 'वास्तुशास्त्र' का भी सहारा लिया गया है। इस कार्य में मुझे अधिक सहायता 'अपराजितपृच्छा' से मिली है। 'रूपमण्डन' का अधिकांश विवरण या तो 'अपराजितपृच्छा' का उद्धरण है या छाया-ग्रहण। 'अपराजितपृच्छा' के अतिरिक्त मत्स्यपुराण, अग्निपुराण, विष्णुधर्मोत्तरपुराण, मानसोल्लास आदि प्रसिद्ध ग्रन्थ भी पाठ संशोधन में सहायक रहे हैं। इस प्रकार प्रस्तुत संस्करण का पाठ पूर्व प्रकाशित पाठ की अपेक्षा अधिक शुद्ध है।

शिल्प और वास्तु ग्रन्थों का अनुवाद कतिपय कारणों से बड़ा कठिन कर्म है। प्राचीन शिल्प की परम्पराएँ नष्ट हो गयी हैं। शिल्प के जो ग्रन्थ आज उपलब्ध हैं उनका पाठ शुद्ध रूप में अभी तक नहीं आया है। इस कारण प्राचीन शिल्प-ग्रन्थों का ठीक-ठीक आशय ग्रहण करना कभी-कभी बड़ा ही कठिन प्रतीत होता है। प्रस्तुत ग्रन्थ के सम्बन्ध में ये समस्याएँ और भी भयंकर रूप में आयी हैं। 'रूपमण्डन' की विभिन्न पाण्डुलिपियों के पाठ इतने अशुद्ध हैं कि बहुत कम ऐसा अंश 'रूपमण्डन' का अवशिष्ट रहा है जिसमें पाठ-संशोधन की आवश्यकता न पड़ी हो। कहीं-कहीं तो दो भिन्न ग्रन्थों के दो भिन्न आशयों को एक ही श्लोक में इस प्रकार उद्धृत कर दिया गया है कि उनसे प्रसंगानुकूल कोई आशय निकाल पाना कठिन सिद्ध हुआ है।

पाठ-संशोधन तथा अनुवाद कार्य में मुझे गुरुवर डॉ० विश्वम्भरशरण पाठक से बड़ी सहायता मिली है। वे हर समय मेरी सहायता और प्रोत्साहन के लिये तत्पर रहते थे। यदि उनकी ऐसी कृपा न होती तो शायद मैं 'रूपमण्डन' के वर्तमान संस्करण को पूर्णता न दे पाता।

मैं अपने पाठकों से प्रकाशन-सम्बन्धी अशुद्धियों के लिये क्षमा भी चाहता हूँ। जैसा कि मैं निवेदन कर चुका हूँ, 'रूपमण्डन' के उपलब्ध पाठ अत्यन्त ही भ्रष्ट और त्रुटित मिले हैं। मैंने यथाशक्ति सुधार की चेष्टा की है, फिर भी पूरी सफलता नहीं मिली है। मूलपाठ ज्यों का त्यों देकर संशोधित पाठ ( ) चिह्नों के अन्तर्गत दिया गया है। अनुवाद के सम्बन्ध में भी मैं यह निवेदन करना आवश्यक समझता हूँ कि पाठक महोदय इसे सटीक अनुवाद न समझकर यदि भावानुवाद समझें तो अच्छा होगा।

बलराम श्रीवास्तव

विषयानुक्रमणी

भूमिका

खण्ड १

वास्तु तथा शिल्पशास्त्र की परम्परा और 'रूपमण्डन'

वास्तु और शिल्पशास्त्र की भारतीय परम्परा बड़ी ही प्राचीन है। कुछ लोग तो इस शास्त्र का उद्‌गम वैदिक साहित्य से मानते हैं और इसे वेदाङ्ग के अन्तर्गत अथवा उपवेद मानते हैं।[1] वास्तुपरक विषय शुल्वसूत्र में आये हैं। वास्तु और शिल्प में बड़ा संम्बन्ध है। मूर्तिशास्त्र शिल्प के अन्तर्गत है। इस प्रकार जो वास्तुशास्त्र के आचार्य थे वे शिल्पज्ञ भी थे। 'रूपमण्डन' में भी ऐसी ही धारणा व्यक्त की गयी हैं। ग्रन्थकार मण्डन ने अपनी कृति 'रूपमण्डन' को वास्तुशास्त्र के अन्तर्गत ही माना है :—

विश्वरूपं नमस्कृत्य पूर्वतन्त्रानुसारतः।
मण्डनस्तनुते वास्तुशास्त्रं श्रीरूपमण्डनम् ॥
(१।१)

वास्तुशास्त्रोपदेष्टाओं की सूचियाँ

वास्तुशास्त्र की परम्परा की प्राचीनता पुराणादि प्राचीन ग्रन्थों में सङ्कलित वास्तुशास्त्रोपदेष्टाओं की लम्बी-लम्बी सूचियों से स्वयं सिद्ध है। 'बृहत्संहिता' की सूची में गर्ग, मय, विश्वकर्मन्, वसिष्ठ, नग्नजित्, भास्कर और मनु के नाम गिनाये गये हैं।[2]

'मत्स्यपुराण' की सूची में अठारह वास्तुशास्त्रोपदेशकों की गणना की गयी है :—

भृगुरत्रिर्वसिष्ठश्च विश्वकर्मा मयस्तथा।
नारदो नग्नजिच्चैव विशालाक्षः पुरन्दरः ॥
ब्रह्मा कुमारो नन्दीशः शौनको गर्ग एव च।
वासुदेवोऽनिरुद्धश्च तथा शुक्रबृहस्पती ॥
(मत्स्य० २५१।२–३)

---

१. हरिदास, देवतामूर्ति प्रकरण की भूमिका, पृ० २०-२१

२. बृहत्संहिता अ० ५७

'अग्निपुराण' की सूची इससे भी लम्बी है और पचीस आचार्यों की गणना करती है :—

व्यस्तानि मुनिभिर्लोके पञ्चविंशति संख्यया ।
हयशीर्षं तन्त्रमाद्यं तन्त्रं त्रैलोक्यमोहनम् ॥
वैभवं पौष्करं तन्त्रं प्रह्लादं गार्ग्यगालवम् ।
नारदीयं च सम्प्रश्नं शाण्डिल्यं वैश्वकं तथा ॥
सत्योक्तं शौनकं तन्त्रं वशिष्ठं ज्ञानसागरम् ।
स्वायम्भुवं कापिलं च तार्क्ष्यं नारायणीयकम् ॥
आत्रेयं नारसिंहाख्यमानन्दाख्यं तथारुणकम् ।
बौधायनं तथार्षं तु विश्वोक्तं तस्य सारतः ॥
(अग्नि० ३९ । १–५)

'मानसार' की सूची और भी विस्तृत है तथा इस सूची में बत्तीस आचार्य आते हैं :—

विश्वकर्मा च विश्वेशो विश्वसारः प्रबोधकः ।
वृतश्चैव मयश्चैव त्वष्टा चैव मनुर्नलः ॥
मानविन्मानकल्पश्च मानसारो बहुश्रुतः ।
प्रष्टा च मानबोधश्च विश्वबोधो नयस्तथा ॥
आदिसारो विशालश्च विश्वकाश्यप एव च ।
वास्तुबोधो महातन्त्रो वास्तुविद्यापतिस्तथा ॥
पाराशरीयकश्चैव कालयूपो महाऋषिः ।
चैत्याख्यश्चित्रक आवर्यः साधकसारसहितः ॥
भानुश्चेन्द्रश्च लोकज्ञः सौराख्यः शिल्पिवित्तमः ।
त एव ऋषयः प्रोक्ता द्वात्रिंशति संख्यया ॥
(मानसार० ६८ । ५–९)

'विश्वकर्माप्रकाश' में भी एक संक्षिप्त सूची है :

इति प्रोक्तं वास्तुशास्त्रं पूर्वं गर्गाय धीमते ।
गर्गात्पराशरः प्राप्तस्तस्मात्प्राप्तो बृहद्रथः ॥
बृहद्रथाद्विश्वकर्मा प्राप्तवान् वास्तुशास्त्रकम् ।
स एव विश्वकर्मा जगतो हितायाकथयत्पुनः ॥
(विश्वकर्माप्रकाश)

तिब्बत में नग्नजित् का 'चित्र-लक्षण' उपलब्ध हुआ है, जिसमें विश्वकर्मा, प्रह्लाद और नग्नजित् का स्मरण आचार्यों के रूप में किया गया है :—

सम्यक् परीक्ष्य संक्षेपान्मतानि विश्वकर्मप्रह्लादनग्नजितानां[1]।

'मत्स्य' की सूची की अपेक्षा 'अग्निपुराण' और 'मानसार' की सूचियाँ भ्रष्ट और काल्पनिक हैं तथा इनमें पुनरुक्ति दोष भी है।[2] इन आचार्यों में कुछ तो ज्ञान-विज्ञान के अधिष्ठाता देवता, कुछ ऋषि (वैदिक या वैदिक पौराणिक दोनों) कुछ असुर और कुछ सामान्य शिल्पज्ञ आचार्य (पौराणिक और ऐतिहासिक) हैं। इन सूचियों में ब्रह्मा, शिव, अग्नि, सोम-चन्द्र, इन्द्र-पुरन्दर, कुबेर, गणपति, विष्णु, नारायण, वासुदेव, प्रजापति, भास्कर या सूर्य, कुमार, मातङ्गी, नन्दीश, पुलस्त्य, मत्स्य, यम, वरुण, मरुत, विशालाक्ष, अनिरुद्ध, वैश्रवण, सरस्वती, आदि[3] देवी-देवताओं की गणना वास्तु और शिल्पशास्त्र की अपौरुषेयता सिद्ध करने के लिये की गयी है। इसी प्रकार बहुत से ऋषियों की भी गणना का तात्पर्य शास्त्र की आर्षता सिद्ध करने के लिये है। व्यास, वसिष्ठ, मनु, जमदग्नि, च्यवन, भृगु, भारद्वाज, बृहस्पति, गर्ग, गौतम, विश्वामित्र, कौशिक, ऐतरेय, अंगिरा इस कोटि के ऋषि थे, जो वैदिक और पौराणिक शास्त्र प्रणेता तो अवश्य थे किन्तु उनका वास्तुशास्त्र से सम्बन्ध नहीं प्रमाणित होता। जिन ऋषियों के नाम पर ग्रन्थ मिलते भी हैं[4] यथा अगस्त्य (अगस्त्य सकलाधिकार और अगस्त्य प्रोक्त सर्वाधिकार), कश्यप (काश्यपशिल्प), नारद (नारदसंहिता और नारदशिल्प), नग्नजित् (चित्र लक्षण), पिशुन (वास्तुविधानम्), पराशर (वास्तुशास्त्र), विश्वकर्मा (ये परम्परा से वास्तु और शिल्प के प्रणेता माने जाते हैं। इनके ग्रन्थ विश्वकर्मपद्धति, विश्वकर्मपुराण, विश्वकर्मप्रकाश, विश्वकर्ममत, विश्वकर्मशास्त्र, विश्वकर्मशिल्प, विश्वकर्मसंहिता, विश्वकर्म वास्तुशास्त्र आदि कहे

१. देवतामूर्ति प्रकरण की भूमिका, पृ० १०।

२. वही पृ० ११।

३. इन नामों का संकलन उपर्युक्त पुराणादि ग्रन्थों की सूचियों तथा हरिदास प्रणीत 'कन्ट्रीब्यूसन टु ए बिवलिओग्राफी ऑफ इण्डियन आर्ट एण्ड एस्थेटिक्स' पृ० ५४-७३ के आधार पर किया गया है। पुराण तथा 'मानसार' की ही तरह आचार्यों की सूचियाँ 'मयमत', 'सनत्कुमार वास्तुशास्त्र', 'अपराजित वास्तुशास्त्र' आदि में भी मिलती हैं।

४. इनकी सूची श्री हरिदास महोदय ने अपने ग्रन्थ 'कन्ट्रीब्यूशन टु ए बिवलिओग्राफी ऑफ इण्डियन आर्ट एण्ड एस्थेटिक्स' में दी है। पृ० ५४-७३ सम्मेलन पत्रिका, 'कला अंक', पृ० ५०९-११ भी द्रष्टव्य है।

जाते हैं), सनत्कुमार (सनत्कुमार वास्तु), सिद्धार्थ (सिद्धार्थ पृच्छा और सिद्धार्थ संहिता) आदि। ये प्रायः वैदिक अथवा पौराणिक ऋषि या शास्त्रप्रणेता हैं किन्तु इनके नाम पर प्रस्तुत ग्रन्थ इनकी परम्परा की तरह प्राचीन नहीं हैं। इन ऋषियों के नाम पर लिखे गये अधिकांश ग्रन्थ तो गुप्तोत्तर और पूर्वमध्यकालीन या इससे भी परवर्त्ती प्रतीत होते हैं। 'मत्स्यपुराण', 'अग्निपुराण' और 'विष्णुधर्मोत्तर पुराण' के मूर्ति प्रकरण क्रमशः मत्स्य, हयग्रीव और मार्कण्डेय द्वारा उक्त हैं। किन्तु इनके विषय में सामान्यरूप से यही कहा जा सकता है कि गुप्त या गुप्तोत्तर युगों में पुराणों का जब संकलन होने लगा[1] तो समाज में, विशेषतया मूर्तिकारों में शिल्प और वास्तु के सम्बन्ध में जो परम्पराएँ प्रचलित थीं, उनका श्रमपूर्वक संग्रह करके पुराणकारों ने मत्स्य, हयग्रीव, मार्कण्डेय आदि देवताओं और ऋषियों के नाम पर स्वयं ही इन विषयों का विवेचन कर दिया। जो बात इन आर्य ऋषियों तथा इनके तथाकथित ग्रंथों के लिए सत्य है वही मय (इनके कुछ ग्रंथों के नाम मयदीपिका, मयमत या मायामत, मयमत प्रतिष्ठा तन्त्र, मयमत शिल्पशास्त्रविधान, मयशास्त्रम्, मयशिल्पम्, मयसंग्रह, मयशिल्पशतकम् आदि कहे जाते हैं) प्रह्लाद आदि असुर वास्तुप्रणेताओं के भी विषय में भी सत्य है। अन्तर केवल यही कहा जा सकता है कि दोनों में प्राचीन काल से चलनेवाली दो भिन्न परम्पराओं (आर्य और अनार्य) का संकलन है।

इसमें कोई सन्देह नहीं कि (जहाँ तक उपलब्ध मूर्तिप्रकरणात्मक ग्रन्थों से संकेत मिलता है) मूर्तिशास्त्र की प्राचीन परम्परा, जो सम्भवतः मौखिक थी, लिपिबद्ध रूप में पूर्वगुप्त या गुप्त युग में संकलित हुई। आठवीं और नवीं शती में आगम साहित्य का विशेष प्रचार बढ़ा। इन आगमों के क्रियापाद में मूर्तिशास्त्र की विवेचना को प्रमुखता मिली है।[2]

---

१. बृहत्संहिता (६ठीं शती ईसवी) का मूर्ति प्रकरण (अध्याय ५७) भी मत्स्यपुराण का समकालीन है। विष्णुधर्मोत्तर भी (मुख्यतया उसका तृतीय काण्ड) गुप्तकालीन रचना है। स्टेला क्रमरिश, विष्णुधर्मोत्तर पृ० ४-५। अग्निपुराण बाद का (दशमी शती का पूर्वार्द्ध) का संकलन है। पुराण विवेचन पृ० २१५

२. श्री गोपीनाथ राव महोदय ने आगम साहित्य का श्रमपूर्वक आलोड़न किया है और उसका उपयोग वैष्णव तथा शैव मूर्तियों के विवेचन में किया है। द्रष्टव्य–उनका ग्रन्थ "एलिमेन्ट्स ऑफ हिन्दू आइकनोग्राफी" (चार खण्डों में)। मूर्तिप्रकरणयुक्त प्रमुख आगम ग्रन्थ हयशीर्ष पञ्चरात्र, वैखानस आगम, सुप्रभेद आगम, किरण आगम, कामिकागम, अंशुमद्भेदागम आदि हैं।

पूर्वमध्यकालीन-युग में वास्तुशास्त्र की परम्परा

पूर्वमध्यकालीन-युग भारतीय इतिहास और संस्कृति की सक्रियता का युग है। मुसलमानों के आक्रमण से भारतीय राजनीति और संस्कृति को भारी आघात लगा था। इस्लाम का आक्रमण ही 'बुतपरस्ती' के प्रति 'जिहाद' था। अतएव मूर्तिकला और मूर्तिशास्त्र की इस युग में दुर्दशा होना स्वाभाविक ही था। फिर भी आघात की भीषणता की तुलना में हिन्दू जीवन और संस्कृति क्षतिग्रस्त न हुई और सुरक्षात्मक प्रतिरोध की दिशा में नाना प्रयास होने लगे। प्राचीन ग्रन्थों और परम्पराओं के संरक्षण का प्रशंसनीय प्रयास हुआ।

वास्तु और शिल्पशास्त्रीय विवेचन में इस युग के ग्रंथों में प्रचुर मौलिकता है। पूर्वयुग की परम्पराओं का सम्यक् निर्वाह और संकलन करते हुए, इस युग के वास्तुशास्त्रोपदेष्टाओं ने नूतन उद्भावनाओं और प्रयोगों के प्रति, अपने ग्रन्थों में गहरी आस्था व्यक्त की है। प्राचीन और नवीन मान्यताओं और परम्पराओं का समन्वयात्मक निर्वाह जितना इस युग में हुआ है उतना अन्य किसी भी युग में नहीं। प्राचीन को भी इन शिल्पशास्त्रज्ञों ने ऐसा मनोरम रूप दिया है कि 'पुरा नवं भवति' की उक्ति इस युग के लिये अक्षरशः चरितार्थ होती है।

यद्यपि इस युग के वास्तु और शिल्प संबंधी शास्त्रीय ग्रंथों की सम्प्रति कोई सूची नहीं प्रस्तुत की जा सकती, क्योंकि उस युग के शिल्पशास्त्रीय 'कर्तृत्व' का बहुलांश अज्ञात और ज्ञात का भी अधिकांश अप्रकाशित, खंडित और दुष्प्राप्य है किन्तु उनमें से कुछ विशिष्ट ग्रंथों की चर्चा वास्तु और शिल्पशास्त्र की गुप्तोत्तर परम्परा की जानकारी के लिये आवश्यक है। यहाँ उन ग्रंथों का निर्देश और भी जरूरी है जिनसे 'रूपमण्डन' प्रभावित है। 'मानसार' और 'मयमत' ग्रंथ तो गुप्तोत्तर काल के हैं किन्तु इनमें वास्तु और शिल्प की बड़ी प्राचीन परम्परा सुरक्षित है। 'मयमत' से सूत्रधारमण्डन विशेष प्रभावित था। उसने 'देवतामूर्ति प्रकरण' में 'मयमत' को कई जगह उद्धृत किया है। 'मयमत' नवीं शती के उत्तरार्द्ध में अपने वर्तमान रूप को पा चुका था। धाराधिप भोज विरचित 'समराङ्गणसूत्रधार' वास्तु संबंधी सामग्री से भरा पड़ा है। इसमें मूर्तिशास्त्रीय विवेचन भी विपुल है।[1] इस ग्रंथ का रचना-काल ग्यारहवीं शती है। प्रसिद्ध चालुक्य नरेश सोमेश्वरदेव तृतीय ने (११२६–३८) बारहवीं शती में प्रचलित-मूर्तिशास्त्रीय परम्पराओं का अच्छा संकलन अपने ग्रंथ 'अभिलषितार्थचिन्तामणि' के तृतीय प्रकरण में किया है। इस रचयिता का 'मानसोल्लास' इसी 'अभिलषितार्थ-

---

१. द्रष्टव्य-द्विजेन्द्रनाथ शुक्ल, प्रतिमा-विज्ञान, परिशिष्ट 'स'।

चिन्तामणि' का ही अंग है, यह कोई पृथक् रचना नहीं है। श्री भुवनदेव (विश्वकर्मा ?) का 'अपराजितपृच्छा' वास्तु तथा शिल्प-सम्बन्धी ज्ञान का महासागर है। 'अपराजितपृच्छा' में शिल्प की गुजरात में प्रचलित परम्पराओं का अच्छा संकलन है। सूत्रधार मंडन स्वयं भी गुजराती था और उसे गुजरात की शिल्प परम्परा का अच्छा परिचय था। उसने 'रूपमण्डन' और 'देवतामूर्ति प्रकरण' के प्रणयन में 'अपराजितपृच्छा' का अच्छा उपयोग किया है। इस ग्रंथ का रचना-काल विवादग्रस्त है किन्तु बहुमान्य तिथि बारहवीं शती और तेरहवीं शती का पूर्वार्द्ध है। तेरहवीं शती के महान् विद्वान् और शास्त्रज्ञ हेमाद्रि ने 'चतुर्वर्गचिन्ता-मणि' के 'व्रतखण्ड' में मूर्तिशास्त्रीय परम्पराओं का बड़ा अच्छा संकलन किया है। उसी प्रकार के संकलनकर्त्ता, लगभग उसीके समकालीन गोपाल भट्ट थे। सूत्रधार मण्डन को हेमाद्रि और गोपाल भट्ट के संकलनों का पता था। कुमार विरचित 'शिल्परत्न' की तिथि अभी तक अनिश्चित ही है। 'शिल्परत्न' के सम्पादक साम्ब शिवशास्त्री ने 'शिल्परत्न' का समय सोलहवीं शती का उत्तरार्द्ध माना है। 'शिल्परत्न' में कुमार ने लिखा है 'श्रीकुमारनामधेयेन श्रीदेवनारायणराजचूड़ामणिपादसेवकेन लिखितमिदम्' इससे यह व्यक्त होता है कि कुमार देवनारायण का आश्रित था। देवनारायण का समय सोलहवीं शती का उत्तरार्द्ध स्वीकृत किया जाता है।[1] श्रीहरिदास और श्रीजितेन्द्रनाथ बनर्जी का कथन है कि सूत्रधार मण्डन पर 'शिल्परत्न' का विशेष प्रभाव है।[2] किन्तु सूत्रधारमण्डन का समय, सोलहवीं सती का पूर्वार्द्ध ठहरता है तो क्या यह सम्भावित नहीं है कि श्रीकुमार ने ही सूत्रधार मण्डन के 'रूपमण्डन' और 'देवतामूर्ति प्रकरण' के उद्धरणों का उपयोग अपने ग्रन्थ के प्रणयन में किया हो ?

कुछ भी हो, इतना तो स्पष्ट ही है कि अपने पूर्ववर्त्ती शिल्पपरम्पराओं के विशाल सागर को 'रूपमण्डन' के गागर में भरने का सूत्रधार मण्डन ने सफल और स्तुत्य प्रयास किया है।[3]

शिल्पशास्त्रों का मध्यकालीन मूर्तिकला पर प्रभाव

यह आरोप लगाया जाता है कि मूर्ति-विधान सम्बन्धी इन शास्त्रों ने मध्य-कालीन प्रतिमा को यान्त्रिक कर दिया और इनके द्वारा तत्कालीन कलाकारों की

१. शिल्परत्न, त्रिवेन्द्रम, १९२९ भाग २, भूमिका, पृ० १
२. बनर्जी, पृ० २३, देवतामूर्ति प्रकरण, भूमिका, पृ० ५
३. 'रूपमण्डन' में आये पूर्व ग्रन्थों के उद्धरणों को यथास्थान इङ्गित किया गया है।

सौन्दर्य भावना की उन्मुक्त व्यंजना न हो सकी है। अतएव इस युग की मूर्तियाँ "अच्छी भले हों पर महान् नहीं हैं"।[1] अनुभूति और कर्तृत्व-प्रतिभा को शास्त्रीय मान्यताओं में जकड़ जाना पड़ा और प्रतिभा स्वयं में कोई स्वतन्त्र सत्ता न रहकर उपासना के लिये यान्त्रिक माध्यम बन गयी। ऐसी स्थिति में प्रतिमा न तो कलाकार से ही अपना सम्बन्ध स्थापित कर सकी और न उपासक से। न तो यह कलाकार की सौन्दर्यानुभूति का बिम्ब रहा और न वह देवता का वास्तविक रूप ही। इनमें कलाकार की सौन्दर्य और आध्यात्मिक अनुभूतियों का समन्वय न हो सका।[2] डा० आनन्दकुमार स्वामी ने मध्ययुगीन कला को यान्त्रिक बताया है किन्तु उन्होंने इसके लिये शिल्पशास्त्रीय ग्रन्थों को जिम्मेदार न बताकर इस यान्त्रिकता को कला-विकास की अनिवार्य अवस्था कहा है। उनका कथन है कि "भारत में, अन्य देशों की ही भाँति भारतीय कला का उत्तरोत्तर विकास प्रारम्भिक (Primitive), उत्कर्ष (Classical), पारम्परिक (Rococo), और यान्त्रिक (Mechanical) अवस्थाओं के क्रम में हुआ है।[3] वे मध्ययुगीन-कला की विशेषतया, नवीं से बारहवीं शती की मूर्तिकला की विकासावस्था को यान्त्रिक अवस्था मानते हैं।

भारतीय मूर्तिकला के इतिहास के विवेचन में 'मध्यकालीन मूर्तिकला' कहना ही भ्रामक है। श्रीवेन्जमिन रौलैण्ड महोदय ने यह अभिमत दिया है कि 'मध्यकालीन' शब्द गुप्तोत्तर कला के लिये बहुमत से प्रयुक्त होता है जो दुर्भाग्य-पूर्ण है। इसके दो परिणाम होते हैं एक तो इस युग की कला पाश्चात्य देशीय मध्यकालीन कला से तुलना की अपेक्षा रखती है और दूसरे यह कि मध्यकालीन-कला कहना मात्र ही दो कला-अवस्थाओं की मध्यस्थिति का उद्बोधन करता है।[4] दोनों ही दृष्टियों से गुप्तोत्तर-कला को मध्यकालीन कहना ठीक नहीं है। न तो यह कला मध्यकालीन पाश्चात्य कलाओं से तुलनीय है और न यह भारतीय मूर्तिकला के विकास की मध्यावस्था का ही परिचायक है। यह तो गुप्तोत्तर-कला का ही क्रमिक विकास है, जिसकी विकास-परम्परा चरमावस्था के बाद आक्रमणादि बाह्य कारणों से, सहसा विनष्ट हो गयी। गुप्तोत्तर मूर्तिकला अर्थात् सातवीं

---

१. देखिए निहार रञ्जन रे का मत, स्ट्रगिल फार इम्पायर, पृ० ६४३

२. वही पृ० ६४२

३. आनन्दकुमार स्वामी, हिस्ट्री आफ इण्डियन एण्ड इण्डोनेशियन आर्ट, पृ० ७२

४. दि आर्ट एण्ड अर्किटेक्चर आफ इण्डिया, पृ० १५३

से पन्द्रहवीं और सोलहवीं शती तक की मूर्तिकला के विकास का एक स्वाभाविक क्रम है और इसके बाद भारतीय मूर्तिकला का सहसा विनाश होता है। अतएव 'मध्यकालीन मूर्तिकला' भारतीय मूर्तिकला की कोई अवस्था नहीं है।

अब यह भी विवेच्य है कि गुप्तोत्तर युग की कला, मुख्यतया नवीं से पन्द्रहवीं शती की, कहाँ तक यान्त्रिक है। कुमारस्वामी के मत से गुप्तकालीन मूर्तिकला, उत्कर्षावस्था की मूर्तिकला है। अतएव इससे यह सिद्ध हुआ कि पूर्वगुप्त मूर्तिकला प्रारम्भिक स्थिति की मूर्तिकला है। किन्तु गंभीरतापूर्वक विचार करने पर ऐसा लगता है कि सिन्धुघाटी से लेकर कुषाणकाल तक हजारों वर्षों के मूर्तिकला-प्रयास को प्रारम्भिक प्रयास मात्र कहना ठीक नहीं है। इस अवधि में ऐसी अनेक उपलब्धियाँ मूर्तिकला के क्षेत्र में हुई जिनकी तुलना हम विश्व के महान् और उत्कर्षकालीन कला-नमूनों से कर सकते हैं। कुमारस्वामी महोदय गुप्तकालीन कला को ३२० ई० से ६०० ई० की अवधि में सीमित मानते हैं।[१] अर्थात् भारतीय मूर्तिकला की उत्कर्षावस्था ३२०—६०० ईसवी ही है। इसके बाद की अवस्थाएँ परम्परा के निर्वाह और यान्त्रिकता की हैं। किन्तु सभी कला-आलोचक यह जानते हैं कि सातवीं और आठवी सती की मूर्तिकला गुप्तकालीन उत्कृष्ट परम्पराओं का निर्वाह मात्र नहीं बल्कि नूतन उद्भावनाओं और प्रयोगों से सम्पुष्ट हैं। स्वयं कुमारस्वामी महोदय अन्यत्र यह स्वीकार करते हैं कि पूर्वं मध्यकालीन मूर्तिकला संक्रान्ति का युग है जिसमें गुप्तकाल की अपेक्षा कहीं अधिक व्यापकता और सम्पन्नता है। कलाव्यंजना के लिये देवविद्या और सृष्टिविद्या का आधार मिला जिससे अनेक प्रकार के कलाव्यंजक विषयों का प्रचलन हुआ। यह तथ्य हिन्दू, बौद्ध और जैन तीनों ही सम्प्रदायों के लिये सत्य है। पौराणिक और धार्मिक निगूढ़ तत्त्वों को सरल ढंग से व्यक्त करने की क्षमता आयी। मूर्तिकारों को इस युग में न केवल शिल्प की ही परम्पराओं का सहारा मिला बल्कि उसके साथ साधना, ध्यान और मंत्रों के क्षेत्र में प्रचलित परम्पराएँ भी सहयोग करने लगीं। पूर्वमध्यकालीन मूर्तिकला में गुप्तकालीन मूर्तिकला की अपेक्षा कहीं अधिक नाटकीय शक्ति और स्वतंत्र गति है, आदि।[२] आठवीं शती की मूर्तिकला के विषय में डा० वासुदेवशरण अग्रवाल का अभिमत सराहनीय और मौलिक है। वे कहते हैं, आठवीं शताब्दी में भारतीय कला एक नये ओज से प्रभावित हुई। उसने कोमल और सुकुमार भावों को पीछे छोड़ा और वह एक दिग्गज विराट्

---

१. कुमारस्वामी, वही पृ० ७१

२. कुमारस्वामी, इन्ट्रोडक्सन टू इण्डियन आर्ट, पृ० ७३-७४

भाव को अपना कर आगे बढ़ीं। महत्ता, विशालता और विराट्भाव को पाकर कला ने मानों फिर अपने प्राणों की प्राप्ति की। दार्शनिक क्षेत्र में शंकराचार्य ने घोषित किया कि मनुष्य साढ़े तीन हाथ की परिमित देह में बापुरी शक्तिवाला पुतला नहीं है, वह तो देवों के साथ स्पर्धा करनेवाला ब्रह्म और आत्मा की एकता का अधिकारी है। शंकर का ब्रह्मात्मैक्य भाव एक नये अर्थ के साथ जीवन के सभी अंगों को शक्ति देता हुआ उठ खड़ा हुआ। कला के क्षेत्र में मनुष्य की कायपरिमाण मूर्तियाँ पीछे हटीं; उनके स्थान देवतुल्य विशाल प्रतिमाएँ गढ़ी जाने लगीं। आदि।[1]

जो विशेषताएँ आठवीं शती की मूर्तिकला के संबंध में कही गयी हैं वे नवीं शती की मूर्तिकला में भी परिलक्षित होती हैं। उत्तर मध्यकाल अर्थात् दसवीं से सत्रहवीं शती[2] की मूर्तिकला में भी कई तरह की प्रवृत्तियों का उदय हुआ, और कला में उत्कर्षता आयी। सच कहें तो ऐसा लगता है कि कला के आधुनिक इतिहासकारों ने इस युग की प्रतिमा और प्रवृत्तियों की ठीक-ठीक विवेचना ही नहीं की है। वास्तु की दृष्टि से यह युग भारतीय वास्तुकला का स्वर्ण-युग है। फिर पूर्वमध्यकालीन-युग की मूर्तिकला ही क्यों हीन है? वस्तुतः हीनता का कारण हमारा गुप्तकालीन दृष्टिकोण है। गुप्तकाल के कला-आदर्शों और मानदण्डों से हम पूर्वमध्यकाल की मूर्तिकला का विवेचन करेंगे तो असफलता होगी ही। आवश्यकता इस बात की है कि कला के हमारे आधुनिक आलोचक गुप्तोत्तर-युग की कलात्मक मान्यताओं को पहचानें और उनके प्रति न्याय करें। पहले पूर्व-मध्यकालीन-युग की मूर्तिकला के मापदण्डों को स्थिर करें, फिर इन बदले मानदण्डों से पूर्वमध्यकालीन मूर्तिकला का मूल्यांकन करें। ऐसा करना इसलिये आवश्यक है कि कला के मानदण्ड और आदर्श शाश्वत नहीं हैं, अपितु देश-काल सापेक्ष हैं। यदि पूर्वमध्ययुगीन-काल के मानदण्डों को स्थिर करने में हम सफल होंगे तो कोई आश्चर्य नहीं कि इस युग की मूर्तिकला भी हमें उतनी ही भव्य लगे जितनी कि इस युग की वास्तुकला।

---

१. डा० वासुदेवशरण अग्रवाल, कला और संस्कृति, पृ० २३९

२. सामान्यतया उत्तर मध्यकाल का आशय बारहवीं शती तक ही लिया जाता है। किन्तु ऐतिहासिक दृष्टि से उत्तर मध्यकाल का अर्थ सत्रहवीं शती तक लिया जाता है। मूर्तिकला की परम्परा भी बारहवीं शती तक ही सीमित नहीं है, अपितु इसका भी विकास सत्रहवीं शती, यहाँ तक कि उसके बाद भी होता रहता है।

यह कहना सत्य नहीं कि शिल्पशास्त्र की वजह से इस युग की मूर्तिकला रूढ़िग्रस्त हो गयी और कलाकार को नूतन उद्भावना के लिये कोई अवकाश नहीं मिला। वस्तुतः शिल्पशास्त्र की युक्तियाँ सुविधा के लिये ही थीं और इनमें सामान्यतया उन्हीं अनुभूत परम्पराओं का संकलन था, जो युगों-युगों से भारतीय मूर्तिकारों के व्यवहार में थीं। इन शास्त्रीय युक्तियों और विधानों से मूर्तिकला को उपयोगी (उपासना की दृष्टि से) बनने में सुविधा मिली। शिल्पकारों को आदेश था कि वे मूर्ति-विधान में सौंदर्य भावना की उपेक्षा न करें। 'शुक्रनीति'[1] में आदेश है कि शिल्पी को शोभा और पटुता का अवश्य ध्यान रखना चाहिये—

पाटवे तु यथाशोभि सर्वमानेषु कल्पयेत्।

(शुक्रनीति ४।५१६)

सर्वाङ्गानां यथाशोभि पाटवं परिकल्पयेत्।

(शुक्रनीति ४।५४७)

शोभा और सौन्दर्य भी कोई पृथक् तत्त्व नहीं है। किसी प्रतिमा का सम्पूर्ण प्रभाव से सौन्दर्याभास होता है। प्रतिमा की पूर्णतायें केवल मुख भाग या सम्पूर्ण देह भाग की ऐन्द्रिक या भावात्मक शोभा से ही नहीं होती प्रत्युत उसमें तालमान आदि तत्त्वों का होना भी आवश्यक है। व्यक्तिगत सौन्दर्यानुभूति भी सौन्दर्य का मानदण्ड नहीं है। अपितु, परम्परा अथवा सामाजिक भावनाओं के आधार पर जिसे सुन्दर कहा जा सके, वह सुन्दरता का मानदण्ड है। 'शुक्रनीति' में रमणीयता की व्याख्या इसी दृष्टि से की गयी है—

शास्त्रमानेन यो रम्यः स रम्यो नान्य एव हि।
शास्त्रमानविहीनं यदरम्यं तद्विपश्चिताम्॥

(शुक्रनीति ४।५२७)

रमणीयता के इस अर्थ के साथ ही साथ यह भावना भी चल पड़ी थी कि कलात्मक सौन्दर्य की पूर्णता आध्यात्मिक सौन्दर्य के साथ ही है। भारतीय प्रतिमा का उद्देश्य सौन्दर्यानुभूति के साथ ही साथ देवसान्निध्यानुभूति भी है। भारतीय-कला के प्रति इस युग की उपयोगितावादी दृष्टि का ही यह परिणाम है। दूसरे शब्दों में हम कहें तो यह गुप्तकालीन सौन्दर्यानुभूति, प्रक्रिया और प्रवृत्ति का स्वाभाविक विकास है जिसमें भौतिक सौन्दर्य और आध्यात्मिक सौन्दर्य का समन्वय है। गुप्तकालीन प्रतिमाओं के मुख से एक द्युति प्रस्फुटित होती है। यह तत्त्व गुप्तकालीन-कला का सराहनीय तत्त्व है। किन्तु इसे कलाकार विशेष की उपलब्धि

---

१. शुक्रनीति बारहवीं शती का ग्रन्थ है।

भी कहा जा सकता है क्योंकि, गुप्तकालीन सभी प्रतिमाओं पर यह आभा समान रूप से नहीं मिलती। किन्तु मध्ययुग में अर्थात् ग्यारहवीं, बारहवीं शती तथा इसके बाद की मूर्तियों पर यह आध्यात्मिक तत्त्व प्रतीक, आयुध और अलंकरण के द्वारा सार्वभौम बनाया गया तथा सार्वजनीन भी। प्रतिमा के देवत्व के आभास का माध्यम इस युग में तथाकथित आध्यात्मिक सौन्दर्य (Spritual beauty) या दैवी 'आभा' (Divine-grace) ही नहीं रह गया अपितु उसे प्रतीकादि के द्वारा और भी सुगमतापूर्वक व्यक्त किया गया। उस युग में यह भी भावना थी कि प्रतिमा की सुन्दरता देवता को भी आकृष्ट करती है। अतएव मध्ययुग की सौन्दर्य-भावना सक्रिय होकर मूर्तियों को सजाने लगी। यह प्रवृत्ति पाल-कला में विशेष-रूप से प्रचलित हुई। अलंकरण की इस प्रवृत्ति के दो लाभ हुए। एक तो देवता आकृष्ट हुआ और दूसरे उपासक भी। साधक और साध्य का केन्द्र-विन्दु, मूर्ति, देवसान्निध्य का सहज माध्यम बन गया। किन्तु मूर्ति के बाह्य अलंकरण, मूर्ति की प्रतीक योजना और उपासक के मन की सौन्दर्यानुभूति (जो बहिरंग चेष्टाओं से सुलभ थी) केवल स्थूल सौन्दर्यबोध और आध्यात्मिक भावना के सृजन में समर्थ थे। वास्तविक आध्यात्मिक सौन्दर्य दर्शन तो ध्यानगम्य हैं। ध्यानावस्था में प्रतिमा के वाह्य रूपरंग की कोई सत्ता नहीं रहती। ध्यानस्थ होते ही भक्त के मन में जिसकी अन्तर्दृष्टि अभी भी मूर्ति में ही केन्द्रित रहती है, भौतिक और आध्यात्मिक सौन्दर्य की निर्झरिणी प्रस्फुटित होती है। इसी कारण प्रतिमा-निर्माण के लिये और उपासना भाव के लिये "देवो भूत्वा देवं यजेत्" का सूत्र चल पड़ा था। "भैरवो भूत्वा भैरवं यजेत्" की भावना का ही परिणाम था कि बटुक भैरव की प्रतिमा में भीषणता के साथ ही साथ बालसुलभ कोमलता लाने की भी सफल चेष्टा हो सकी। इस प्रकार इस युग की भावना थी कि शास्त्र की युक्तियां ही नहीं अपितु देवरूप का जो बिम्ब भक्त या शिल्पी के मन में है उसीका सादृश्य और प्रतिबिम्ब ही देवता का वास्तविक रूप है। देवमूर्ति का लक्षण-निर्णय का आधार भी सेवक-सेव्य भाव हो गया :—

सेवकसेव्यभावेषु प्रतिमालक्षणं स्मृतम्।

(शुक्र० ४। ५७९)

इस प्रकार यह सिद्ध होता है कि मध्ययुग के शिल्पी युग-युग से अनुभूत शास्त्र युक्तियों के आधार पर तो शिल्पकर्म करते ही थे किन्तु यथावश्यकता और यथारुचि उन्हें स्वतन्त्र उद्‌भावनाओं के लिये भी पूर्णतः छूट थी :—

प्रतिमां कल्पयेच्छिल्पी यथारुच्यपरैः स्मृतः।

(शुक्र० ४। ४७५)

यह भी ज्ञातव्य है कि कलाकार की चेष्टा, इस युग में भी केवल प्रतिमा-निर्माण क्षेत्र में ही सीमित न थी। अपितु उसे लोक जीवन तथा कल्पना क्षेत्र से जो प्रेरणाएँ मिलती थीं, उनके लिये भी उसे सुविधा थी। ऐसी मूर्तियों के निर्माण में उसे शास्त्रीय युक्तियों से नहीं बँधा रहना पड़ता था। 'रूपमण्डन' में भी इसकी व्यवस्था दी गयी है। सूत्रधार ने प्रथम अध्याय के दूसरे श्लोक में ही कह दिया है कि शास्त्र की युक्तियाँ केवल देवतारूप के निरूपण के लिये ही उचित हैं :—

प्रासादे लिंगमूर्तीनां प्रमाणं शास्त्रलक्षणम्।
मनुष्यपशुपक्ष्यादिरूपं कुर्यात्तदाकृतेः॥
(रूपमण्डन १-२)

सूत्रधार मण्डन और उनकी कृतियाँ

सूत्रधार मण्डन के विषय में श्रीरत्नचन्द्र अग्रवाल ने महत्त्वपूर्ण सामग्री का संग्रह किया है।[1] उन्होंने सूत्रधार श्री भँवरलाल संग्रह के एक ताम्रपत्रलेख को प्रकाशित किया जिसका निम्नलिखित पाठ है :—

१. महाराजाधिराज महाराणा श्री मोकल आदेशात् सूत्रधार।
२. मण्डन वेतराकस्य थने गुजरात थी बुलायो अठे दरबार में।
३. सीलप सास्त्र भरायो थको सुथार हो नहीं जीसु थने गुजरात।
४. थी बुलायो बहुत मेनतसु।
५. मस १ प्रत रू० ३०

इस ताम्रपत्रलेख के विवादस्पद पक्ष[2] में न फँसते हुये भी दो निष्कर्ष बहुमान्य

१. सम्मेलन पत्रिका 'कला अंक', पृ० २८५-२९१
२. श्रीरत्नचन्द्रजी की स्थापना है कि (१) यह लेख भाषा और शैली की दृष्टि से पंद्रहवीं शती का नहीं है। (२) मोकल के समय में अनेक शिल्पी थे और शिल्पियों का अभाव न था कि मोकल गुजरात से मण्डन को बुलाता। (३) यदि मण्डन मेवाड़ दरबार में मोकल के समय में होता तो तत्कालीन शिला-लेखों में अन्य सूत्रधारों और शिल्पियों की तरह कहीं न कहीं उसकी चर्चा अवश्य होती—सम्मेलन पत्रिका 'कला अंक', पृ० २८५। किन्तु यह ताम्रलेख सम्भव है कि किसी पूर्व लेख की प्रतिलिपि हो अथवा सूत्रधार के सम्बन्ध में प्रचलित पूर्व परम्परा का इस लेख में बाद को कभी लिपिबद्ध किया गया हो।

होंगे। एक तो यह कि मण्डन गुजराती था और दूसरा यह कि वह महाराणा कुंभा के पूर्व अर्थात् मोकल के समय में ही मेवाड़ में अपने पिता के साथ आ बसा था। सम्भव है कि कुछ समय तक उसे दरबारी सूत्रधारों के बीच में प्रमुखता न मिली हो और यही कारण हो कि मोकल के इस ताम्रपत्रलेख के अतिरिक्त अन्य किसी अभिलेख में उसका नाम न आया हो और वह महाराणा कुंभा या कुंभकरण के समय में ही निपुण शिल्पी के रूप में प्रख्यात हुआ हो।

'रूपमण्डन' में स्वयं मण्डन ने अपने पिता का नाम 'क्षेत्र' बतलाया है और अपना स्थान मेदपाट अर्थात् मेवाड़ बतलाया है :—

श्रीमद्देशे मेदपाटाभिधाने
क्षेत्राख्योऽभूत् सूत्रधारो वरिष्ठः।
पुत्रो ज्येष्ठो मण्डनस्तस्य तेन
प्रोक्तं शास्त्रं मण्डनं रूपपूर्वम्॥
(रूप० ६-४०)

चूँकि यह मण्डन की उक्ति है अतएव इसका शब्द-शब्द सही है। भँवर-लाल संग्रह के ताम्रपत्रलेख और इस कथन में एक समता तो यह है कि मण्डन के पिता का नाम श्री 'क्षेत्र' या 'षेत' था। अतएव उस ताम्रपत्र-लेख की सत्यता को हम सर्वथा अस्वीकार नहीं कर सकते। भले ही यह ताम्रलेख पंद्रहवी शती का न हो किन्तु उसमें उल्लिखित परम्परा या अनुश्रुति असत्य नहीं प्रतीत होती। इससे यह निष्कर्ष भी ग्राह्य है कि 'रूपमण्डन' के प्रस्तुत श्लोक में मेद-पाट को मण्डन ने अपने पिता का तत्कालीन स्थान बताया है, न कि मूल।[1]

श्री क्षेत्र का ज्येष्ठ पुत्र मंडन महाराणा कुंभा के काल और आश्रय में विख्यात हुआ। यह तथ्य मंडन के एक अन्य ग्रन्थ 'राजवल्लभ' से भी ज्ञात होता है। इसमें मंडन लिखता है :—

श्रीमेदपाटे नृपकुम्भकर्णस्तदङ्घ्रिराजीवपरागसेवी।
स मण्डनाख्यो भुवि सूत्रधारस्तेनोद्धृता भूपतिवल्लभोऽयम्॥
(राजवल्लभ० १४।४३)

सूत्रधार मण्डन केवल सूत्रधार ही नहीं अपितु शास्त्रज्ञ और शास्त्र-प्रणेता भी था। इसने पूर्व प्रचलित शिल्पशास्त्रीय मान्यताओं का पर्याप्त अध्ययन किया

१. सूत्रधार मंडन के गुजराती होने का एक प्रमाण यह भी है कि उसके 'रूपमण्डन' पर 'अपराजितपृच्छा' का विशेष प्रभाव है।

था और संस्कृत भाषा का भी अच्छा अभ्यास किया था। इसकी कृतियों में 'मत्स्यपुराण' से लेकर 'अपराजितपृच्छा' और हेमाद्रि तथा गोपाल भट्ट के संकलनों का प्रभाव है। इस प्रकार शास्त्र और लोक में शिल्प और वास्तु के सम्बन्ध में जो स्वस्थ और उपयोगी मान्यताएँ तथा परम्पराएँ थी उन सबका सम्यक् अध्ययन करके तथा उनके प्रति उचित दृष्टिकोण अपनाकर और अपनी व्यक्तिगत प्रयोगात्मक अनुभूतियों का आधार लेकर वास्तु और शिल्प के उसने कई ग्रंथ रचे थे। काशी के कवीन्द्राचार्य (सत्रहवीं शती) की सूची में इनके ग्रंथों की नामावली मिमलती है।[1] इसमें सूत्रधार मंडन के ग्रंथ, 'राजवल्लभ' 'वास्तु मण्डन', 'प्रासाद मण्डन', 'रूपमण्डन', 'राजवल्लभ शिल्प' और 'वास्तुशास्त्र-शिल्प' हैं। कवीन्द्राचार्य की सूची १९२१ में प्रकाशित हुई थी। हरिदास मित्र ने १९३६ में 'देवतामूर्ति प्रकरण' की भूमिका में सूत्रधार मण्डन के ग्रन्थों की एक सूची प्रस्तुत की है[2] जिसके अनुसार इनके नौ ग्रंथ ठहरते हैं। इनकी गणना इस प्रकार है:—

१. देवतामूर्ति प्रकरण,	२. प्रासाद मण्डन,	३. राजवल्लभ वास्तुशास्त्र,
४. रूपमण्डन,	५. वास्तुमण्डन,	६. वास्तुशास्त्र,
७. वास्तुसार,	८. वास्तुमञ्जरी,	९. आपतत्त्व।

इण्डिया आफिस लाइब्रेरी में सूत्रधार मण्डन के 'शिल्पशास्त्र', 'वास्तुशास्त्र' और 'प्रासाद मण्डन', 'वास्तु-विज्ञान' के ग्रंथ हैं।[3] प्रसन्नकुमार आचार्य की धारणा है कि इन सभी ग्रन्थों का अन्तिम संकलित रूप 'राजवल्लभ मण्डन' या 'राजवल्लभ' या 'सूत्रधार मण्डन' के नाम पर प्रचलित हुआ।[4] कवीन्द्राचार्य की सूची में 'राजवल्लभ' और 'राजबल्लभ-शिल्प' नामक दो ग्रन्थों की गणना है। हरिदास महोदय का कथन है कि सम्भवतः 'राजवल्लभ' वास्तु का ग्रंथ था और 'राजवल्लभ-शिल्प', मूर्तिशास्त्र का।[5] 'राजवल्लभ वास्तुशास्त्र' और 'वास्तुराजवल्लभ' एक ही ग्रंथ है। सूत्रधार मंडन विरचित ग्रंथ 'रूपमण्डन' है जो

१. कवीन्द्राचार्य-सूचीपत्रम्, गायकवाड़ ओरियण्टल सीरीज, अंक १७, १९२१ पृ० ३३, इण्डियन हिस्टारिकल क्वार्टरली खण्ड १६, पृ० ३०८, वर्ष १९४०।

२. देवतामूर्ति प्रकरण भूमिका, पृ० ३।

३. कैटलाग आफ संस्कृत मैन्सक्रिप्टस् इन दि लाइब्रेरी आफ इण्डिया आफिस, ग्रन्थ संख्या ३१४२, १२९१, ३१४७, २२५३।

४. इण्डियन आर्किटेक्चर अकार्डिङ्ग टू मानसार शिल्पशास्त्र, पृ० १०३

५. देवतामूर्ति प्रकरण भूमिका, पृ० ४

सभी सूचियों में आया है। 'रूपमण्डन' के अतिरिक्त 'देवतामूर्ति प्रकरण' और किसी-किसी सूची में 'रूपावतार' भी मूर्तिशास्त्रीय ग्रन्थ बताया गया है।[1] किन्तु उपलब्ध पाण्डुलिपियों के आधार पर सूत्रधार मण्डन द्वारा प्रणीत स्वतन्त्र ग्रन्थ 'रूपमण्डन' ही ठहरता है जिसे उसने या बाद को किसी ने वास्तुशास्त्रीय ग्रन्थों के अंगरूप में संकलित कर दिया। 'रूपावतार' नाम से मुझे अभी तक उनके किसी ग्रन्थ की पाण्डुलिपि देखने को नहीं मिली। एसियाटिक सोसाइटी बंगाल से मैंने 'रूपावतारमण्डन' नाम्क एक पाण्डुलिपि मँगायी, जो वस्तुतः 'देवतामूर्ति प्रकरण' की एक अन्य प्रतिलिपि ही है। दोनों ग्रन्थों का अध्याय क्रम और विषय क्रम भी एक ही है। 'देवतामूर्ति प्रकरण' के अन्त में 'इति श्रीक्षेत्रात्मज [सूत्र ?]-भृन्मण्डनविरचिते वास्तुशास्त्रे रूपावतारे देवीमूर्तिलक्षणाधिकारो नाम अष्टमोऽध्यायः' लिखा है। ठीक यही वचन एसियाटिक सोसाईटी बंगाल के रूपावतार मंडन की प्रति पर भी अंकित है। किन्तु 'देवतामूर्ति प्रकरण' के आदितः षष्ठ अध्याय में सर्वत्र 'वास्तुशास्त्रे देवतामूर्तिप्रकरणे, द्वितीय अध्याय में 'रूपावतारे देवतामूर्ति-प्रकरणे' और छठें से आठवें अध्याय के अन्त में 'वास्तुशास्त्रे रूपावतारे' अंकित है। एसियाटिक सोसाइटी की प्रति में प्रत्येक अध्याय के अन्त में 'वास्तुशास्त्रे रूपावतारे' ही लिखा है। 'देवतामूर्ति प्रकरण' और 'रूपावतार मण्डन' के श्लोकों में साम्य है यद्यपि संख्या में थोड़ा अन्तर है। इसका विवरण इस प्रकार है :—

अध्याय	श्लोक संख्या 'देवतामूर्ति प्रकरण'	श्लोक संख्या 'रूपमण्डन'
१	५९	६३
२	३३	३३
३	२८	२५
४	६७	६६
५	११६	१२१
६	१६९	१७५
७	७४	८६
८	१२२	१२८

किन्तु यहाँ यह भी द्रष्टव्य है कि जहाँ 'देवतामूर्ति प्रकरण' में प्रत्येक अध्यायों की श्लोक गणना अध्यायानुसार पृथक्-पृथक् है और 'रूपावतार मण्डन' की श्लोक गणना

१. एम. आर. मजूमदार, इण्डियन हिस्टारिकल क्वार्टरली, १९४० पृ० ५२५
रतनचन्द्र अग्रवाल, सम्मेलन पत्रिका, पृ० २८७

प्रथमतः सप्त अध्याय तक एक ही क्रम से है, अध्यायानुसार पृथक्-पृथक् नहीं है। इस प्रकार 'रूपावतार मण्डन' में प्रथम अध्याय में १३, द्वितीय में ६४–९७, तृतीय में ९८–१२३, चतुर्थ में १२४–१९०, पंचम में १९१–३१२, षष्ठ में ३१३ ४८८ और सप्तम में ४८९–५७५ श्लोक आये हैं। अष्टम अध्याय में स्थिति भिन्न है और 'देवतामूर्ति प्रकरण' की ही तरह पृथक् रूप से १–१२८ श्लोकों की गणना है। दोनों ग्रन्थों की श्लोकसंख्या की कमी-वेशी और पाठभेद सम्भवतः ग्रन्थ के लिपिकारों की अनवधानता के कारण भी है। 'रूपावतार मण्डन' का 'देवतामूर्ति प्रकरण' से जो पाठभेद है, उसकी एक तालिका श्री उपेन्द्रमोहन ने अपने ग्रन्थ 'देवतामूर्ति प्रकरण' में (पृ० १७१–१८७) प्रस्तुत की है।

एसियाटिक सोसाइटी (कलकत्ता) ही में सूत्रधार मण्डन का 'वास्तुशास्त्र' नामक ग्रन्थ है [संख्या J, 89]। इस ग्रन्थ के एक प्रकरण में 'रूपमण्डन' सङ्कलित है। 'रूपमण्डन' की कुछ प्रतियाँ गुजरात में भी हैं। व्हूलर महोदय ने अहमदाबाद के सुखेश्वर शास्त्रो से 'रूपमण्डन' की एक पाण्डुलिपि प्राप्त की थी। वह पाण्डुलिपि १६२६ ई० की है जिसमें छत्तीस पत्र तथा प्रत्येक पत्र पर छब्बीस पंक्तियाँ हैं। व्हूलर के संग्रह में इस पाण्डुलिपि की एक प्रति थी।[1]

वाराणसेय संस्कृत विश्वविद्यालयीय सरस्वती भवन पुस्तकालय में भी 'रूपमण्डन' की एक खण्डित प्रति है (ग्रन्थ संख्या ४५४७६)। इस प्रति के कुल १२ पन्ने ही बचे हैं जिसमें एक से तीन अध्याय तो पूर्ण किन्तु चौथे अध्याय के केवल ५४ श्लोक ही अवशिष्ट हैं। ग्रन्थ का शेष अंश नष्ट हो गया है। 'देवतामूर्ति प्रकरण' में प्रकाशित 'रूपमण्डन' के पाठ से इस प्रति का पाठ पूर्णतया मिलता है। यहाँ तक कि हरिदास द्वारा सम्पादित प्रति का जो-जो अंश त्रुटित है वह अंश इस प्रति का भी है। ग्रन्थारम्भ में 'विश्वरूपं नमस्कृत्य' के पूर्व 'श्रीगणेशाय नमः, श्री सरस्वत्यै नमः, श्री गुरुभ्यो नमः' है। पता नहीं यह अंश मण्डन का ही है अथवा प्रतिलिपिकार ने जोड़ दिया है। ग्रन्थारम्भ या अन्यत्र भी 'देवतामूर्ति प्रकरण' की तरह 'वास्तुशास्त्रे देवतामूर्तिप्रकरण' या 'वास्तुशास्त्रे रूपावतारे देवतामूर्तिप्रकरण' नहीं है। प्रारम्भ तथा प्रत्येक अध्याय के अन्त में केवल 'रूपमण्डन वास्तुशास्त्रम्' अथवा 'रूपमण्डने वास्तुशास्त्रे' ही है।

मण्डन महाराणा कुंभा का सूत्रधार था। अतएव उसे मूर्तिनिर्माण का

१. जी. व्हूलर, ए. कैटलाग ऑफ संस्कृत मैन्सक्रिप्ट्स् ४, पृ० २७६; थियोडोर आफ्रैख्ट, कैटलाग्स कैटलागरम १, पृ० ५३४ मुझे इस संग्रह का 'रूपमण्डन' देखने को नहीं मिल सका।

प्रयोगात्मक अनुभव था। कहा जाता है कि कुंभलगढ़ का दुर्ग मण्डन की ही देख-रेख में बना था। कुंभलगढ़ से मातृकाओं और चतुर्विंशति वर्ग की कुछ विष्णु-प्रतिमाएँ मिली हैं जो 'रूपमण्डन' के आधार पर ही बनी प्रतीत होती हैं।[1] सम्भवतः ये मूर्तियाँ सूत्रधार मण्डन के द्वारा ही बनायी गयी थीं। यह भी सम्भव है कि उसने अपनी प्रत्यक्ष देख-रेख में इन प्रतिमाओं को अन्य शिल्पियों के सहयोग से तैयार कराया हो।

'रूपमण्डन' का परवर्ती सूत्रधारों द्वारा व्यवहार बहुत दिनों तक होता रहा। उन्नीसवीं शती में 'रूपमण्डन' की टीकाएँ भी हुईं। श्रीढ़हि लक्ष्मी पुस्तकालय (नाडियाद) में 'रूपमण्डन' की एक टीका है। इसमें 'रूपमण्डन' के श्लोकों का गुजराती में गद्यमय अनुवाद है।[2] अनुवाद का एक उदाहरण यहाँ द्रष्टव्य है :—

"वैकुंठमूर्तिः। गरुड़ासन करवा। अष्टबाहु करवा। गदा, खड्ग, बाण, चक्र, जिमणीं हाथि करवा। आगलि जिमणी पुरुषाकार नृसिंह करवा। बीजी पासा श्रीमूषा करवी।……" "कृष्णशंकर मूर्तिः। कृष्णशंकर एक अङ्ग करवा। दक्षिणाङ्गे रुद्र। वामाङ्गे कृष्ण। दक्षिणे जटाभार। वामे मुकुट। दक्षिणे कुंडल। वामे मकर कुंडल। दक्षिणे अक्षमाला त्रिशूल। वामे शङ्ख, चक्र करवा।

---

१. रत्नचन्द्र अग्रवाल, शोध-पत्रिका भाग ८, अंक ३, पृ० ७० आदि और भाग ९, अंक १, पृ० ७-१९।

२. इण्डियन हिस्टारिकल क्वार्टरली, अङ्क १६, पृ० ५२९।

खण्ड २

'रूपमण्डन' का अध्यायानुसार विवेचन

प्रथम अध्याय

'रूपमण्डन' का प्रथम अध्याय मुख्यतया तालाविकार है जिसके पूर्वांश में प्रतिमाद्रव्य के गुण-दोष का विवेचन भी है। आरम्भ में (श्लोक २) यह भी बताया गया है कि शास्त्र में केवल देवमूर्तियों का विवेचन होता है और उनके निर्माण में शास्त्र के ही लक्षणों का मुख्यतया पालन करना चाहिये। किन्तु देवेतर मूर्तियाँ (मनुष्य, पशु, पक्षी आदि) आकृतिपरक होती हैं। इसके बाद मूर्ति-निर्माण के लिये अच्छी-बुरी शिला का विवेचन है। इसी प्रसंग में (श्लोक १०) प्रतिमाद्रव्य के रूप में धातुओं, रत्नों, काष्ठ और प्रवाल की भी उपयुक्तता का विवेचन है। इन मूर्तियों के जीर्णोद्धार के विषय में कहा गया है कि सौ वर्ष से प्राचीन मूर्तियाँ हर-हालत में पूज्य हैं। खण्डित और भग्न मूर्तियाँ दुःखदायी होती हैं अतएव त्याज्य हैं। धातु और रत्न की मूर्तियों का तो संस्कार हो सकता है किन्तु काष्ठ और पाषाण की बनी मूर्तियों का जीर्णोद्धार नहीं होता। जीर्णोद्धार संबंधी विवेचन केवल इसी अध्याय में सीमित नहीं है। अध्याय दो के प्रथम श्लोक में भी इसकी चर्चा है जहाँ इसका संकेत किया गया है कि—सामान्य नियम तो यह है कि अंग-भंग प्रतिमा का विसर्जन कर देना चाहिये, किन्तु यदि किसी मूर्ति में साधारण क्षति हो अर्थात् नख, आभरण, माला या अस्त्र ही टूटा हो तो उसका विसर्जन आवश्यक नहीं है।

साधारण तौर पर देवताओं को मंदिरों में ही प्रतिष्ठित किया जाता है। किन्तु कुषाण-काल से ही यक्षादि की मूर्तियाँ बिना किसी देवालय के किसी बृक्ष के नीचे या खुले आकाश में भी प्रतिष्ठित करने की परम्परा भारत में थी। इस सम्बन्ध में मण्डन का विवेचन बड़ा ही पूर्ण और उपयोगी है। प्रतिमा की ऊँचाई के हिसाब से उसने मूर्ति-प्रतिष्ठा सम्बन्धी तीन कोटियाँ निर्धारित की हैं। घर में पूजा योग्य प्रतिमा एक से बारह अङ्गुल तक की ऊँचाई की होनी चाहिये। देवालयों में प्रतिष्ठित करने योग्य मूर्तियों की ऊँचाई बारह अङ्गुल से नौ हाथ तक की होनी चाहिये। प्रासाद के बिना जिन मूर्तियों की पूजा होनी है उनकी ऊँचाई दस हाथ से ऊपर होनी चाहिये। सूत्रधार ने यह नहीं बताया है कि नौ और दस हाथ के बीच

में जो मूर्तियाँ हों उनकी क्या व्यवस्था हो ? किन्तु अनुमानतः वे भी देवालय में प्रतिष्ठित हो सकती हैं, क्योंकि देवालय के बिना पूजी जाने योग्य मूर्तियों की ऊँचाई दस हाथ से शुरू होती है। बिना देवालय के पूजी जाने योग्य मूर्तियों की भी दो कोटियाँ हैं। दस हाथ से छत्तीस हाथ तक की ऊँची प्रतिमाओं को अलग-अलग प्रतिष्ठित करना चाहिये, बिना चबूतरे के। किन्तु इससे ऊँची अर्थात् छत्तीस से पैंतालिस हाथ तक की ऊँची प्रतिमा चबूतरे के आधार पर प्रतिष्ठित करनी चाहिये। यह व्यवस्था सम्भवतः सुरक्षा को दृष्टि में रखकर की जाती थी।

शिल्पकारों में मूर्ति-निर्माण तथा स्थापना सम्बन्धी कुछ धारणाएँ प्रचलित थीं, जैसे शुभ दिन को ही शिला प्राप्त की जाय, मन्दिर में प्रतिमा-प्रवेश के समय आगे-आगे बछड़ा ले जाया जाय, भूमि पर पड़ी शिला से मूर्ति-निर्माण के समय निश्चित दिशा में ही प्रतिमा का शीर्ष-भाग बनाया जाय आदि। इनका उल्लेख 'रूपमण्डन' के इस अध्याय में है। साथ ही, दुष्ट प्रतिमा अथवा अशुद्ध प्रतिमा का लक्षण और पहिचान बताकर अर्चा-वैकृत्य की भी विवेचना की गयी है। इसके उपरान्त तालमान का प्रसंग आता है। 'रूपमण्डन' में तालमान में प्रयुक्त मानों की चर्चा नहीं है, यद्यपि 'देवतामूर्ति प्रकरण' और 'रूपावतार मण्डन' में है (अध्याय २, १-२) किन्तु 'रूपमण्डन' के तालमान विवेचन के स्पष्टीकरण के लिये तालमान में प्रयुक्त विविध मानों की जानकारी आवश्यक है।

तालमान में प्रयुक्त मान

तालमान में प्रयुक्त मान की सबसे सूक्ष्म इकाई परमाणु है। परमाणु के आधार पर इससे ऊँची इकाइयों का वर्णन शास्त्रों में इस प्रकार है :—

"अष्टौ परमाणवो रथचक्रविप्रुट्। अष्टौ लिक्षा। ता अष्टौ यूकामध्यः। ते अष्टौ यवमध्या अङ्गुलम्।"

(अर्थशास्त्र० २, २०, २–६)

अर्थात्—

८ परमाणु = १ रथरेणु
८ रथरेणु = १ लिक्षा
८ लिक्षा = १ यूकामध्य
८ यूकामध्य = १ यवमध्य
८ यवमध्य = १ अङ्गुल[1]

---

१. राव ने अपनी तालिका में तीन तरह के अङ्गुलों का निर्देश किया है—उत्तममानाङ्गुल, मध्यमानाङ्गुल तथा अधममानाङ्गुल जो क्रमशः ८, ७ और ६ यव का होता था। राव० भाग १, २ परिशिष्ट बी० पृ० १।

'देवतामूर्ति प्रकरण' की मानतालिका इस प्रकार है :—

छाया रेणु(श्च) बालाग्र-लिक्षा-यूका यवोऽङ्गुलः ।
क्रमाद्दशगुणं मानं जिनसंख्यैः करोऽङ्गुलैः ॥
(दे० मू० २, १)

इस प्रकार कौटिल्य से लेकर सूत्रधार मण्डन के समय तक तालमान संबंधी मानपद्धति लगभग एक-सी रही है। कौटिल्य में बालाग्र का विचार नहीं किया गया है और ८ रथरेणु का १ लिक्षा माना गया है। सूत्रधार मण्डन के अनुसार रथरेणु और लिक्षा के बीच में एक इकाई बालाग्र थी। इन सबों का क्रम इस प्रकार होगा :—

८ परमाणु = १ रथरेणु
८ रथरेणु = १ बालाग्र
८ बालाग्र = १ लिक्षा

इसके बाद का क्रम कौटिल्य के 'अर्थशास्त्र' के समान ही है।

परमाणु से लेकर लिक्षा तक का मान अत्यन्त सूक्ष्म और काल्पनिक प्रतीत होता है। मूर्तिनिर्माण में वस्तुतः यूका का भी प्रयोग कम होता था। आँख आदि की बारीकियों के दर्शाने में यवमध्य का उपयोग मिलता है। वैसे, अङ्गुल ही सामान्यतया तालमान का व्यावहारिक आधार था। अङ्गुल के सम्बन्ध में कौटिल्य ने बताया है कि :—

अष्टौ यवमध्या अङ्गुलम्। मध्यमस्य पुरुषस्य मध्यमाया अङ्गुल्या मध्यप्रकर्षो वाङ्गुलम् ॥
(अर्थ० २ । २० । ६-७)

अर्थात् आठ यवमध्यों का एक अङ्गुल होता है। साधारणतया, मध्यम कद के पुरुष की मध्य अङ्गुली के मध्य भाग की मोटाई एक अङ्गुल का मान है। 'मत्स्यपुराण' में इसका संकेत है कि अङ्गुल का कोई निश्चित आधार नहीं था। 'मत्स्यपुराण' का वचन है :—

स्वकीयाङ्गुलिमानेन मुखं स्याद् द्वादशाङ्गुलम् ।
(मत्स्य० २५७ । १९)

यहाँ "स्वकीयाङ्गुलिमानेन" से यह स्पष्ट नहीं होता कि शिल्पकार का अङ्गुल

अथवा मूर्तिनिर्माण करानेवाले का अङ्गुल। 'वृहत्संहिता' में भी अङ्गुल के मान के संबंध में ऐसी ही उक्ति है।[1]

स्वैरङ्गुलप्रमाणैर्द्वादशविस्तीर्णमायतं च मुखम्।

(बृहत्संहिता ५७-४)

'शुक्रनीति' के अनुसार अंगुल को मुष्टि का चतुर्थ भाग बताया गया है :—

स्वस्वमुष्टेश्चतुर्थोंशो ह्यङ्गुलं परिकीर्तितम्।

(शुक्रनीति० ४-४०९)

इसी प्रकार की उक्ति 'प्रतिमामानलक्षण' में भी है :—

पल्लवानां चतुर्भागो मापनाङ्गुलिका स्मृता।

(१ । ४)

इस प्रकार अङ्गुल के मान के सम्बन्ध में दो प्रकार की परम्पराएँ प्राचीन भारत में प्रचलित थीं। एक तो आठ यवमध्य के बराबर एक अङ्गुल वाली जिसे एक सुनिश्चित मान माना जा सकता है। इसे मानाङ्गुल कहा गया है। श्रीजितेन्द्र बनर्जी महोदय की धारणा है कि आठ यवमध्य वाला अङ्गुल सामान्य अङ्गुल से बड़ा था और मूर्तिशास्त्र में प्रयुक्त नहीं होता था।[2]

किन्तु यह बड़े आश्चर्य की बात है कि लिक्षा से लेकर अङ्गुल तक की मान-योजना अव्यावहारिक होते हुए भी तालमान सम्बन्धी सभी प्रकरणों में उद्धृत है।

मानाङ्गुल की इस निश्चित मानयोजना के अतिरिक्त मात्राङ्गुल का भी प्रचार था। कौटिल्य की अङ्गुल सम्बन्धी दूसरी परिभाषा मध्यमस्य पुरुषस्य **मध्यमाया अङ्गुल्या मध्यप्रकर्षो वाङ्गुलम्** और 'वृहत्संहिता' (५७-४), 'शुक्रनीति' (४-४०९) और 'प्रतिमामानलक्षण' (१-४) की अङ्गुल सम्बन्धी धारणा मानाङ्गुल की तरह सुनिश्चित न थी और शिल्पकार अथवा यजमान के अङ्गुल की मोटाई के आधार पर कम या वेशी हो सकती थी। बनर्जी महोदय की धारणा है कि मात्राङ्गुल वास्तु और शिल्पशास्त्र में बहुमान्य था और इसका व्यवहार मूर्ति अथवा मन्दिर आदि की ऊँचाई नियत करने में होता था।[3]

'रूपमण्डन' में न तो मानाङ्गुल की चर्चा है और न मात्राङ्गुल की।[4]

---

१. वृहत्संहिता, ५७-४।

२. बनर्जी, पृ० ३१६-१७। बनर्जी महोदय की धारणा उचित है।

३. बनर्जी, पृ० ३१७।

४. 'देवतामूर्ति प्रकरण' में मानाङ्गुल की चर्चा सम्भवतः परम्परापरक है। वहाँ भी मात्राङ्गुल का उल्लेख नहीं है, दे० मू० प्र० २-१।

लगता है कि जैसे मूर्तिकारों में अङ्गुल सम्बन्धी धारणा स्थिर न थी और वह प्रतिमा-निर्माण के लिये उपलब्ध काष्ठ पाषाणादि प्रतिमा-द्रव्य की लम्बाई, चौड़ाई के आधार पर की जाती थी। यदि मानाङ्गुल अथवा मात्राङ्गुल के सुनिश्चित मान के आधार पर प्रतिमामान का निर्धारण होता तो प्राचीनकाल की सभी मूर्तियाँ विशेषकर समान ताल की, एक ही लम्बाई-चौड़ाई की होती। किन्तु ऐसा हुआ नहीं है। यह सही है कि भारतीय मूर्तिकारों को एक ताल (१२ अङ्गुल) से लेकर सोलह ताल (१२×१६=१९२ अंगुल) तक की प्रतिमा बनाने की सामान्यतया छूट थी। किन्तु, जैसा कि तालिका संख्या १ से ज्ञात होता है[1], विभिन्न तालों के लिये विभिन्न देवस्वरूप भी निश्चित थे।

तालिका संख्या १

ताल	रूपमण्डन के अनुसार	अपराजितपृच्छा के अनुसार
१	ग्रासवक्त्र	कीर्तिवक्त्र, जलचर
२	पक्षी	विहंग
३	कुञ्जर	कुञ्जर
४	किन्नर, अश्व	तुरंग
५	आसीन सुर, वृष, शूकर, वामन	किन्नर
६	गणनायक	गणनाथ, यक्ष
७	वृष, शूकर (वराहावतार ?) मानव	मानव
८	पार्वती	दिव्य योषित
९	सर्वदेवता	सर्वदेवता
१०	राम, बलि, रुद्र, जिन	राम, विष्णु, वैरोचन, सिद्ध, जिनवर
११	स्कन्द, भूत, चण्डिका	रुद्र, भूतगण
१२	वेताल	मधुमुरौ
१३	राक्षस	राक्षस
१४	दैत्य	दानव
१५	भृगु	चामुण्डा, भृगु
१६	क्रूरदेवता	'जटामुकुटचन्द्रालंकृतदेवता ?'

'रूपमण्डन' के अनुसार राम, बलराम, पार्वती, देवी, जिन, स्कंद, हनुमान को छोड़ शेष सभी देवताओं की मूर्तियाँ नव ताल की बनानी चाहिये।

सर्वे देवा नवांशका[2]।

---

१. रूपमण्डन, १।१९-२३।

२, वही, १।२१।

नवताल में देवप्रतिमा बनाने का विधान बड़ा ही प्राचीन और लोकप्रिय है। 'बृहत्संहिता' का विधान है कि प्रवर कोटि की मूर्तियाँ १०८ अङ्गुल (नवताल) की होनी चाहिये :—

दशरथतनयो रामो बलिश्च वैरोचनिः शतं विंशम्।
द्वादशहान्या शेषाः प्रवरसमन्यूनपरिमाणाः॥
(५७। ३०)

'मत्स्य', 'अग्नि' और 'विष्णुधर्मोत्तर' पुराणों का भी यही अभिमत है कि देवप्रतिमा नवताल में बननी चाहिये।

नवतालप्रमाणास्तु देवदानवकिन्नराः।
(मत्स्य० २५७। १६)

देवप्रतिमा निर्माण प्रसंग में 'अग्निपुराण' का वचन है :—

शिलां शिल्पी तु नवधा विभज्य नवमेंऽशके।
(अग्नि० ४४। २)

कार्या हंस[1]प्रमाणेन देवा.........।
(वि० ध० ३८। ६)

'शुक्रनीति' और 'प्रतिमामानलक्षण' के अनुसार भी देवता की मूर्ति नव ताल ही में बननी चाहिये :—

वामनी सप्तताला स्यादष्टताला तु मानुषी।
नवताला स्मृता दैवी राक्षसी दशतालिका॥
(शुक्रनीति ४। ४१०)

यत्किञ्चित् कायकायामं विभज्य नवभागतः।
(प्रतिमामानलक्षण १। ६)

यदि नव ताल ही में[2] सामान्यरूप से देवमूर्ति-निर्माण की परम्परा प्राचीन

---

१. 'विष्णुधर्मोत्तर' में पाँच प्रकार के पुरुष बताये गये हैं :—

हंस, भद्र, मालव्य, रुचक और शशक।

हंसो भद्रोऽथ मालव्यो रुचकः शशकस्तथा। वि० ध० ३। ३५।८।

इनकी ऊँचाई क्रमशः १०८, १०६, १०४, १०० और ९० अंगुल की बतायी गयी है, वि० ध० ३। ३५।९–११। इस प्रकार वि० ध० का हंस प्रमाण १०८ अंगुल या नवताल ही है।

२. कभी-कभी नव ताल से अधिक ताल की प्रतिमा बनाने का विधान है। यह परम्परा मध्ययुग में सम्भवतः क्षेत्रीय रूप में चली।

और बहुमान्य है तो प्राचीन मूर्तियाँ सामान्यतया १०८ अङ्गुल की ही होनी चाहिये। किन्तु ऐसे उदाहरण उपलब्ध नहीं होते। प्राचीन मूर्तियाँ विभिन्न मानों में उपलब्ध हुई हैं। प्रायः सभी ग्रन्थों में राम की प्रतिमा दश ताल में बनाने का विधान बताया गया है[1], किन्तु उपलब्ध प्रतिमाएँ १२० अङ्गुल की नहीं छोटी-बड़ी भी हैं। स्कन्द की प्रतिमा ग्यारह ताल में बनाने का विधान 'रूपमण्डन' में है।[2] कुषाण-काल से लेकर सत्रहवीं शती तक अनेक मूर्तियाँ स्कन्द की मिली हैं किन्तु वे समानरूप से १२० अंगुल की ऊँचाई की नहीं हैं, छोटी-बड़ी हैं।

प्रश्न उठता है कि आखिर ऐसा क्यों हुआ? जिस तालमान या मानयोजना को प्राचीन शिल्पशास्त्रों में इतना आदर दिया गया कि जो प्रतिमा मानहीन या मानाधिक है वह त्याज्य है[3], उसकी इतनी अवहेलना प्राचीनकाल में क्यों हुई कि उस मानयोजना के अनुसार प्रायः एक भी देवप्रतिमा नहीं उपलब्ध होती।

लगता है जैसे लोक में प्रचलित मानाङ्गुल और मात्राङ्गुल से परे मूर्तिकारों में कोई अन्य प्रकार का अङ्गुल प्रचलित था जिसे देहलब्ध अङ्गुल कहा जा सकता है। 'बृहत्संहिता', 'प्रतिमामानलक्षण' और 'मत्स्यपुराण' के समय से लेकर 'रूपमण्डन' के समय तक देहलब्ध अङ्गुल को शिल्पकारों के द्वारा मान्यता मिली थी। 'मत्स्यपुराण' का वचन है :—

प्रतिमामुखमानेन नवभागान् प्रकल्पयेत्।
(मत्स्य० २५७।२६)

ठीक यही उद्धरण 'रूपमण्डन' (१।३०) में भी मिलता है। 'मत्स्यपुराण' का विधान है कि पहले मुख के मान की कल्पना करनी चाहिये और फिर उसी के आधार पर पूरे शरीर की :—

मुखमानेन कर्तव्या सर्वावयवकल्पना।
(मत्स्य० २५७।१)

सामान्यतया आज भी जब कभी कोई चित्रकार का मूर्तिकार चित्र या मूर्ति

---

१. शुक्रनीति, ४।१२। बृहत्संहिता, ५७।३०। रूपमण्डन, १।२१।
२. ताला एकादश स्कन्दो हनुमान् भूतचण्डिका। रूपमण्डन, १।२२।
३. देवालये मानहीनां मूर्तिं भग्नां न धारयेत्। शुक्रनीति, ४।५२१।
'शुक्रनीति' का वचन है :—
हीनाङ्गी स्वामिनं हन्ति ह्यधिकाङ्गी च शिल्पिनम्।
४।५०६।

बनाता है तो मुख की ही कल्पना करता है। पहिले मुख का मान निश्चित करके पुनः उसके आधार पर पूरे शरीर का मान निश्चित करता है। इस आधार पर यह कहा जा सकता है कि सामान्यतया देवप्रतिमा नवताल में बनती थी और इस परम्परा में देवता का मुख एक भाग में बनता था[१] तथा शेष शरीर अठ भाग में। इस प्रकार मुखसहित पूरी प्रतिमा का योग नव भाग या ताल होता था।

'विष्णुधर्मोत्तरपुराण' में एक ताल के अंतर्गत द्वादश अङ्गुल बताया गया है:—

द्वादशाङ्गुलविस्तारस्ताल इत्यभिधीयते।
(३५। ११)

अब यह स्थिर किया जा सकता है कि नवताल में बनी प्रतिमा का एक देहलब्ध अङ्गुल कितना। 'बृहत्संहिता' के :—

स्वैरङ्गुलप्रमाणैर्द्वादशविस्तीर्णमायतञ्च मुखम्।
(अ० ५७।४)

यस्मात् काष्ठात् पाषाणादिकाद्वा प्रतिमा क्रियते तद्दैर्घ्यं पीठप्रमाण-विवर्जितं द्वादशभागविभक्तं कृत्वा तत्रैको भागो नवधा कार्यः, सोऽङ्गुल-संज्ञो भवति।

की व्याख्या उत्पल ने 'मत्स्यपुराण' की परम्परा अथवा कलाकारों के बीच प्रचलित परम्परा के आधार पर यह दी है कि :—

यह विधान १०८ (नवताल) की प्रतिमा-निर्माण के संबंध में बताया गया है। अतएव अब उत्पल के आधार पर यह आशय निकाला जा सकता है कि नवताल की बनी प्रतिमा के मुखभाग का द्वादशांश एक अङ्गुल (देहलब्ध अङ्गुल) है। 'अग्निपुराण' में भी इसी आशय की उक्ति है :—

शिलां शिल्पी तु नवधा विभज्य नवमेंऽशके।
सूर्यभक्तैः शिलायान्तु भागं स्वाङ्गुलमुच्यते॥
(अग्नि० ४४।२)

यद्यपि उत्पल ने १०८ अङ्गुल की दीर्घता वाली प्रतिमा के आधार पर ही यह अभिमत व्यक्त किया है किन्तु यहाँ यह भी कहा जा सकता है कि जैसे अङ्गुल का मान कोई निश्चित मान नहीं था वैसे ही ताल का मान भी अङ्गुल के आधार पर होने के नाते निश्चित नहीं था। दूसरे शब्दों में हम कह सकते हैं कि किसी

---

१. बृहत्संहिता, ५७।४। अग्नि०, ३४।४। मत्स्य०, २५७।१९। प्रतिमामानलक्षण, १।६। रूपमंडन, १।३०। शुक्रनीति ४।४१०।

भी नवताल प्रतिमा का नवाँ भाग एक ताल और उसका १/१०८ वां भाग अथवा एक भाग का द्वादश भाग एक अङ्गुल होगा। ऐसी कल्पना कर लेने से सहज ही इसकी व्याख्या की जा सकती है कि प्राचीन-काल में तालमान का अनुसरण करते भी छोटी बड़ी प्रतिमाओं का बनाना कैसे सम्भव हुआ ?

इस अनुमान के आधार पर और तालमानों का आशय समझा जा सकता है और एक से लेकर सोलह या इससे भी अधिक तालों में बनी प्रतिमाओं का अंगुलमान और तालमान निर्धारित किया जा सकता है। (द्रष्टव्य तालिका संख्या २)

तालिका संख्या २

ताल	मुख भाग (पूरी प्रतिमा का)	मुखसहित सर्वावयव योग (देहलब्ध अंगुलमें)	देहलब्ध अंगुल पूरी प्रतिमा का	विशेष
१	१/१२ अंगुल	१ ताल या १२	१/१२	एक ताल में प्रतिमाके लिये शिल्पकार कोई भी छोटी इकाई स्वीकार करेगा
२	१/६	२ × १२ = २४	१/२४	एक ताल की अनुमानित इकाई से दुगुनी
३	१/३	३ × १२ = ३६	१/३६	,, तिगुनी
४	१/४	४ × १२ = ४८	१/४८	,, चौगुनी
५	१/५	५ × १२ = ६०	१/६०	,, पचगुनी
६	१/६	६ × १२ = ७२	१/७२	,, छः गुनी
७	१/७	७ × १२ = ८४	१/८४	,, सात गुनी
८	१/८	८ × १२ = ९६	१/९६	,, आठ गुनी
९	१/९	९ × १२ = १०८	१/१०८	,, नव गुनी
१०	१/१०	१० × १२ = १२०	१/१२०	,, दस गुनी
११	१/११	११ × १२ = १३२	१/१३२	,, ग्यारह गुनी
१२	१/१२	१२ × १२ = १४४	१/१४४	,, बारह गुनी
१३	१/१३	१३ × १२ = १५६	१/१५६	,, तेरह गुनी
१४	१/१४	१४ × १२ = १६८	१/१६८	,, चौदह गुनी
१५	१/१५	१५ × १२ = १८०	१/१८०	,, पंन्द्रह गुनी
१६	१/१६	१६ × १२ = १९२	१/१९२	,, सौलह गुनी

'देवतामूर्ति प्रकरण' में अङ्गुल और ताल के बीच के भी कुछ मान गिनाये गये हैं :—

तस्याङ्गुलप्रमाणेन द्व्यङ्गुलं गोलकं भवेत् ।
कला च तत्समा प्रोक्ता द्वाभ्यां तु भागमेव च ॥
एभिरेव त्रिभिर्भागैस्तालमानं प्रकीर्तितम् ।
(दे० मू० प्र० २ । २–३)

'समराङ्गणसूत्रधार' में गोलक और कला का एक और पर्याय मात्रा बताया गया है ।

'मानसोल्लास' में 'देवतामूर्तिप्रकरण' की ही भाँति अङ्गुल और ताल के बीच की मानयोजना वर्णित है :—

एकाङ्गुलं भवेन्मात्रा द्वे [मात्रे] गोलकं कला ।
त्रिमात्रमर्द्धा(ध्य)र्द्धकला भागश्च चतुरङ्गुलम् ॥
त्रयो भागा वितस्तिः स्याद् वितस्तिस्ताल उच्यते ।
(मानसोल्लास १ । १९६)

इन मानों की तालिका इस प्रकार समझी जा सकती है :—

२. अङ्गुल का १ गोलक या १ कला या १ मात्रा ।
२. गोलक, २ कला या २ मात्रा का १ भाग ।

अथवा

४ अङ्गुल का १ भाग ।
३ भाग का १ ताल ।

'रूपमण्डन' में कला और गोलक संज्ञा का व्यवहार नहीं है । भाग और मात्रा का व्यवहार है । किन्तु भाग और मात्रा यहाँ ऊपर दी हुई तालिका के अनुसार नहीं हैं । 'रूपमण्डन' में भाग का अर्थ १२ अङ्गुल और मात्रा का अर्थ एक अङ्गुल है ।

तालमान

प्रतिमा निर्माण के लिये नाप जोख छः तरह से होता है । जिसके लिये मान, प्रमाण, उन्मान, परिमाण, उपमान और लम्बमान की संज्ञाएँ मूर्तिकारों में व्यवहृत होती थी । मान का अर्थ लम्बाई से, प्रमाण का चौड़ाई से, उन्मान का मोटाई से, परिमाण का परीणाह या घेरे (गोलाई) से, उपमान का दो अवयवों के बीच के स्थान से, लम्बमान का अर्थ प्रलम्बन रेखा की लम्बाई से है । इन

छः मानों का बोध विविध संज्ञाओं से होता है। श्री राव महोदय की तालिका के अनुसार[1] मानादि के पर्याय इस प्रकार हैं :—

मान =आयाम, आयत, दीर्घता।

प्रमाण =विस्तार, तार, स्तृति, विस्तुति, विसृतम्, व्यास, विसारित, बिपुल, तत, विष्कम्भ तथा विशाल।

उन्मान =बहल, धन, मिति, उच्छ्राय, तुङ्ग, उन्नत, उत्सेध, उच्च, निष्क्रम, निष्कृत, निर्गम, निर्गति तथा उद्‌गम।

परिमाण =मार्ग, प्रवेश, परिणाह, नाह, वृति, आवृति तथा नत।

उपमान =तीव्र, विदर तथा अन्तर।

लम्बमान=सूत्र, लम्बन तथा उन्मित।

खेद है कि इन सभी दृष्टिकोणों से मूर्ति निर्माण के लिये तालमान का वर्णन प्राचीन ग्रन्थों में समान रूप से नहीं मिलता।[2] कोई कोई ग्रंथ तो केवल मान अर्थात् प्रतिमा की दीर्घता का ही विचार करते हैं, प्रमाण उन्मान आदि की दृष्टि से नहीं। 'रूपमण्डन' में भी प्रतिमामान का सभी दृष्टिकोणों से विचार नहीं हुआ है। 'रूपमण्डन' में छः से नव ताल का विचार किया गया है। जिसमें षट्, सप्त और अष्टताल की प्रतिमा का मान बताते हुये मण्डन ने केवल प्रतिमा के मुख से लेकर पाद तक के लम्बमान अथवा दीर्घता का ही विवेचन प्रस्तुत किया है। अर्थात् मुख से ग्रीवा, ग्रीवा से हृदय, हृदय से मध्य, मध्य से नाभि-मेढ्र, नाभि-मेढ्र से ऊरु, ऊरु से जानु, जानु से जङ्घा और जङ्घा से पादमूल का लम्बमान में अन्तर बताया गया है। (द्रष्टव्य तालिकाएँ संख्या ३ से ६)

लम्बमान अथवा दोर्घता सम्बन्धी मान की व्यंजना में मण्डन ने जिन विशिष्ट शब्दों का प्रयोग किया है वे प्रमाण, और उत्सेध हैं। नवताल के वर्णन में विस्तार, दीर्घता, विस्तार, व्यास, और ऊर्ध्व भी आये हैं।

---

१. गोपीनाथ राव, म्योमायर्स आफ दी आर्कलाजिकल सर्वे आफ इण्डिया, सं० ३ पृष्ठ ३८,

२. वृहत्संहिता, अ० ५९; मत्स्य, अ० २५९; वि० ध० ख० ३। अ० ३५–३७; शिल्परत्न, अ० ५–१५; अपरा०, अ० २१०–११; प्रतिमामानलक्षण, पृ० २–५४, शुक्रनीति, ४। ४-५०३, समराङ्गण सूत्रधार, अ० ७५, मानसोल्लास, अ० १८।

विशेष जानकारी के लिये द्रष्टव्य, राव, म्योमायर्स आफ दी आर्कलाजिकल सर्वे आफ इण्डिया, संख्या, ३, बनर्जी अ० ८।

तालिका संख्या ३

षट् ताल में बनी प्रतिमा का प्रमाण

मुख	२ ताल
जठर	२ ताल
गुह्याङ्ग	४ ताल
ऊरु	७ अंगुल
जङ्घा	७ अंगुल
जानु	३ अंगुल
पाद	३ अंगुल

नोट—'रूपमण्डन' में षट् ताल के अन्तर्गत शूकर, वामन और गणनायक का विधान है। (रूपमण्डन १।२०) तालानुसार उपर्युक्त विभाजन अशुद्ध अपर्याप्त और विषम है।

तालिका संख्या ४

सप्त ताल में बनी प्रतिमा का प्रमाण

अवयव	**रू. म. के अनुसार**	**दे. मू. प्र. के अनुसार**
केशान्त	नहीं दिया है	३ मात्रा या अंगुल
मुख	१ ताल	१ ताल
ग्रीवा	३ अंगुल	३ अंगुल
हृदय	७½ अंगुल	७½ अंगुल
मध्य	९ अंगुल	९ अंगुल
नाभि-मेढ़्	७½ अंगुल	७½ अंगुल
ऊरु	१८ अंगुल	१८ अंगुल
जानु	नहीं दिया है	३ अंगुल
जङ्घा	नहीं दिया है	१८ अंगुल
पादान्त या पादोत्सेध	३ अंगुल	३ अंगुल

(१) 'रूपमण्डन' में केशान्त, जानु और जङ्घा का विवरण नहीं है। इसे दे० मू० प्रकरण के अनुसार समझना चाहिये। द्रष्टव्य मूलपाठ १। २६-२७ और उसकी टिप्पणी।

तालिका संख्या ५

अष्ट ताल में बनी प्रतिमा का प्रमाण

अवयव	रू. म. के अनुसार	दे. मू. प्र. के अनुसार
केशान्त	नहीं दिया है	३ मात्रा या अंगुल
मुख	१२ अंगुल	१२ अंगुल
ग्रीवा	३ अंगुल	३ (?) अंगुल
हृदय	९ अंगुल	९ अंगुल
मध्य	१२ अंगुल	१२ अंगुल
नाभिमेढ्	९ अंगुल	९ अंगुल
ऊरु	२१ अंगुल	२१ अंगुल
जानु	३ अगुल	३ अंगुल
जङ्घा	२१ अंगुल	२१ अंगुल
पादमूल	३ अंगुल	३ अंगुल
योग =	९३	९६

नोट—'रूपमण्डन' में केशान्त का मान नहीं दिया है, अतएव ३ अंगुल अष्टताल मान के योग से कम आता है। इन तीन अंगुलों के परिणाम में या तो केशान्त था (दे० मू० प्र० २।१९) अथवा 'शुक्रनीति' के अनुसार ग्रीवा, जानु और गुल्फान्त में तीन की अपेक्षा चार-चार अङ्गुल का परिमाण था।

शुक्रनीति के अनुसार

मुख	१२ (?) अंगुल
ग्रीवा	४ अंगुल
हृदय	१० अंगुल
उदर	१० अंगुल
वस्ति	१० अंगुल
सक्थि	२१ अंगुल
जानु	४ अंगुल
जङ्घा	२१ अंगुल
गुल्फाधः	४ अंगुल
योग =	९६

नोट—'शुक्रनीति' में अष्टताल के प्रसंग में मुख का मान स्पष्टतः नहीं दिया है। अनुमानतः इसका भी मुखमान सप्ततालवत् ही था। ग्रीवा से गुल्फाधः तक का योग अष्टताल के परिमाण अर्थात् ९६ अंगुल से केवल १२ अंगुल ही कम है अतएव अष्टताल में मुख का मान १२ अंगुल का समझना ही समीचीन होगा।

राव की तालिका के अनुसार 'रूपमण्डन' में दीर्घता अर्थ मान के लिये समझा जा सकता है। इसी प्रकार विस्तार का भी प्रयोग मण्डन ने चौड़ाई के अर्थ में किया है। किन्तु व्यास जहाँ राव महोदय के अनुसार प्रमाण या विस्तार का पर्याय है, मण्डन के अनुसार घेरे का बोधक है। 'रूपमण्डन' में प्रयुक्त ऊर्ध्व शब्द राव की तालिका में नहीं है। इसका अर्थ ऊँचाई समझना चाहिये। राव की तालिका में उत्सेध, उन्मान अर्थात् मोटाई का बोधक है। किन्तु 'रूपमण्डन' में उत्सेध भी लगभग ऊर्ध्व का ही पर्याय है।

एक ताल से लेकर सोलह ताल में जिन-जिन विशिष्ट देवों, देवियों, किन्नर, राक्षस आदि की मूर्तियाँ बननी चाहिये, उनका तालमान 'रूपमण्डन' में दिया है। (द्रष्टव्य तालिका संख्या १) किन्तु पृथक् से छः से नव ताल के अन्तर्गत बनने वाले देवी-देवताओं का तालानुसार अंग-विधान भी 'रूपमण्डन' में है। (रूपमण्डन १। २४–३९) खेद है कि 'रूपमण्डन' का तालानुसार अङ्गविधान अपूर्ण और अशुद्ध है। षट् ताल के विवेचन में मुख और जठर के बीच के अङ्गों की कोई चर्चा नहीं है। मुख का मान एक ताल की अपेक्षा दो ताल कहा गया है, जो स्पष्टतया अशुद्ध और भ्रामक है। जब सात, आठ और नव ताल की प्रतिमा केवल एक ही ताल में बनाना मण्डन ने बतलाया है तो षट् ताल की प्रतिमा भला दो ताल में कैसे हो सकती है? अवश्य ही यहाँ का अंश दोषपूर्ण है।[1] इसी प्रकार की अशुद्धियाँ सप्त और अष्टताल के भी विवेचन में हैं। द्रष्टव्य तालिकाएँ संख्या ४ और ५ तथा मूलपाठ अंश की (टिप्पणियाँ १ और २)

नवताल का शरीर-विधान बताते हुये मण्डन ने केवल बाह्य रूपरेखा का ही विवेचन किया है और स्थूल अंगों की ही लम्बाई, ऊँचाई और घेरा बताया है। प्रतिमा के लम्बमान की दृष्टि से नवताल का विवरण सर्वथा पूर्ण है।

किन्तु यह बड़े ही आश्चर्य का विषय है कि एक ही लेखक के दो ग्रन्थों में ('रूपमण्डन' और 'देवतामूर्ति प्रकरण' में) नवताल के सम्बन्ध में दो मान दिये हैं। 'देवतामूर्ति प्रकरण' में 'रूपमण्डन' से केशान्त (३ अंगुल) और उदर (४ अंगुल) का मान अतिरिक्त और गल, गुह्यप्रदेश और जानु का मान 'रूपमण्डन' के विवरण से क्रमशः दो, चार और दो कम है। वक्ष का मान भी 'देवता-

---

१. बहुत सम्भावना इस बात की है कि यह दोष ग्रन्थकार का नहीं, अपितु पाण्डुलिपिकार के कारण हो गया हो।

मूर्ति प्रकरण' में 'रूपमण्डन' से आठ अंगुल अधिक है। इस प्रकार 'देवतामूर्ति प्रकरण' के नवताल मान का योग ११७ अंगुल हो जाता है, अर्थात् नवताल के वास्तविक मान (१०८ अंगुल) से नौ अधिक। निःसंदेह 'रूपमण्डन' का पाठ 'देवतामूर्ति प्रकरण' की अपेक्षा शुद्ध है। 'रूपमण्डन' के अनुसार जैसा कि पहले हम कह चुके हैं, मुख एक भाग (ताल) में बनना चाहिये। ग्रीवा चार अंगुल में हृदय एक भाग या एक ताल में, उसके नीचे (मध्य) एक ताल में. नाभि-मेढ़ू एक ताल में, ऊरु दो ताल में, जानु चार अंगुल में, जङ्घा दो भाग और पाद चार अंगुल में बनाना चाहिये। (द्रष्टव्य तालिका संख्या ६ और पृ० ३३ का चित्र)

तालिका संख्या ६

नव ताल में बनी प्रतिमा का प्रमाण

अवयव	रू. म. के अनुसार	अवयव	दे. मू. प्र. के अनुसार
मुख	१ ताल	केशान्त	३ मात्रा (अंगुल)
ग्रीवा	४ अंगुल	मुख	१२ मात्रा
हृदय	१ भाग या ताल	गल	२ अंगुल
मध्य	१ भाग या ताल	वक्ष	२० अंगुल
नाभिनेढ़ू	१ भाग या ताल	नाभि	१२ अंगुल
ऊरु	२४ अंगुल	उदर	४ अंगुल
जानु	४ अंगुल	गुह्य	८ अंगुल
जङ्घा	२ भाग	उरु	२४ अंगुल
पाद	४ अंगुल	जानु	४ अंगुल
		जङ्घा	२४ अंगुल
		चरण	४ अंगुल
	योग १०४ अंगुल = ९ ताल		योग ११७ अंगुल (९ ताल से ९ अंगुल अधिक)

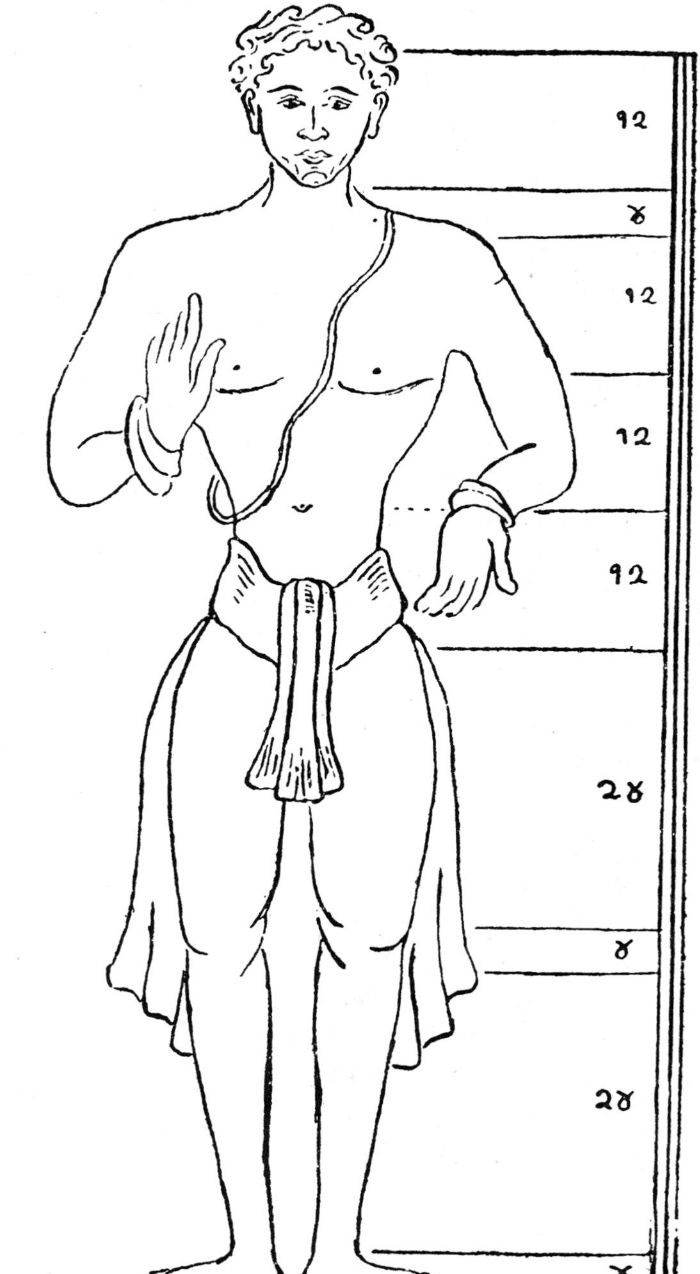

मान, $\frac{१}{१६}''$ = १ अङ्गुल

तालमान के अन्य विवरण के अन्तर्गत सूत्रधार मण्डन ने बताया है कि एक ताल में बने मुख भाग का पुनः तीन भाग करके चार अंगुल में ललाट, चार अंगुल में नासिका और चार अंगुल में हनु होना चाहिये। स्तनों का विस्तार बारह अंगुल होना चाहिये और एक-एक अंगुल के अन्तर में प्रत्येक ओर पाँच अंगुल में काँख बनाना चाहिये। बाहुओं का सात-सात अंगुल व्यास और लम्बाई सोलह अंगुल करने का विधान है। कर की लम्बाई अठारह अंगुल और उसके अग्रभाग का विस्तार तीन अंगुल बनाना चाहिये। पाणि की दीर्घता बारह अंगुल और उसका विस्तार पाँच अंगुल बनाने का विधान 'रूपमण्डन' में बताया गया है। प्रतिमा के मध्य का व्यास चौदह अंगुल, कटि का व्यास चौबीस अंगुल, ऊरु के मूल भाग का व्यास ग्यारह अंगुल और जङ्घा के अन्त का व्यास चार अंगुल होना चाहिये। पैर का व्यास छः अंगुल, विस्तार चौदह अंगुल और ऊँचाई दो अंगुल होनी चाहिये। स्कन्ध और काँख का ऊर्ध्व आठ अंगुल में तथा ग्रीवा का व्यास भी आठ अंगुल बनाने का विधान बतलाया गया है।

दूसरा अध्याय

'रूपमण्डन' के द्वितीय अध्याय में कुल अड़तीस श्लोक हैं जिनमें विविध देवताओं का विचार किया गया है। प्रारम्भ में तो देवतापूजन संबंधी विधि-निषेध का विचार किया गया है तदुपरान्त क्रमशः ब्रह्मा, सावित्री, ऋषि, विश्वकर्मा, नवग्रह, अष्टदिक्पाल आदि का विवेचन, आयतन और प्रतिहारों के विवरण के साथ है।

ब्रह्मा

वैदिक-साहित्य की अपेक्षा पौराणिक-साहित्य में ब्रह्मा का महत्त्व गौण है। यही स्थिति उपासना के क्षेत्र में भी है। उपासना की दृष्टि से जो महत्ता विष्णु, शिव, यहाँ तक कि गणपति और सूर्य को प्राप्त है, वह भी ब्रह्मा को नहीं है। स्रष्टा के रूप में जो पद पहले ब्रह्मा को प्राप्त था, वही पौराणिक-युग में साम्प्रदायिक भावावेश के कारण शिव और विष्णु को मिला। इस धारणा का प्रभाव मूर्ति-शास्त्र पर भी पड़ा और इस कारण ब्रह्मा की प्रतिमा का विधान आवरण देवता अथवा सहायक देवता के रूप में अधिक प्रचलित हुआ। किन्तु यह भी ज्ञातव्य है कि गौण महत्त्व होते हुए भी ब्रह्मा वैष्णव और शैव ही नहीं अपितु बौद्ध तथा जैन सम्प्रदायों में भी लोकप्रिय हैं।

आसन अथवा वाहन भेद से ब्रह्मा की मूर्ति दो प्रकार की होती है। एक तो कमलासन और दूसरी हंसारूढ :—

हंसारूढः क्वचित् कार्यः क्वचित्तु कमलासनः। (मत्स्य० २५९।४०)

'रूपमण्डन' में ब्रह्मा की कमलासन मूर्ति का ही विधान बताया गया है। ब्रह्मा के सामान्यतया चार मुख और चार हाथ बताये जाते हैं। इनका प्रतीकत्व 'रूपमण्डन' में स्पष्ट किया गया है :—

ऋग्वेदादिभेदेन कृतादियुगभेदतः।
विप्रादिवर्णभेदेन चतुर्वक्त्रं चतुर्भुजम् ॥
(रूपमण्डन २ । ६)

'मत्स्य' और 'अग्नि' पुराणों तथा 'समराङ्गण सूत्रधार' एवं 'अपराजित-पृच्छा' से ब्रह्मा के आयुधों का जो विवरण मिलता है उससे 'रूपमण्डन' का वर्णन भिन्न है। 'मत्स्यपुराण' में ब्रह्मा का आयुध-क्रम इस प्रकार है :—

कमण्डलुं वामकरे स्रुवं हस्ते तु दक्षिणे।
वामे दण्डधरं तद्वत् स्रुचञ्चापि प्रदर्शयेत् ॥
(मत्स्य० २५९ । ४१–४२)

इसी प्रकार 'समराङ्गण सूत्रधार' में (अ० ७७ । ३) ब्रह्मा को दण्डधर कहा गया है। किन्तु 'अपराजितपृच्छा' में कमलासन ब्रह्मा की प्रतिमा दण्डधर नहीं है। 'रूपमण्डन' में भी इसी परम्परा का अनुसरण किया गया है और ब्रह्मा का आयुध दण्ड नहीं बताया गया है। 'रूपमण्डन' में दक्षिण ओर के निचले हाथ में जपमाला, ऊपरी हाथ में श्रुवा और बायें ओर के ऊपरी हाथ में पुस्तक तथा निचले हाथ में कमण्डलु बताया है। (रूपमण्डन २ । ७)

ब्रह्मा की कमलासन मूर्ति कलि के लिये विशेष प्रशस्त है। 'अपराजितपृच्छा' में ब्रह्मा की चार प्रकार की मूर्तियाँ बतायी गयी हैं :—

ब्रह्मापितामहश्चैव विरञ्चिः कमलासनः।
(अपरा० २१४ । २)

कमलासन का कलि में, विरञ्चि का द्वापर में, पितामह का त्रेता और ब्रह्मा का महत्व कृतयुग में है (अपरा० २१४ । ४-७)। किन्तु इन चारों प्रकार की मूर्तियों में 'अपराजितपृच्छा' के अनुसार कोई भी दण्डधर नहीं है। 'रूपमण्डन' में केवल कमलासन की प्रतिमा का ही विधान बताया गया है।

'मत्स्यपुराण' में ब्रह्मा के बाएँ सावित्री और दक्षिण में सरस्वती की प्रतिमा बैठाने का विधान है :—

वामे पार्श्वेऽस्य सावित्रीं दक्षिणे च सरस्वतीम्।
(मत्स्य० २५९।४४)

किन्तु 'रूपमण्डन' में कमलासन के साथ केवल सावित्री का ही वर्णन है। सरस्वती का विवरण 'रूपमण्डन' में अन्यत्र 'देवीमूर्तिलक्षण प्रकरण' (अ० ५।६२) में है। 'रूपमण्डन' के अनुसार सावित्री का मूर्ति-विधान लगभग कमलासन की ही तरह है, अर्थात् सावित्री भी चर्तुमुखी हैं और उनके तीन हाथों में अक्षसूत्र, पुस्तक और कमण्डलु है। चौथे हाथ का विवरण नहीं है। उनके हाथ में श्रुवा होने का विधान सम्भवतः इसलिये नहीं है कि स्त्रियों को यज्ञाधिकार नहीं है। चौथा हाथ, जैसा कि 'श्रोत्रियाणां गृहे हिता' से ध्वनि निकलती है, वरद में स्थित होना चाहिये।

'रूपमण्डन' में ब्रह्मा के आयतन और प्रतिहारों का विवेचन विशेष रूप से किया गया है। आयतन सम्बन्धी विवरण तो 'रूपमण्डन' का स्वतंत्र जान पड़ता है किन्तु प्रतिहार सम्बन्धी विवरण 'अपराजितपृच्छा' के आधार पर है। ब्रह्मा के आठ प्रतिहार क्रमशः दण्ड, सत्य, प्रियोद्भव, यज्ञ, विजय, यज्ञभद्रक, भव और विभव हैं। ये सभी प्रतिहार 'पुरुषाकार' और 'सकूर्च' होते हैं। सभी प्रतिहारों का शिरोभूषण मुकुट है।

'पुरुषाकारगम्भीराः सकूर्चा मुकुटोज्ज्वलाः।'

(रूपमण्डन २।१३)

ब्रह्मा के प्रतिहारों की आयुध-योजना निम्न तालिका से स्पष्ट होगी :—

तालिका संख्या ७

	प्रतिहार	द. अ	द. ऊ.	वा. ऊ.	वा. अ.
१	सत्य	पद्म	स्रुक्	पुस्तक	दण्ड
२	धर्म	दण्ड	पुस्तक	स्रुक्	पद्म
३	प्रियोद्भव	अक्ष	पद्म	आगम[1]	दण्ड
४	यज्ञ	दण्ड	आगम	स्रुक्	फलक
५	विजय	अक्षसूत्र	गदा	खेट	दण्ड
६	यज्ञभद्रक[2]	दण्ड	खेट	गदा	अक्षसूत्र
७	भव	अक्ष	पाश	अङ्कुश	दण्ड
८	विभव	दण्ड	अङ्कुश	पाश	पद्म

१. 'रूपमण्डन' (२।१५) का पाठ 'अक्षपद्माङ्गकोदण्डः' अशुद्ध है। श्रीउपेन्द्र-मोहन महोदय ने उसका संस्कार 'अक्षपद्माङ्कुशान् दण्डम्' के रूप में किया है। अपरा० (२२०।३) का पाठ 'अक्षपद्मागमादण्डः' अधिक शुद्ध प्रतीत होता है अतएव तालिका में इसीके अनुसार प्रियोद्भव के आयुधों का निर्देश किया गया है।

२. यज्ञभद्रक के आयुधों का विवरण स्पष्ट नहीं है। रूपमण्डन (२।१६) का

ब्रह्मा के आयतन में अन्य देवताओं के साथ इन प्रतिहारों की स्थिति का ज्ञान निम्न तालिका से सरलतापूर्वक होगा :—

तालिका संख्या ८

ईशान कमला	पूर्व धरणीधर वा. सत्य द. धर्म	अग्नि गणेश
उत्तर रुद्र वा. भव द. विभव	ब्रह्मा	दक्षिण मातृका वा. प्रियोद्भव द. यज्ञ
वायव्य पार्वतीरुद्र	पश्चिम जलशायी वा विजय द यज्ञभद्रक	नैऋत्य सहस्राक्ष

सूर्य

सूर्य भी हिन्दुओं के प्रधान पंचदेवों में एक है।[1] हिन्दू देववाद में इनकी प्रतिष्ठा और पूजा बड़ी प्राचीन है। वैदिक-साहित्य में सूर्य का विशद वर्णन है और इन्हीं वैदिक आख्यानों के आधार पर ही पुराणों में विशेष कर 'भविष्य', 'अग्नि' और 'मत्स्य' में सूर्य सम्बन्धी परम्पराओं का विकास हुआ। 'ऋग्वेद' में सूर्य को जगत् की आत्मा कहा गया है :—

सूर्य आत्मा जगतस्तस्थुषश्च।

(ऋक्० १।११५।१)

पाठ 'अधोहस्तापसव्येन युवेटब्दे यज्ञभद्रकः' है। उपेन्द्रमोहन महोदय ने 'युवेटब्दे' का संस्कार 'खेटधृग्' किया है। अपरा० (२२०।४) में 'अधोहस्तापसव्येन फलयुक् यज्ञभद्रकः' पाठ है।

१. भारतीय प्रतीक विद्या, पृ० १६२।

'सूर्योपनिषत्' में सूर्य को ब्रह्मा, विष्णु और रुद्र का ही रूप माना गया है—

एष ब्रह्मा च विष्णुश्च रुद्र एष हि भास्करः।
(सूर्योपनिषत्[1] पृ० ५५)

'महाभारत' में भी इसी तरह का वचन है :—

त्वामिन्द्रमाहुस्त्वं रुद्रो विष्णुस्त्वं च प्रजापतिः।
त्वमग्निस्त्वं मनः सूक्ष्मं प्रभुस्त्वं ब्रह्म शाश्वतम् ॥

सूर्य का महत्त्व बौद्ध और जैन मूर्तिशास्त्र में भी है। भाजा की बौद्ध गुफा में सूर्य का अङ्कन है और इसी प्रकार जैन गुफा, (अनंत गुफा, उड़ीसा) में भी सूर्य की प्रतिमा बनी है। उद्देहिक और मित्र राजाओं के सिक्कों पर प्रतीक रूप में सूर्य का अङ्कन है। प्रथम शती ईसा पूर्व से सूर्य-प्रतिमा-निर्माण की ओर लोक-धर्म की विशेष प्रवृत्ति हुई। गुप्तों के समय में सूर्यपूजा और मूर्ति-निर्माण को भी प्रोत्साहन मिला। मध्यकाल में, विशेषकर बंगाल में सूर्य का विष्णु की ही तरह महत्त्व रहा और मूर्तियाँ बनीं।

मूर्तिविधान में सूर्य के कई प्रकार प्रचलित हैं। 'बृहत्संहिता' के अनुसार सूर्य स्थानक हैं और उदीच्य वेश में हैं :—

नासाललाटजङ्घोरुगण्डवक्षांसि चोन्नतानि रवेः।
कुर्य्यादुदीच्यवेषं गूढं पादादुरो यावत् ॥
बिभ्राणः स्वकररुहे बाहुभ्यां पङ्कजे मुकुटधारी।
कुण्डलभूषितवदनः प्रलम्बहारो वियद्वृतः॥
कमलोदरद्युतिमुखः कञ्चुकगुप्तः स्मितप्रसन्नमुखः।
रत्नोज्ज्वलप्रभामण्डलश्च कर्त्तुः शुभकरोऽर्कः॥
(बृहत्संहिता ५७।४६–४८)

'बृहत्संहिता' के विवरण में सूर्य का रथ नहीं बताया गया है। 'विष्णु-धर्मोत्तर' पुराण में 'बृहत्संहिता' की परम्परा में सूर्य को उदीच्यवेश (कोट, जूता

---

१. सूर्योपनिषत् अप्रकाशित है। इसकी पाण्डुलिपि मद्रास में है। भारतीय प्रतीक विद्या, पृ० १६३।

धारण किये हुये) के साथ-साथ रथारूढ़ भी बताया गया है (वि० ध० ३। ७।११) उदीच्यवेश में तथा रथारूढ़ सूर्य की प्रतिमा बनाने का विधान 'मत्स्य-पुराण' में भी है :—

रथस्थं कारयेद्देवं पद्महस्तं सुलोचनम् ।
सप्ताश्वञ्चैकचक्रञ्च रथं तस्य प्रकल्पयेत् ॥
मुकुटेन विचित्रेण पद्मगर्भसमप्रभम् ।
नानाभरणभूषाभ्यां भुजाभ्यां धृतपुष्करम् ॥
स्कन्धस्थे पुष्करे ते तु लीलयेव धृते सदा ।
चोलकच्छन्नवपुषं क्वचिच्चित्रेषु दर्शयेत् ॥
वस्त्रयुग्मसमोपेतं चरणौ तेजसावृतौ ।
(मत्स्य० २६०।१–४)

इस परम्परा में बनी उत्तर भारत में कई सूर्य-मूर्तियाँ उपलब्ध हुई हैं। 'रूपमण्डन' में भी सूर्य की प्रतिमा रथ सहित बनाने का विधान है। उनके रथ में सात घोड़ों का होना बताया गया है। सात घोड़े सात रश्मियों के प्रतीक हैं। किन्तु उदीच्य वेष की चर्चा नहीं है। वैसे तो 'रूपमण्डन' का वर्णन मूलतः 'अपराजितपृच्छा' का है किन्तु इसमें पश्चिम भारत तथा दक्षिण भारत की सूर्य प्रतिमाविधान सम्बन्धी दाक्षिणात्य परम्परा का उल्लेख है जिसमें सूर्य अन्य हिन्दू देवताओं की तरह आभूषण तो धारण करते हैं किन्तु न तो उनका वपुष् 'चोलकाच्छन्न' रहता है और न वे जूता ही पहने दिखाये जाते हैं। 'रूपमण्डन' के अनुसार सूर्य की प्रतिमा चतुर्भुज होनी चाहिये जिसमें श्वेत पंकज भी हो। उन्हें लाल वस्त्र धारण किये वर्तुल तेजोबिम्ब के अन्दर दिखाने का विधान 'रूपमण्डन' में बताया गया है।

ग्रह

सूर्य नवग्रह में प्रथम और प्रधान है। 'रूपमण्डन' में सूर्य का वर्णन सम्भवतः ग्रह के ही रूप में आया है। शेष आठ ग्रह[1] सूर्य की आयतन-योजना में समाविष्ट होते हैं। सूर्य की ग्रह सहित आयतन योजना तालिका

---

१. अंतिम ग्रह, केतु डा० बनर्जी के मत से भारतीय मूर्ति-विधान में बहुत बाद को जोड़ा गया। सूर्य सहित अष्टग्रह की कल्पना बड़ी प्राचीन है। बनर्जी, पृ० ४४४।

(संख्या ११) से समझी जा सकती है। ग्रहों का वाहन, वर्ण और मुद्रा भिन्न-भिन्न होती हैं, जो निम्न तालिका में प्रदर्शित है, किन्तु ग्रहों का आभूषण प्रायः समान होता है[1] :—

ग्रहाः किरीटिनः कार्या रत्नकुण्डलशोभिताः।

(रूपमण्डन २।२४)

'रूपमण्डन' के अनुसार ग्रहों के वर्ण, वाहन आदि का विवरण :—

तालिका संख्या ९

क्रम	ग्रहनाम	वर्ण	वाहन	विशिष्ट आकृति आयुध मुद्रा आदि	देवता
१	सूर्य	रक्त	सप्ताश्वरथ	श्वेतपंकज	
२	सोम	श्वेत	दशहयरथ	पद्महस्त	वरुण
३	कुज	रक्त	मेष	दण्ड और कमण्डलु	कार्तिकेय
४	बुध	पीत	सर्प		विष्णु
५	गुरु	पीत	हंस		ब्रह्मा
६	शुक्र	श्वेत	भेक(मेढ़क)		शक्र या इन्द्र
७	शनि	कृष्ण	महिष		यम
८	राहु	कृष्ण		अर्द्धकाय	सर्प
९	केतु[2]	धूम्र		करपुटाकृति (तर्पणमुद्रा), निचला भागसर्पपुच्छाकृति	मंगल

---

१. 'मानसोल्लास' के अनुसार सभी ग्रह नवताल में बनाने चाहिये :—

ग्रहाः किरीटिनः कार्या नवतालप्रमाणतः।

१।३।८३५।

२. 'रूपमण्डन' में केतु को 'सर्पपुच्छाकृति' (२।२४) कहा गया है और दे० मू० प्र० (४।५७) में केतु का वर्णन इस प्रकार है :—

धूम्रा द्विबाहवः सर्वे वरदाश्च गदाधराः।

गृध्रपृष्ठसमारूढा लेखनीयास्तु केतवः॥

तालिका संख्या १०

ग्रह	विष्णुधर्मोत्तर			मानसोल्लास			अग्निपुराण
	वर्ण	आयुध	वाहन	वर्ण	आयुध	वाहन	आयुध
सोम	श्वेत	चतुर्भुज कुमुद[1]	दस अश्वयुक्त द्विचक्ररथ	श्वेत	गदा वरद	दसश्वेत अश्वयुतरथ	कुण्डिका अब्ज
भौम	अग्नि की तरह	?[2]	८ घोड़ोंसे युक्त काञ्चनरथ	अंगारसदृश	शक्ति शूल वरद गदा	मेष	शक्ति अक्षमाला
बुध	?	शङ्खचक्र गदा पद्म (विष्णु तुल्य)	८ घोड़ोंसे युक्त काञ्चनरथ (भौमतुल्य)	कर्णिकार-सम	वरद खेटक खड्ग गदा	सिंह	चाप अक्ष
बृह०	तप्तस्वर्ण की तरह	पुस्तक अक्ष	८ घोड़ोंसे युक्त काञ्चन-रथ	पीत	वरद कमण्डलु अक्ष दण्ड	?	कुण्डिका अक्षमाला
शुक्र	श्वेत	पुस्तक निधि	१० अश्वयुक्त रथ	शुभ्र	वरद कमण्डलु अक्षदण्ड	?	कुण्डिका अक्षमाला
शनि	कृष्ण	अक्ष दण्ड	८ भुजंगयुक्त अयसरथ	नील	वरद चाप बाण शूल	गृध्र	?
राहु	?	मस्तक[3], एक हाथ	८ अश्वों का रौप्यरथ	?	(करालवदन) वरद खेटक खड्ग शूल	सिंह	अर्धचन्द्र[4]
केतु	अग्निकी तरह (भौमवत्)	?	दश अश्वयुक्तरथ (?)	धूम्र	वरद गदा	गृध्र	खड्ग दीप

१. चतुर्बाहुर्महातेजाः सर्वाभरणवांस्तथा । कुमुदौ च सितौ कार्यौ ..॥ वि.ध. ३।६८।१-२ । २. विवेचन नहीं । विनयतोष भट्टाचार्य ने वि.ध. के आधार पर सोम की भुजाओं के विषय में लिखा है :–'गदापाणिर्द्विबाहुश्च कर्तव्यो वरदः शशीः' । इण्डियन इमेजेज, पृ० ३१ । किन्तु यह अंश गायकवाड़ ओरियण्टल सीरीज द्वारा प्रकाशित वि. ध. में नहीं मिला । ३. रौप्यरथे तथाष्टाश्वे राहुः कार्यो विचक्षणैः । केवलं मस्तकं कार्यं भुजेनैकेन संयुतम् ॥ ऊर्ध्वकेटो (? शंशो, विवृताशो भुजेनैकेन संयुतम् । करमेकं तु कर्तव्यं तस्य शून्यं तु दक्षिणम् ॥ वि.ध. ३।६९।८-९ । विनयतोष भट्टाचार्य ने हेमाद्रि के आधार पर राहु को द्विभुज बताया है । जिसमें कम्बल और पुस्तक रहता है । वही, पृ० ३२ । 'कम्बलं पुस्तकं कार्यं भुजेनैकेन संयुतम्' । ४. 'अर्धचन्द्रधरो राहुः' अग्नि० ५१।१२ ।

'रूपमण्डन' का ग्रह-विवरण सर्वथा पूर्ण नहीं है। 'विष्णुधर्मोत्तर' 'अग्निपुराण' और 'मानसोल्लास' के आधार पर एक पृथक् तालिका (संख्या १०) यहाँ प्रस्तुत है जिसके आधार पर ग्रहों का वर्ण आयुध और वाहन अपेक्षाकृत अधिक पूर्णता से समझा जा सकता है। 'रूपमण्डन' में ग्रहों के देवताओं का भी विचार नहीं है। विनयतोष भट्टाचार्य ने हेमाद्रि के आधार पर ग्रह और उनके देवताओं का निम्नलिखित विवरण प्रस्तुत किया है। उनका अभिमत है कि ग्रहों की मूर्ति-कल्पना का आधार उनके देवताओं का मूर्ति-विधान ही है।[1]

चन्द्र = वरुण
मंगल = कार्तिकेय
बुध = विष्णु
वृहस्पति = ब्रह्मा
शुक्र = शक्र या इन्द्र
शनि = यम
राहु = सर्प
केतु = मंगल

सूर्य के प्रतिहार

'रूपमण्डन' में सूर्य के प्रतीहारों के वर्णन में 'अपराजित पृच्छा' की परम्परा का अनुसरण किया गया है। 'मत्स्यपुराण' (अध्याय २६० श्लोक ५-६) में सूर्य के दो ही प्रतिहार दण्डी और पिङ्गल बतलाये गये हैं।

प्रतीहारौ च कर्तव्यौ पार्श्वयोर्दण्डपिङ्गलौ।
कर्तव्यौ खड्गहस्तौ तौ पार्श्वयोः पुरुषावुभौ॥
लेखनी कृतहस्तश्च पार्श्वे धातारमव्ययम्।
(अ० २६०। ५–६)

'विष्णुधर्मोत्तर पुराण' में भी दण्ड और पिङ्गल दो ही सूर्य प्रतिहारों की चर्चा है :—

सुरूपरूपः स्वाकारो दण्डः कार्योऽस्य वामतः।
दक्षिणे पिङ्गलो भागे कर्तव्यश्चातिपिङ्गलः॥
(वि० ध० ३।६७–६)

1. इण्डियन इमेजेज, पृ० ३२–३३।

लेखनीपत्रककरः कार्यो भवति पिंगलः।
चर्मशूलधरो देव (दण्ड ,स्तथा यत्नाद्विधीयते ॥
(वि० ध० ३।६७-६)

किन्तु 'अपराजितपृच्छा' तथा 'रूपमण्डन' में दो की जगह आठ प्रतिहारों का वर्णन है :—

दण्डी च पिंगलश्चैव ह्यानन्दो नन्दकस्तथा।
चित्रो विचित्रो ज्ञातव्याः किरणाक्षः सुलोचनः॥
(अपरा० २२०-६)

'अपराजितपृच्छा' के अनुसार सभी प्रतिहार पुरुषाकार हैं :—
सर्वे ते पुरुषाकाराः कर्तव्याः शान्तिमिच्छता।
(अपरा० २२०-७)

सूर्य के अष्ट प्रतिहारों के आयुधों का विवरण इस प्रकार है :—

तालिका संख्या ११

	प्रतिहार		द० अ०	द० ऊ०	वा० ऊ०	वा० अ०
१	दण्डी	=	तर्जनी	किरण	ताम्रचूड	दण्ड
२	पिंगल	=	तर्जनी	शक्ति	किरण	दण्ड
३	आनन्द	=	तर्जनी	तर्जनी	वज्र	दण्ड
४	अन्तक[1]	=	तर्जनी	वज्र	तर्जनी	दण्ड
५	चित्र	=	तर्जनी	तर्जनी	पद्म	दण्ड
६	विचित्र	=	तर्जनी	पद्म	तर्जनी	दण्ड
७	किरण	=	तर्जनी	तर्जनी	किरण	दण्ड
८	सुलोचन	=	तर्जनी	किरण	तर्जनी	दण्ड

---

१. 'अपरा०' २२।६ में आनन्द के साथ नन्दक प्रतिहार है। किन्तु अन्यत्र अपरा० ही में २२०।१० में आनन्द का नाम नहीं है। वहाँ 'रूपमण्डन' की भाँति आनन्द और अन्तक ही प्रतिहार हैं।

तालिका संख्या १२

ईशान शनि	पूर्व शशि वा.दण्डी द. पिंगल	अग्निकोण कुज
उत्तर ज्ञः वा. किरणाक्ष द सुलोचन	सूर्य	दक्षिण जीव वा. आनंद द.अंतक
वायव्य केतु	पश्चिम शुक्र वा. चित्र द. विचित्र	नैर्ऋत्य राहु

अष्ट दिक्पाल

भारतीय मूर्ति-विधान में दिक्पालों की कल्पना बड़ी ही प्राचीन है। दिक्पालों में सामान्यतः इन्द्र, अग्नि, यम, नैर्ऋत, वरुण, पवन, कुबेर और ईशान की गणना की जाती है। ग्रंथ और सम्प्रदाय भेद से इस सूचियों में अन्तर भी पाया जाता है[1]। बौद्ध और जैन मूर्तिविधान में भी दिक्पालों का महत्त्व है।[2]

इन दिक्पालों में बहुत से देवता तो वैदिक देववाद में प्रधान और प्रमुख स्थान पाये थे। वैदिक-धर्म में इन्द्र, अग्नि, वरुण, पवन, नैर्ऋत्य आदि बड़े ही महत्त्व का स्थान रखते हैं। किन्तु कालान्तर में, जैसे-जैसे पौराणिक देववाद को व्यापकता मिलती गयी, इन वैदिक देवताओं का महत्त्व घटता गया तथा ये दिक्पालों की कोटि में रख दिये गये।

दिक्पालों और लोकपालों की संख्या में भी समय समय पर अन्तर समझा गया है। बनर्जी महोदय की धारणा है कि दिक्पालों की कल्पना का निश्चित

---

१. बनर्जी पृ० ५१९–५२१

२. बनर्जी पृ० ५२०–२१

आधार वैदिक-संहिता है।[१] प्रारम्भ में चार ही दिक्पालों की गणना होती थी किन्तु कालान्तर में अष्ट दिक्पाल की कल्पना व्यापक हो गयी। अष्ट दिक्पालों की पूर्व सूचियों में कुबेर और ईशान भी नहीं थे। इनके स्थान पर सूर्य और चन्द्र की गणना की जाती थी।[२]

'रूपमण्डन' में दिक्पालों की संख्या आठ और क्रम इन्द्र, अग्नि, यम, नैर्ऋत, वरुण, पवन, कुबेर, और ईशान निर्धारित किया गया है।[3]

किन्तु 'रूपमण्डन' का विवरण मौलिक नहीं है, अपितु 'अपराजितपृच्छा' के आधार पर है। निम्नलिखित तालिका (संख्या १३) से दिक्पालों के आयुध वाहनादि का विवरण स्पष्ट होगा :—

तालिका संख्या १३

'रूपमण्डन' के अनुसार दिक्पालों का विवरण

नाम	आयुध	वाहन	दिशा	विशेष
इन्द्र	वरद, वज्र, अङ्कुश, कुण्डी	गज	पूर्व	सहस्राक्ष
वह्नि	वरद, शक्ति, समृणाल कमल, कमण्डलु	मेघ		ज्वाला-पुञ्जनिभ
यम	लेखनी, पुस्तक, कुक्कुट, दण्ड	महामहिष		कृष्णांग
नैर्ऋत	खड्ग, खेटक कर्तिका, वैरिमस्तक	श्वान		दंष्ट्रा-कराल
वरुण	वर, पाश, उत्पल, कुण्डी	नक्र	पश्चिम	
पवन	वर, ध्वज, पताका, कमण्डलु	मृग	वायुकोण	हरिद्वर्ण
कुबेर	गदा, निधि, बीजपूरक, कमण्डलु	गज नरवाहन		सौम्य
ईशान	वर, त्रिशुल, नागेन्द्र, बीजपूरक	वृष		धवल-द्युति

'रूपमण्डन' में दिक्पालों को चतुर्भुज बताया गया है। किन्तु द्विभुज लोकपाल-प्रतिमा बनाने का विधान भी प्राचीन है। 'बृहत्संहिता' में इन्द्र, यम,

१. बनर्जी पृ० ५२१
२. बनर्जी पृ० ५२०
३. रूपमण्डन २।३१-३८

और कुबेर को द्विभुज ही बताया गया है (५६।४२।५७) 'मत्स्यपुराण' में लोकपालों को द्विभुज बताते हुये निम्नलिखित विवरण दिया गया है :—

इन्द्र :—

सहस्रनयनं देवं मत्तवारणसंस्थितम्
पृथूरुवक्षोवदनं सिंहस्कन्धं महाभुजम् ।
किरीटकुण्डलधरं पीवरोरुभुजलक्षणम्
वज्रोत्पलधरं तद्वन्नानाभरणभूषितम् ॥
(मत्स्य० २५९।६६-६७)

अग्नि :—

वह्नेस्तु लक्षणं वक्ष्ये सर्वकामफलप्रदम्
दीप्तं सुवर्णवपुषमर्धचन्द्रासने स्थितम् ।
बालार्कसदृशं तस्य वदनञ्चापि दर्शयेत्
यज्ञोपवीतिनं देवं लम्बकूर्चधरं तथा ॥
कमण्डलुं वामकरे दक्षिणे त्वक्षसूत्रकम्
ज्वालावितानसंयुक्तमजवाहनमुज्वलम् ॥
कुण्डस्थं वापि कुर्वीत मूर्ध्नि सप्तशिखान्वितम् ।
(मत्स्य० २६०।९।१२)

यम :—

तथा यमं प्रवक्ष्यामि दण्डपाशधरं विभुम् ॥
महामहिषमारूढं कृष्णाञ्जनचयोपमम् ।
सिंहासनगतञ्चापि दीप्ताग्निसमलोचनम् ॥
(मत्स्य० २६०।१२।१३)

नैऋंत :—

राक्षसेन्द्रं तथा वक्ष्ये लोकपालञ्च नैऋंतम् ।
नरारूढं महाकायं रक्षोभिर्बहुभिर्वृतम् ॥
खड्गहस्तं महानीलं कज्जलाचलसन्निभम् ।
नरयुक्तविमानस्थं पीताभरणभूषितम् ॥
(मत्स्य० २६० । १५ । १६)

वरुण :—

वरुणञ्च प्रवक्ष्यामि पाशहस्तं महाबलम् ।
शङ्खस्फटिकवर्णाभं सितहाराम्बरावृतम् ॥
झषासनगतं शान्तं किरीटाङ्गदधारिणम् ।
(मत्स्य० २६० । १७ । १७)

वायु :—

वायुरूपं प्रवक्ष्यामि धूम्रन्तु मृगवाहनम् ।
चित्राम्बरधरं शान्तं युवानं कुञ्चितभ्रुवम् ।।
मृगाधिरूढं वरदं पताकाध्वजसंयुतम् ।

(मत्स्य० २६० । १८ । १९)

कुबेर :—

कुबेरञ्च प्रवक्ष्यामि कुण्डलाभ्यामलंकृतम् ।
महोदरं महाकायं निध्यष्टकसमन्वितम् ।।
गुह्यकैर्बहुभिर्युक्तं धनव्ययकरैस्तथा ।
हारकेयूररचितं सिताम्बरधरं सदा ।।
गदाधरञ्च कर्तव्यं वरदं मुकुटान्वितम् ।
नरयुक्तविमानस्थं एवं रीत्या च कारयेत् ।।

(मत्स्य० २६० । २० २२)

ईश :—

तथैवेशं प्रवक्ष्यामि धवलं धवलेक्षणम् ।
त्रिशूलपाणिनं देवं त्र्यक्षं वृषगतं प्रभुम् ।।

(मत्स्य० २६० । २३)

'अग्निपुराण' में भी सभी लोकपालों को द्विभुज 'द्विबाहवो लोकपालाः' (अग्नि० ५१ । १६) कहा गया है । लोकपालों के सम्बन्ध में 'अग्निपुराण' का संक्षिप्त-विवरण इस प्रकार है :—

इन्द्रो वज्री गजारूढश्छागगोऽग्निश्च शक्तिमान् ।
यमो दण्डी च महिषे नैर्ऋतः खड्गवान् करे: ।।
मकरे वरुणः पाशी वायुर्ध्वजधरो मृगे ।
गदी कुबेरो मेषस्थ ईशानश्च जटी वृषे ।।

(अग्नि० ५१ । १४ । १५)

'मानसोल्लास' में भी सभी दिशाधिपति द्विभुज हैं (१।३।७७२–७९८) ।

'विष्णुधर्मोत्तर' में ही सर्व प्रथम चतुर्भुज लोकपालों की सूक्ष्म कल्पना मिलती है । (वि० ध० ३ । अ० ५०–५३) किन्तु यहाँ केवल इन्द्र, यम, वरुण और कुबेर का ही विवेचन उपलब्ध है । 'समराङ्गण सूत्रधार' में भी अष्टदिक्पाल विवेचन है । चतुर्भुज लोकपाल की कल्पना 'अपराजितपृच्छा' के कर्ता ने ही

विशदरूप से की और इसी परम्परा का निर्वाह सूत्रधार मण्डन ने 'रूपमण्डन' में किया है। सम्भवतः गुजरात और राजस्थान में ही चतुर्भुज लोकपालों की मूर्तियों की मान्यता थी।

'रूपमण्डन' में सभी दिक्पालों के सम्बन्ध में उनके आधीन दिशाओं का स्पष्ट निर्देश नहीं है। तालिका संख्या १२ से ज्ञात होता है कि इन्द्र (पूर्व) वरुण (पश्चिम) और पवन (वायुकोण) के विषय में ही कथन इनके अधीन दिशाओं का निर्देश है। सामान्यतया इन्द्र, अग्नि, यम, नैर्ऋत, वरुण, पवन, कुबेर, और ईशान क्रमशः पूर्व, दक्षिणपूर्व, दक्षिण, दक्षिण-पश्चिम, पश्चिम, उत्तर-पश्चिम उत्तर और उत्तर-पूर्व दिशा के अधिपति हैं।

वाहन विचार में 'रूपमण्डन' और 'मत्स्यपुराण' में अग्नि, वरुण और नैर्ऋत में थोड़ा अन्तर है। 'मत्स्यपुराण' में अग्नि का वाहन मेष की जगह अर्द्धचन्द्र ('अग्निपुराण') में भी अग्नि का वाहन मेष न बताकर छाग बताया गया है (अग्नि० ५१।१४) वरुण का नक्र की जगह मछली नैऋत का श्वान की जगह नर और नरयुक्त विमान बताया गया है। 'रूपमण्डन' में कुबेर का वाहन गज और नर बताया गया है। किन्तु 'मत्स्यपुराण' में कुबेर का वाहन केवल नर ही बताया गया है। 'अग्निपुराण' में कुबेर का वाहन न तो नर है और न गज, अपितु मेष है 'गदी कुबेरो मेषस्थ' (अग्नि० ५१।१५) 'रूपमण्डन' और 'अपराजितपृच्छा' का वाहन विचार 'मानसोल्लास' (१।३।७७२-७९८) पर पूर्णतया आधारित जान पड़ता है।

तीसरा अध्याय

'रूपमण्डन' के तीसरे अध्याय में विष्णु की मूर्तियों और शालिग्राम का विवेचन है।

विष्णु

विष्णु को वैदिक मान्यता है। त्रिविक्रम की कल्पना के बीज ऋग्वेद और अथर्ववेद में हैं।[१] फिर भी विष्णु सम्बन्धी वैदिक और पौराणिक कल्पना तथा आख्यानों में बड़ा अन्तर है। सम्प्रदाय के रूप में विष्णु की पूजा ईसवी सन् के कुछ पूर्व से ही विशेष प्रचलित हुई। गुप्तों के युग में विष्णु राष्ट्र देवता के रूप में पूजित होने लगे। विष्णु-ध्वज गुप्तों का ध्वज था। मध्ययुग में विष्णु के अवतारों के आधार पर असंख्य मूर्तियाँ गढ़ी गयीं। वस्तुतः त्रिदेव कल्पना का विष्णु ही प्रधान देव है।

---

१. बनर्जी, पृ० ३८५।

'विष्णु' की उत्पत्ति और अर्थ विष्णुपुराण में विधिवत् बताये गये हैं। विष्णु विष्लृ धातु से बना है। विष्णु का अर्थ है व्याप्त होना। जो विश्व में सर्वत्र व्याप्त है वही विष्णु है। दूसरे शब्दों में यह कहा जा सकता है कि यह सम्पूर्ण विश्व उसी परमात्मा की शक्ति की ही व्याप्ति है। वचन है :—

यस्माद्विष्टमिदं विश्वं तस्य शक्त्या महात्मनः।
तस्मात्सा प्रोच्यते विष्णुर्विशेर्धातोः प्रदेशनात्॥
(वि० पु० ३।१।४५)

त्रिदेव कल्पना का आधार सृष्टि स्थिति संहार क्रियाएँ हैं। किन्तु उपासनावाद की अतिरेकता में भक्त के लिए विष्णु ही तीनों क्रियाओं के कर्ता हैं। विष्णु पुराण में ही कथन है :—

सृष्टिस्थित्यन्तकरणीं ब्रह्माविष्णुशिवात्मिकाम्।
स संज्ञां याति भगवान् एक एव जनार्दनः॥
स्रष्टा सृजति चात्मानं विष्णुः पाल्यं च पाति च।
उपसंह्रियते चान्ते संहर्त्ता च स्वयं प्रभुः॥
(वि० पु० १।२।६६–६७)

विष्णुओं का विकास

सृष्टि, स्थिति और संहार के कारण परम विष्णु की 'इच्छा' ही प्रधान है। सृष्टि की इच्छा से परम विष्णु लक्ष्मी का सहयोग चाहते हैं जो 'भूति' और 'क्रिया' हैं। इस प्रकार 'इच्छा' 'भूति' और 'क्रिया' इन तीनों से षड्गुणों की उत्पत्ति होती है। षड्गुण ज्ञान, ऐश्वर्य, शक्ति, बल, वीर्य और तेजस् हैं। ये ही सृष्टि के उपादान हैं। फिर इन दो दो गुणों से तीन मूर्त्त रूप बनते हैं जो लोक में सङ्कर्षण, प्रद्युम्न और अनिरुद्ध के नाम से प्रसिद्ध हैं। वासुदेव में सभी गुण हैं। सङ्कर्षण में ज्ञान और बल, प्रद्युम्न में ऐश्वर्य और वीर्य तथा अनिरुद्ध में शक्ति और तेजस् की प्रधानता है।

वासुदेव की मूर्त्तियों में इस प्रकार के विभाजन में गुप्तपूर्व की स्थिति स्वीकार की जा सकती है[1] क्योंकि चतुर्विंशति वर्ग की कल्पना गुप्तकालीन है। 'रूपमण्डन' में इस अध्याय के प्रारम्भ में इन चार—वासुदेव, सङ्कर्षण, प्रद्युम्न और अनिरुद्ध के वर्ण और शिरोविधान का विचार है। इसमें कहा गया है कि युग-भेद से इन देवताओं का वर्ण भी बदलता रहता है। 'नारदपुराण' में 'रूपमण्डन' की परम्परा

१. बनर्जी, पृ. ३८७-८८।

का प्राचीन रूप मिलता है। इसके वर्णन के अनुसार हरि (विष्णु) कृत में शुक्ल, त्रेता में रक्त, द्वापर में पीत और कलि में कृष्ण वर्ण हो जाते हैं। (नारदपुराण ४१।१३–२२)

तालिका संख्या १४

रूपमण्डन में चतुर्विंशति विष्णुओं का आयुधक्रम :—

क्रम	विष्णुनाम	दक्षिण अधः हस्त में	दक्षिण ऊर्ध्व हस्त में	वाम ऊर्ध्व हस्त में	वाम अधः हस्त में
१	वासुदेव	गदा	शङ्ख	चक्र	पद्म
२	केशव	कमल	शङ्ख	चक्र	गदा
३	नारायण	शङ्ख	पद्म	गदा	चक्र
४	माधव	गदा	चक्र	शङ्ख	पद्म
५	पुरुषोत्तम	चक्र	पद्म	शङ्ख	गदा
६	अधोक्षज	कमल	गदा	शङ्ख	चक्र
७	सङ्कर्षण	गदा	शङ्ख	कमल	चक्र
८	गोविन्द	चक्र	गदा	पद्म	शङ्ख
९	विष्णु	कौमोदकी गदा	पद्म	पाञ्चजन्य शङ्ख	सुदर्शनचक्र
१०	मधुसूदन	चक्र	शङ्ख	कमल	गदा
११	अच्युत	गदा	पद्म	चक्र	शङ्ख
१२	उपेन्द्र	शङ्ख	गदा	चक्र	कमल
१३	प्रद्युम्न	चक्र	शङ्ख	गदा	कमल
१४	त्रिविक्रम	गदा	चक्र	शङ्ख	?
१५	नरसिंह	चक्र	कमल	गदा	शङ्ख
१६	जनार्दन	कमल	चक्र	शङ्ख	कौमोदकी गदा
१७	वामन	शङ्ख	चक्र	गदा	पद्म
१८	श्रीधर	कमल	चक्र	गदा	शङ्ख
१९	अनिरुद्ध	चक्र	गदा	शङ्ख	कमल
२०	हृषीकेश	गदा	चक्र	पद्म	शङ्ख
२१	पद्मनाभ	पाञ्चजन्य(शङ्ख)	पद्म	चक्र	गदा
२२	दामोदर	कमल	शङ्ख	गदा	सुदर्शनचक्र
२३	हरि	शङ्ख	चक्र	पद्म	गदा
२४	कृष्ण	पाञ्चजन्य(शङ्ख)	गदा	पद्म	सुदर्शन

'अहिर्बुध्न्यसंहिता' में इन चारों (वासुदेव, सङ्कर्षण, प्रद्युम्न और अनिरुद्ध) से चतुर्विशति विष्णु के विकास का स्वरूप समझाया गया है। यहाँ वर्णन है कि वासुदेव से केशव, नारायण और माधव; सङ्कर्षण से गोविन्द, विष्णु और मधुसूदन; प्रद्युम्न से त्रिविक्रम, वामन और श्रीधर तथा अनिरुद्ध से हृषीकेश, पद्मनाभ और दामोदर की उत्पत्ति हुई।[१] शेष आठ की उत्पत्ति का विवेचन 'बृहद्धर्मसंहिता' के आधार पर राव महोदय ने बताया है कि पुनः वासुदेव, संकर्षण, प्रद्युम्न और अनिरुद्ध से क्रमशः पुरुषोत्तम, अधोक्षज, नरसिंह और अच्युत की उत्पत्ति हुई। उन चारों से अर्थात् पुरुषोत्तम, अधोक्षज, नरसिंह और अच्युत से क्रमशः जनार्दन, उपेन्द्र, हरि और कृष्ण की उत्पत्ति हुई।[२]

चतुर्विशति विष्णु :—

विष्णु के चतुर्विशति विभाजन का आधार इन मूर्तियों का आयुधक्रम है। पद्म, शङ्ख, गदा, और चक्र पृथक्-पृथक् क्रम से इन चौबीसों देवताओं के आयुध बनते हैं। प्रायः सभी मूर्तियाँ स्थानक और अभंग होती हैं। तालिका संख्या १४ में चतुर्विशति वर्ग के विष्णुओं के आयुधों का विवेचन स्पष्टता से किया गया है। 'रूपमण्डन' की तालिका बड़ी ही प्रामाणिक है जो 'अग्निपुराण' और 'मानसोल्लास' पर विशेषतया आधारित प्रतीत होती है। 'पद्मपुराण' की तालिका त्रुटित है।[3] 'अग्निपुराण' और 'रूपमण्डन' की तुलना करने पर मधुसूदन, त्रिविक्रम, श्रीधर और हरि के आयुधों में अन्तर है। यह अन्तर नीचे की तालिका (संख्या १५) से स्पष्ट है :—

तालिका संख्या १५

रूपमण्डन	अग्निपुराण
मधुसूदन = चक्र, शङ्ख, कमल, गदा	शङ्ख, चक्र, कमल, गदा
त्रिविक्रम = गदा, चक्र, शङ्ख, ×	पद्म, गदा, चक्र, शङ्ख
श्रीधर = कमल, चक्र, गदा, शङ्ख	कमल, चक्र, धनुष, शङ्ख[४]
हरि = शङ्ख, चक्र, पद्म, गदा	शङ्ख, पद्म, चक्र, गदा

---

१. राव खण्ड १. भाग १. पृ. २३४।

२. राव खण्ड १. पृ. २३७।

३. राव खण्ड १. पृ. २३०-३२।

४. गतिदः श्रीधरः पद्मी चक्री शार्ङ्गी च शङ्ख्यपि। अग्निपुराण ४८।५।

इस प्रकार इस तालिका से स्पष्ट हो जाता है कि 'रूपमण्डन' का हरि 'अग्निपुराण' का मधुसूदन है। श्रीधर की प्रतिमा में 'रूपमण्डन' के अनुसार गदा और 'अग्निपुराण' के अनुसार धनुष होना चाहिये। स्पष्टतः 'अग्निपुराण' का मत अशुद्ध है, क्योंकि, जैसा कि हम पहले लिख चुके हैं, चतुर्विंशति वर्ग के विष्णुओं के वर्गीकरण का आधार शङ्ख, चक्र, गदा और पद्म है। धनुष का प्रश्न ही नहीं आता।

'पद्मपुराण' 'पातालखण्ड' की तालिका का भी संक्षिप्त विवेचन यहाँ अभीष्ट है। राव महोदय ने स्पष्ट किया है कि 'पद्मपुराण' का विवरण अवैज्ञानिक है और इसके अनुसार केशव और प्रद्युम्न, पद्मनाभ और पुरुषोत्तम के आयुधों में अन्तर नहीं है।[1] 'रूपमण्डन' और 'पद्मपुराण' की तुलनात्मक विवेचना स्पष्ट करती है कि 'पद्मपुराण' की तालिका के पाँच[2] देवता 'रूपमण्डन' से भिन्न हैं:—

तालिका संख्या १६

देवता	रूपमण्डन	पद्मपुराण
श्रीधर	गदा, चक्र, शङ्ख, पद्म	कमल, चक्र, गदा, शङ्ख
हृषीकेश	पद्म, चक्र, गदा, शङ्ख	गदा, चक्र, पद्म, शङ्ख
पद्मनाभ	चक्र, पद्म, शङ्ख, गदा	शङ्ख, पद्म, चक्र, गदा
वासुदेव	पद्म, चक्र, शङ्ख, गदा	गदा, शङ्ख, चक्र, पद्म
प्रद्युम्न	पद्म, शङ्ख, चक्र, गदा	चक्र, शङ्ख, गदा, कमल

'रूपमण्डन' का प्रद्युम्नविररण न तो 'पद्मपुराण' के मेल में हैं और न 'अग्निपुराण' के[3]। किन्तु इसका मेल 'मानसोल्लास' से है। 'मानसोल्लास' की पूरी सूची का मेल 'रूपमण्डन' से है। अन्तर केवल त्रिविक्रम के विवरण में हैं। 'रूपमण्डन' में त्रिविक्रम के केवल तीन ही आयुध बताये गये हैं :—

'त्रिविक्रमस्त्रिषु गदाचक्रशङ्खान् बिभर्ति यः' 'मानसोल्लास' में त्रिविक्रम का

---

१. राव भाग १. खण्ड १. पृ. २३०।

२. राव महोदय ने भूल से 'पद्मपुराण' और 'रूपमण्डन' में वर्णित हरि, जनार्दन और उपेन्द्र में अन्तर माना है। किन्तु दोनों के वर्णन समान हैं। द्रष्टव्य राव की तालिका पृ. २३१-३२ और इस पुस्तक की तालिका संख्या १४।

३. 'रूपमण्डन' में प्रद्युम्न के आयुध चक्र, शङ्ख, गदा, कमल हैं। अग्निपुराण के अनुसार गदा, शङ्ख, चक्र, गदा (पद्म ?) तथा पद्मपुराण के अनुसार पद्म, शङ्ख, चक्र और गदा हैं।

आयुध क्रम बताते समय गदा चक्र शङ्ख की जगह पद्म, गदा, चक्र और शङ्ख[1] कहा गया है। 'अग्निपुराण' में भी 'मानसोल्लास' की तरह पद्म, गदा, चक्र और शङ्ख[2] बताया है।

आयुधों का क्रम राव के अनुसार देवता के ऊपरी दाएँ हाथ से प्रारम्भ होकर बाएँ का ऊपरी हाथ, बाएँ हाथ का निचला हाथ और अन्त में दाएँ हाथ का निचला हाथ है।[3] किन्तु बनर्जी महोदय ने उचित ही संकेत किया है कि यह क्रम

१. 'मानसोल्लास में केवल तीन ही आयुवों का उल्लेख है। चतुर्थ का अनुमान सहज ही करना पड़ता है। इसी पद्धति से विष्णु के सभी रूपों का वर्णन 'मानसोल्लास' में किया गया है। इसका वर्णन सांकेतिक शैली में है। चतुर्विंशति वर्ग के विष्णुओं का वर्णन निम्नलिखित है :—

जगन्नाथस्य वक्ष्यन्ते चतुर्विंशतिमूर्तयः ॥
प्रादक्षिण्येन बोद्धव्या चतुर्विंशतिमूर्तयः।
अधोहस्तक्रमेणादौ यथैवाक्षरसंज्ञया ॥
अवशिष्टमधोबाहोश्चतुर्थं नामवाचकम्।
प्राधान्यं व्यञ्जनेष्वेव दीर्घानुस्वारयोर्बहिः ॥
छन्दसः पूरणार्थाय क्वचिदाद्यं प्रलुप्यते।
पशचंके शपंगाना गाचशंमा चगापगो ॥
गोपशंवि चशंपाम पागचत्रि शचागवा।
पचांङ्कश्री गचंपाहृ शपचाप पशागदा ॥
गशापाशं(सं) गशाचंवा चशगाप्र चगाशनि।
चपाशंपु पगाचा(शा)धो चंपागोनृ गपाचतुः(चु) ॥
पाचशंज शगाचोपे शोपपांह शगापकृ।
चतुर्बाहुयुताः सर्वाः मूर्तयः परिकीर्तिताः ॥

मानसोल्लास १।३।६८८–६९४।

२. भक्त्या त्रिविक्रमः पद्मगदी चक्री च शङ्ख्यपि।

अग्नि० २८।४।

३. राव, भाग १. खण्ड १, पृ० २१७–२८। यद्यपि 'रूपमण्डन' और 'अग्नि-पुराण' का मत आयुवों का क्रम-निर्धारण के सम्बन्ध में यह है कि दाहिनी ओर के निचले हाथ से आयुवों की गणना की जाय। स्कन्दपुराण (काशी खण्ड ६१–२१५) में भी जहाँ चतुर्विंशति विष्णुओं की सूची है, आयुवों का विवेचन दाहिने निचले (आद्य) हाथ से बताने का संकेत है।

दाहिने हाथ के निचले, फिर ऊपरी, और फिर ऊपरी बाएँ और अन्त में निचले बाएँ क्रम से चलता है।[1] 'रूपमण्डन' का इस संबंध में संकेत यही है कि आयुधों का क्रम निचले दाहिने हाथ से ही चलता है। वचन है :—

'एताः सुमूर्तयो ज्ञेया दक्षिणाधःकरक्रमात्'

(रूपमण्डन ३।२१)

'अग्निपुराण' के 'ॐ रूपः केशवः पद्मशङ्खचक्रगदाधरः। नारायणः शङ्ख-पद्मगदाचक्री प्रदक्षिणम्॥' (२८।१) और 'मानसोल्लास' के 'प्रादिक्षण्येन बोद्धव्या चतुर्विंशतिमूर्तयः' का भी यही आशय है।

विष्णु के आयुधों का प्रतीकात्मक महत्त्व है।[2] विष्णु जो ब्रह्माण्ड के प्रतीक हैं, लोक भावना में आदिदेव और विश्व का मूर्त रूप समझे जाते हैं :—

देवाद्यं जगदखिलं त्वमेव विश्वम्।

(वि० पु० ५।१।५५)

उनकी भुजाएँ ही दिशाएँ हैं। यह वैदिक कल्पना है :—

यस्येमा प्रदिशो यस्य बाहू ......।

(ऋग्वेद १०। १२। १४)

'विष्णुपुराण' में विष्णु की दश भुजाओं को दश दिशाओं का प्रतीक स्पष्ट रूप से कहा गया है :—

दिशश्चतस्त्रव्ययबाहवस्ते।

(वि० पु० ५।४।८६)

इनके हाथों में पद्म, गदा, शङ्ख और चक्र आयुध होते हैं। इन आयुधों का भी प्रतीकात्मक महत्त्व है। 'स्कन्दपुराण' का वचन है :—

ज्ञानाहङ्कारकैश्वर्य शब्दब्रह्मासि केशव।
चक्रपद्मगदाशङ्खपरिणामानि धारयन्॥

(स्कन्द० विष्णुखण्ड १०।३२)

किन्तु चक्र पद्म गदा शङ्ख को ज्ञान, अहंकार, ऐश्वर्य और शब्द के अतिरिक्त सत्त्व रजस् तमस् और अहंकार का भी प्रतीक कहा गया है। इसी तरह शङ्ख को पञ्चभूत, चक्र को आद्य विद्या भी माना गया है।

आद्यदक्षिणहस्ताच्च विद्धि सृष्टिक्रमान्मुने। स्कन्द ४।६१। २१५

'स्कन्दपुराण' की सूची 'रूपमण्डन' के मेल में नहीं है।

१. बनर्जी पृ० ५१०।

२. भारतीय प्रतीक विद्या पृ० ६०।

'रूपमण्डन' में चतुर्विंशति वर्ग की कुछ मूर्तियों को वर्णविशेष के लिये विशेष हितकर माना गया है। वर्णविशेष के लिये हितकारिता की दृष्टि से हरिहर नृसिंह आदि मूर्तियों का भी विवेचन 'रूपमण्डन' में है। 'रूपमण्डन' का मत है कि ब्राह्मणों के लिये नारायण, केशव, माधव और मधुसूदन, क्षत्रियों के लिये मधुसूदन और विष्णु, वैश्यों के लिये त्रिविक्रम और वामन, शूद्रों, चमारों, धोबियों, नटों और वरटों के लिये श्रीधर, भेद भिल्ल किरात जातियों के लिये हृषीकेश, कुम्हार बनिया और वेश्याओं के लिये चक्रध्वज, सबके लिये पद्मनाभ, ब्रह्मचारी और दण्डी के लिये दामोदर, सभी जातियों के लिये हरिहर, हिरण्यगर्भ नृसिंह, वामन, वराह हितकारी और सौख्य प्रदाता है!

(रूपमण्डन ३।३–८)

विष्णु के अवतार और रूप

अवतारवाद की प्राचीनता वैदिक है। 'शतपथ' और 'ऐतरेय' ब्राह्मणों में मत्स्य, कूर्म और वराह की चर्चा है।[१] यों तो सभी पुराणों में अवतार के प्रयोजन और महत्त्व का विवेचन है किन्तु भगवद्गीता में अवतारों के प्रयोजन का सूक्ष्म, संक्षिप्त किन्तु स्पष्ट विवेचन है। भगवान् ने अर्जुन को अवतारवाद का प्रयोजन बताते हुए कहा है :—

यदा यदा हि धर्मस्य ग्लानिर्भवति भारत।
अभ्युत्थानमधर्मस्य तदात्मानं सृजाम्यहम्॥
परित्राणाय साधूनां विनाशाय च दुष्कृताम्।
धर्मसंस्थापनार्थाय सम्भवामि युगे युगे॥

(गीता ४।७-८)

ग्रन्थभेद से अवतारों की सूचियाँ भी भिन्न हैं। कभी-कभी तो एक ही ग्रन्थ में दो भिन्न सूचियाँ हैं। समान्यतया अवतारों को संख्या दस मानी जाती है, किन्तु किन्हीं-किन्हीं ग्रन्थों में यह संख्या दस से कहीं अधिक जैसे सोलह, बाईस, तेईस, और उन्तालीस तक पहुँच जाती है।[२]

'रूपमण्डन' में दशावतार का ही विवेचन है। (रूपमण्डन ३।२४–२८) इस सूची में मत्स्य, कूर्म, नृसिंह, वराह, वामन, भार्गवराम, राम, बलराम, बुद्ध और कल्कि की गणना है। मूर्ति-विधान की दृष्टि से दशावतार का विवेचन करते हुये

१. बनर्जी पृ० ३८९

२. बनर्जी पृ० ३९०–९३ यहाँ सूचियों का विशद वर्णन और विवेचन है। राव भाग १ खण्ड १ पृ० ११९–२२३।

सूत्रधार ने लिखा है कि मत्स्य और कूर्म को यथा आकृति ही बनाना चाहिये। नृसिंह का मुख सिंह की तरह और भयंकर दांतों तथा भौंहों युक्त बनाना चाहिये। वे अपने दोनों हाथों से हिरण्याक्ष का विदारण करते हुये हों तथा शेष दो हाथों में गदा और अम्बुज हों। वराह के प्रतिमा-विधान में यह बताया गया है कि उनके आयुध भी नृसिंह की तरह गदा और अंबुज हों तथा उनका वर्ण श्याम हो। उनके दंष्ट्राग्र पर पृथ्वी हो। वामन को शिखासहित, श्याम वर्ण का बनाना चाहिये। उनके एक हाथ में दण्ड और दूसरे में जलपात्र होना चाहिये। उन्हें छत्र सहित भी दिखाना चाहिये। परशुराम को जटाधारी तथा बाण और परशु सहित तथा दाशरथि राम को श्याम वर्ण का और बाणधारी बनाने का विधान बताया गया है। बलराम को हल मूसल (सशीरमुशली) बनाना चाहिये। बुद्ध के मूर्ति-विवेचन में 'रूपमण्डन' में बताया गया है कि वे पद्मासन में, रक्त वर्ण के, तथा त्यक्तआभूषण हैं। वे ध्यानस्थ रहते हैं और उनका वस्त्र काषाय है। उनकी प्रतिमा द्विभुज बनानी चाहिये तथा उनके बाहू उनके अंक में स्थित होने होने चाहिये। कल्कि का वर्णन करते समय कहा गया है कि वे खड्गधारी तथा अश्वारूढ़ हैं।

जहाँ भी प्राचीन शास्त्रों में दशावतार का मूर्ति-विधान है, सामान्यतया इसी तरह का विवरण है।

जलशायी विष्णु

दशावतार और चतुर्विंशति वर्ग की मूर्तियों के अतिरिक्त 'रूपमण्डन' में विष्णु के अन्य रूपों का भी विवेचन है। जलशायी विष्णु के वर्णन में विष्णु को सुप्त दिखाने का विधान है। वे शय्या पर दाहिनी भुजा के बल करवट से सोये होते हैं और उनके बाएँ हाथ में पुष्प होता है। नाभि से पङ्कज निकला होता है, जिस पर ब्रह्मा आसीन होते हैं। पाँयताने श्री और भूमि बैठी होती हैं। उनके पार्श्व में मधुकैटभ भी दिखाने का विधान बताया गया है तथा विष्णु को 'निध्यस्त्रादि' के साथ दिखाना चाहिये।[1]

गरुड़

विष्णु का वाहन गरुड भी मूर्ति-विधान के लिये महत्त्वपूर्ण है। 'रूपमण्डन' में गरुड की प्रतिमा का विधान बड़ी पूर्णता के साथ बताया गया है। किन्तु 'रूपमण्डन' के विवरण का आधार 'विष्णुधर्मोत्तर' है। गरुड की प्रतिमा

१. देवगढ़ की शेषशायी प्रतिमा इस विवरण से मिलती है।

चतुर्भुज होनी चाहिये और उसकी द्युति मरकत की भाँति होनी चाहिये। उसकी नासिका उल्लू की नासिका की तरह तथा नेत्र और मुख गोल होना चाहिये। उनके दो पंख हों तथा उनके ऊरु जानु तथा चरण गृध्र पक्षी की तरह होने चाहिये। उनके एक हाथ में छत्र, दूसरे में पूर्ण घट और दो हाथ अञ्जलिबद्ध होने चाहिये। 'रूपमण्डन' के प्रस्तुत पाठ से पता चलता है कि जब भगवान् गरुड की पीठ पर आसीन हों तो भी गरुड के दो हाथों में छत्र और कुंभ हो :—

यदुश्च (यदास्य) भगवान् पृष्ठे छत्रकुम्भधरौ करौ।

(रूपमण्डन ३।५०)

'विष्णुर्धोमत्तर' पुराण से (३।५४।५) सूत्रधार मण्डन ने यह पंक्ति ली है। बाद की पंक्ति, 'विष्णुधर्मोत्तर' में 'न कर्त्तव्यौ तु कर्त्तव्यौ देवपादधरावुभौ' हैं। यह उक्ति 'रूपमण्डन' में नहीं है। इस प्रकार 'विष्णुधर्मोत्तर' पुराण के मत से गरुड पर जब भगवान् हों तो गरुड के हाथों में कुंभ और छत्र बनाना आवश्यक नहीं है। ये दोनों हाथ पृष्ठासीन विष्णु के दोनों पैरों को सँभाले हुये दिखाने चाहिये। सम्भवतः 'रूपमण्डन' का विवरण यहाँ अपूर्ण है। मूर्तिशास्त्र की व्यावहारिक परम्परा में 'विष्णुधर्मोत्तर के मत को ही मान्यता मिली है। 'रूपमण्डन' में गरुड की आसीन मुद्रा का भी विवेचन है। (३।५१) इस विवरण के अनुसार बैठे हुये गरुड का बाँया पैर आगे होता है जो थोड़ा मुड़ा होता है। दाँया पैर जानु के आधार पर पीछे की ओर मुड़कर पृथिवी पर संस्थित होता है। गरुड इन्हीं पिछले पैरों के सहारे बैठे होते हैं।

विष्णु की विशिष्ट मूर्तियाँ

'रूपमण्डन' में विष्णु की कुछ विशिष्ट मूर्तियों का भी विवेचन है। ये विष्णुमूर्तियाँ चतुर्मुख वर्ग की हैं जिनकी भुजाएँ आठ, बारह, सोलह और बीस तक होती हैं। इस प्रकार वैकुण्ठ अष्टभुज, अनन्त द्वादशभुज, त्रैलोक्यमोहन षोडश भुज और विश्वमुख विंशतिभुज होते हैं। संख्या की दृष्टि से इस वर्ग की सभी विष्णुमूर्तियाँ चतुर्मुख हैं किन्तु त्रैलोक्यमोहन का मुख 'रूपमण्डन' और 'अपराजितपृच्छा' के अनुसार अन्य विष्णुमूर्तियों से थोड़ा भिन्न होता है। त्रैलोक्यमोहन को छोड़ वैकुण्ठ, अनन्त और विश्वमुख के चार मुख क्रमशः नर, नारसिंह, स्त्रीमुख और वराहमुख होते हैं।

त्रैलोक्यमोहन की प्रतिमा में वराहानन की जगह कपिलानन कहा गया है। भुजाओं की आयुध और मुद्रा-योजना इस प्रकार है :—

वैकुण्ठ :—दक्षिण हस्तों में (१) गदा (२) खड्ग (३) चक्र (४) शर।
वाम हस्तों में (५) शङ्ख (६) खेटक (७) धनु (८) पद्म।

अनन्त :—दक्षिण हस्तों में (१) गदा (२) खड्ग (३) चक्र (४) वज्र (५) अङ्कुश (६) शर।
वाम हस्तों में (७) शङ्ख (८) खेटक (९) धनु (१०) पद्म (११) दण्ड (१२) पाश।

त्रैलोक्यमोहनः-दक्षिण हस्तों में (१) गदा (२) वज्र (३) अङ्कुश (४) बाण (५) शक्ति (६) चक्र (७) वर (८) योग।
वाम हस्तों में (९) मुद्गर (१०) पाश (११) शार्ङ्ग (१२) शङ्ख (१३) अब्ज (१४) कुण्डिका (१५) शृङ्गी (१६) योग।

विश्वरूप :—दक्षिण हस्तों में (१) पताका (२) हल (३) शङ्ख (४) वज्र (५) अङ्कुश (६) शर (७) चक्र (८) बीजपूरक (९) वर (१०) योग।
वाम हस्तों में (११) पताका (१२) दण्ड (१३) पाश (१४) गदा (१५) शाङ्र्ग (१६) उत्पल (१७) शृङ्गी (१८) मुसल (१९) अक्ष (२०) योग।

ये चारों प्रकार की विष्णुमूर्तियाँ 'रूपमण्डन' के अनुसार गरुडासीन होनी चाहिये।

'रूपमण्डन' के चतुर्मुख विष्णुओं का वर्णन 'अपराजितपृच्छा' के आधार पर है। (अपरा० २१९।२४।४१) 'अग्निपुराण' में (४९।१८-२३) त्रैलोक्यमोहन और विश्वरूप का विवरण है। 'अग्निपुराण' के अनुसार त्रैलोक्यमोहन षोडशभुज न होकर अष्टभुज हैं और उनके आयुधक्रम भी भिन्न हैं :—

त्रैलोक्यमोहनस्तार्क्ष्ये अष्टबाहुस्तु दक्षिणे ॥
चक्रं खड्गञ्च मुसलमङ्कुशं वामके करे।
शङ्खशार्ङ्गगदापाशान् पद्मवीणासमन्विते ॥
(अग्नि० ४९।२०)

विश्वरूप को 'अग्निपुराण' में बीस भुजाओं वाला कहा गया है। किन्तु 'अग्निपुराण' में वर्णित विश्वरूप की आयुध-योजना 'रूपमण्डन' और 'अपराजित-पृच्छा' की अपेक्षा अपूर्ण और भिन्न है।[1]

---

१. अग्निपुराण ४९। २१-२३।

'रूपमण्डन' में विष्णु के आठ प्रतिहारों (चण्ड, प्रचण्ड, जय, विजय, धाता, विधाता, भद्र और सुभद्र) का भी विवरण है। 'रूपमण्डन' का प्रतिहार विवरण 'अपराजितपृच्छा' (२१९।५२–५५) के आधार पर है। ये सभी वामनाकार बनाये जाते हैं। विष्णु के प्रतिहारों का स्थान और विष्णु की आयतन योजना को तालिका संख्या १७ में स्पष्ट किया गया है।

तालिका संख्या १७

ईशान विष्णु	पूर्व नारायण वा. चण्ड द. प्रचण्ड	आग्नेय जनार्दन
उत्तर मधुसूदन वा. भद्र द. सुभद्र	केशव या वासुदेव सङ्कर्षण या प्रद्युम्न अनिरुद्ध या जलशायी[1]	दक्षिण पुण्डरीकाक्ष वा. जय द. विजय
वायव्य माधव	पश्चिम गोविन्द वा. धाता द. विधाता	नैऋत्य पद्मनाभ

विष्णु के प्रतिहारों की आयुध और मुद्रा-योजना इस प्रकार बतायी जाती है:–

तालिका संख्या १८

	प्रतिहार	द०अ०	द०ऊ०	वा०ऊ०	वा०अ०
१	चण्ड	तर्जनी	शङ्ख	चक्र	दण्ड
२	प्रचण्ड	दण्ड	चक्र	शङ्ख	तर्जनी[2]
३	जय	पद्म	खड्ग	खेटक	गदा

१. रूपमण्डन के अनुसार (३।६६) आयतन के मध्य में जलशायी बनाना हो तो उसे दशावतार संयुक्त बनाना चाहिये। दशावतार में प्रथम वराहावतार बनाने का यहाँ विधान बताया गया है। शिल्पकारों में वराहावतार से दशावतार दिखाने की बड़ी प्राचीन परम्परा है।

२. प्रचण्ड के आयुध 'रूपमण्डन' में स्पष्टतः नहीं बताये गये हैं।

	प्रतिहार	द०अ०	द०ऊ०	वा०ऊ०	वा०अ०
४	विजय	खड्ग	खेटक	पद्म	गदा
५	धांता	तर्जनी	बाण	चाप	गदा
७	भद्र	तर्जनी	कमल	शङ्ख	गदा
८	सुभद्र	गदा	शङ्ख	कमल	तर्जनी

शालिग्राम

इसी अध्याय में शालिग्राम का भी वर्णन है। शालिग्राम गंडकी नदी से प्राप्त होता है। इसे प्रकृत रूप में ही पूजते हैं। 'पुराणों' में विशेष कर 'अग्नि-पुराण' में (अध्याय ४६ और ४७) शालिग्राम के धार्मिक महत्त्व और प्रतीक का अच्छा वर्णन है। 'रूपमण्डन' में शालिग्राम का जो विवरण प्रस्तुत है (३।३१-४५) उसमें शालिग्राम के लिये अच्छी बुरी शिला को पहिचान, वर्णादि की दृष्टि से शालिग्राम की उपयोगिता, शालिग्राम पर प्रकृत रूप से बनी रेखाओं के आधार पर उसमें विष्णु के स्वरूप-विशेष की प्रतिष्ठा और शालिग्राम का महत्त्व बताया गया है।

चौथा अध्याय

'रूपमण्डन' का चौथा अध्याय 'शिवमूर्तिशिवलिङ्गलक्षणाधिकार' है। 'रूपमण्डन' का यह सबसे वड़ा अध्याय है और इसमें १०६ श्लोक हैं। भारतीय देववाद की शिवमूर्तियाँ प्रमुख तत्त्व हैं तथा शिव की अनेक तरह की मूर्तियों का विधान शास्त्रों में बताया गया है। 'रूपमण्डन' में 'द्वादश शिव' का अच्छा विवेचन हैं। 'रूपमण्डन' के अनुसार 'द्वादश शिव' की सूची में सद्योजात वामदेव, अघोर, तत्पुरुष, ईश, मृत्युञ्जय, किरणाक्ष, श्रीकण्ठ, अहिर्बुध्न्य, विरूपाक्ष, सदा-शिव, और त्र्यम्बक की गणना की गयी है।

द्वादश शिव की सूची 'रूपमण्डन' के पूर्व के ग्रन्थों में नहीं उपलब्ध है। एकादश रुद्र अवश्य ही प्रसिद्ध हैं। 'अपराजितपृच्छा' में एकादश रुद्र की सूची इस प्रकार है :—

> सद्योवामोऽघोरतत्पुरुषावीशान एव च।
> मृत्युञ्जयश्च विजयः किरणाक्षोऽघोरास्त्रकः ॥
> श्रीकण्ठश्च महादेवो रुद्राश्चैकादश स्मृताः।
> (अपरा० २१२।१-२)

'रूपमण्डन' की सूची में 'द्वादश शिव' की जो नामावली है उसमें सद्योजात, तत्पुरुष, अघोर, ईशान, वामदेव, मृत्युञ्जय, किरणाक्ष, श्रीकण्ठ 'अपराजित-पृच्छा' की सूची में भी हैं। 'अपराजितपृच्छा' की सूची के विजय अघोरास्त्र

और महादेव 'रूपमण्डन' की सूची में नहीं हैं। 'रूपमण्डन' की सूची में अन्य चार नाम अहिर्बुध्न्य, विरूपाक्ष, बहुरूप और त्र्यम्बक हैं।

द्वादश शिव अथवा एकादश रुद्र की कल्पना का मूलाधार पञ्चमुख शिव हैं। शिव के पाँच मुख 'विष्णुधर्मोत्तरपुराण' के अनुसार सद्योजात, वामदेव, अघोर, तत्पुरुष और ईशान हैं :—

सद्योजातं वामदेवमघोरं च महाभुज।
तथा तत्पुरुषं ज्ञेयमीशानं पञ्चमं मुखम्॥
(वि० ध० ३।४८।१)

इन पाँचों मुखों का रूपकत्व इस प्रकार समझना चाहिये :—

सद्योजातं मही प्रोक्ता वामदेवं तथा जलम्।
तेजस्त्वघोरं विख्यातं वायुस्तत्पुरुषं मतम्॥
ईशानं च तथाकाशमूर्ध्वस्थं पञ्चमं मुखम्।
(वि० ध० ३।४८।३।३)

इन पाँचों मुखों को एकत्र (पञ्चमुखशिव के रूप में) बनाने का प्राचीन विधान है। बाद को पाँचों मुखों के आधार पर पाँच पृथक् शिवों की कल्पना की गयी और अन्त में इन्हींके आधार पर 'एकादश' 'रुद्र' या 'द्वादश शिव' की पृथक् मूर्तियों का विधान किया गया। यही कारण है कि 'एकादश रुद्र' अथवा 'द्वादश शिव' की सूची में प्रथम पाँच शिव सद्योजात, तत्पुरुष, वामदेव, अघोर और ईशान हैं।[1]

'रूपमण्डन' के अनुसार 'द्वादश शिव' के आयुधादि का विवरण निम्नलिखित तालिका से समझा जा सकता है :—

तालिका संख्या १९

शिवनाम	आयुध		विशेष
	दक्षिण हस्त	वाम हस्त	
१ सद्योजात	१ वरद	२ अभय	सौम्य, त्रिनेत्र, शुक्ल, वस्त्र, माला, कुण्डल, जटा, बालेन्दु।
२ वामदेव	१ खड्ग	२ खेटक	तुंग नासिका, त्रिनेत्र, रक्तनेत्र, रक्त वस्त्र, रक्तउष्णीष, रक्तमाला, रक्त यज्ञोपवीत, जटा, चन्द्र।

१. 'विश्वकर्मा प्रकाश' और 'अंशुमद्भेदागम' की सूची 'अपराजितपृच्छा' और 'रूपमण्डन' से सर्वथा भिन्न है तथा इनमें सद्योजात, आदि पंच शिवों के नाम नहीं हैं। अंशुमद्भेदागम में केवल ईशान का नाम आया है। प्रतिमा-विज्ञान पृ० २७३।

शिवनाम	आयुध		विशेष
	दक्षिण हस्त	वाम हस्त	
३ अघोर	१ त्रिशूल २ परशु ३ खड्ग ४ दण्ड	५ खट्वाङ्ग ६ कपाल ७ खेटक ८ पात्र	दंष्ट्राकराल वदन, सर्पशीर्ष, त्रिलोचन, रुण्डमाला, सर्प-कुण्डल, भुजंग-केयूर, सर्प-हारोपवीत, कटिसूत्र, वृश्चिक-माला, नीलोत्पलदल अथवा अतसीपुष्प की तरह वर्ण, पिङ्गल, पिङ्ग जटा, शशाङ्क।
४ तत्पुरुष	१ अक्षमाला	२ मातुलुङ्ग	पीताम्बर, पीत यज्ञोपवीत।
५ ईश	१ त्रिशूल	२ कपाल	शुद्ध स्फटिक की तरह वर्ण, जटा, चन्द्र।
६ मृत्युञ्जय	१ त्रिशूल २ अक्षमाला ३ और ६ दो कर योगमुद्रा में	४ कपाल ५ कुण्डिका	कपालमाला, सुश्वेतवर्ण, शशाङ्क, व्याघ्रचर्म, नागेन्द्र-भूषित।
७ किरणाक्ष	१ अक्ष २ और ४ अभय मुद्रा में	३ पुस्तक	महाबाहु, शुक्लपाद, त्रिलोचन।
८ श्रीकण्ठ	१ खड्ग २ धनु	३ शर ४ खेटक	चित्रवस्त्र, चित्रयज्ञोपवीत, चित्ररूप, चित्र ऐश्वर्यं, एकवस्त्र या एक वक्त्र, सर्पालङ्कारभूषित
९ अहिर्बुध्न्य	१ गदा २ सर्प ३ चक्र ४ डमरु ५ मुद्गर ६ शूल ७ अङ्कुश ८ माला (ऊपर से नीचे के क्रम से)	९ तोमर १० पट्टिश ११ चर्म १२ कपाल १३ तर्जनी १४ घट १५ शक्ति १६ परशु (ऊपर से नीचे के क्रम से)	

शिवनाम	आयुध दक्षिण हस्त	आयुध वाम हस्त	विशेष
१० विरूपाक्ष	१ खड्ग	९ खेट	
	२ शूल	१० खट्वाङ्ग	
	३ डमरु	११ शक्ति	
	४ अङ्कुश	१२ परशु	
	५ सर्प	१३ तर्जनी	
	६ चक्र	१४ घट	
	७ गदा	१५ घण्टा	
	८ अक्षसूत्र	१६ कपाल	
	(ऊपर से नीचे के क्रम से)	(ऊपर से नीचे के क्रम से	
११ बहुरूपी सदाशिव	१ डमरु	९ घण्टा	
	२ सुदर्शन	१० कपाल	बहुरूप
	३ सर्प	११ खट्वाङ्ग	
	४ शूल	१२ तर्जनी	
	५ अङ्कुश	१३ कुण्डिका	
	६ कुम्भ	१४ धनु	
	७ कौमुदी(गदा)	१५ परशु	
	८ जपमाला	१६ पट्टिश	
	(ऊपर से नीचे के क्रम से)	(ऊपर से नीचे के क्रम से)	
१२ त्र्यम्बक	१ चक्र	९ गदा	
	२ डमरु	१० खट्वाङ्ग	
	३ मुद्गर	११ पात्र	
	४ शर	१२ कार्मुक	
	५ शूल	१३ तर्जनी	
	६ अङ्कुश	१४ घट	
	७ अक्षसूत्र	१५ परशु	
	८ (?)	१६ पट्टिश	
	(ऊपर से नीचे के क्रम से)	(ऊपर से नीचे के क्रम से)	

युग्ममूर्तियाँ

भारतीय मूर्ति-विधान में प्रकृति और पुरुष की एकता का आभास अनेक रूपों से कराया जाता है। उमा और महेश्वर के प्रतिमाविधान का भी यही उद्देश्य है। उमामहेश्वर की प्रतिमा का विधान 'विष्णुधर्मोत्तर (३।५५) और 'रूपमण्डन' (४।२७–३९) में है। 'रूपमण्डन' का विवरण मूलरूप में 'अपराजित-पृच्छा' (२१३।२५–२७) का है 'अपराजितपृच्छा' और 'रूपमण्डन' के अनुसार चतुर्भुज शिव उमा के साथ आसीन दिखाये जाने चाहिये। शिव के एक दाहिने हाथ में त्रिशूल और दूसरे दाहिने हाथ में मातुलिङ्ग होना चाहिये। बाएँ हाथ का एक हाथ उमा के स्कन्ध पर स्थित होना चाहिये और दूसरा हाथ सर्प लिये हुए दिखाना चाहिये। उमा का एक हाथ शिव के स्कन्धप्रदेश पर हो और दूसरे में दर्पण हो। उमामहेश्वर की प्रतिमा के नीचे कुमार, गणेश्वर, वृषभ तथा नाचते हुए भृंगी ऋषि को प्रदर्शित करने का विधान 'रूपमण्डन' में कहा गया है।

भारतीय धार्मिक समन्वयवादिता का प्रतीकत्व प्रदर्शित करने के लियें भारतीय शिल्प और पूजा विधान में कुछ ऐसे देवताओं की कल्पना की गयी है जिनमें एक से अधिक देवताओं के आयुधों और लक्षणों का समन्वय होता है। 'रूपमण्डन' में हरिहर और हरिहरपितामह का विवरण है। हरिहर में विष्णु और शिव के आयुधों और लक्षणों को एक ही प्रतिमा में व्यक्त किया जाता है। हरिहर की प्रतिमा भारत के दो प्रधान धार्मिक सम्प्रदाय शैव और वैष्णव की एकता का प्रतीक है। एक बहुप्रचलित श्लोक में हरिहर की एकता का इस प्रकार प्रतिपादन किया गया है :—

उभयोः प्रकृतिस्त्वेका प्रत्ययभेदाद्विभिन्नवद्भाति।
कलयति कश्चिन्मूढो हरिहरभेदं विना शास्त्रम्॥[1]

स्वयं विष्णु शिव से कहते हैं :—

मत्तोऽविभिन्नमात्मानं द्रष्टुमर्हसि शङ्कर॥
योऽहं स त्वं जगच्चेदं सदेवासुरमानुषम्।
अविद्यामोहितात्मानः पुरुषा भिन्नदर्शिनः॥
(विष्णुपुराण ५।३३।४७-४८)

---

१. 'नारदपुराण' में इसी आशय का यह वचन है :—

हरिरूपधरं लिङ्गं लिङ्गरूपधरो हरिः।
ईषदप्यन्तरं नास्ति भेदकृच्चानयोर्बुधः॥
अनादिनिधने देवे हरिशङ्करसंज्ञिते।
अज्ञानसागरे मग्नं, भेदं कुर्वन्ति पापिनः॥
नारद० ६।४४-४५।

नारदपुराण (११।३०) में हरि को हर और हर को हरि रूप में मान्यता देकर दोनों को नमस्कार्य कहा गया है :—

हरिरूपी महादेवः शिवरूपी जनार्दनः ।
लोकत्रयस्य नेता यस्तं नमामि जगद्गुरुम् ॥

चित्र और मूर्तिशास्त्र की दृष्टि से हरिहर की प्रतिमा का विधान यह है कि दक्षिणार्द्ध में शिव और वामार्द्ध में विष्णु बनाया जाय। इस प्रकार शिव का वर्ण श्वेत और विष्णु का नीला भी प्रदर्शित किया जाय। दक्षिण भाग में शिव का वाहन वृष और वाम भाग में विष्णु का वाहन गरुड़ दिखाया जाय। हरिहर की यह समन्वित प्रतिमा चतुर्भुज होती है। शिवांश की दो भुजाएँ वरद और त्रिशूल सहित तथा विष्णु भाग की दो भुजाएँ चक्र और कमल धारण किये होती हैं।

सांख्य दर्शन का त्रिगुणवाद (सत्त्व, रज और तम, जिसके वैषम्य से सृष्टि सम्भव होती है) भारतीय कला में बहुत व्यापक है। यही त्रिगुणवाद त्रिदेव-कल्पना का आधार है। ब्रह्मा रज, विष्णु सत्त्व और शिव तम गुणों के प्रतीक हैं[1] जो क्रमशः सृष्टि की उत्पत्ति, स्थिति और संहार करते हैं।

सृष्टिस्थितिविनाशानां कर्त्ता कर्तृपतिर्भवान् ।
ब्रह्मविष्णुशिवाख्याभिरात्मर्मूर्तिभिरीश्वरः ॥
(विष्णुपुराण १।३०।१०)

यह त्रिगुण या त्रिदेव मूल रूप में एक ही हैं। 'वायुपुराण' का वचन है :—

एकात्मा स त्रिधा भूत्वा संमोहयति यः प्रजाः ।
(वायु० ३।६६।११७)

'ब्रह्मपुराण' में इस एकत्व को स्पष्ट किया गया है और कहा गया है कि 'पुरुष' निराकार और साकार दोनों ही है। साकार रूप में पुरुष गुणों की व्याप्ति के कारण तीन रूप धारण करता है। यही तीन रूप ब्रह्मा, विष्णु और महेश हैं :-

योऽमूर्तः स परो ज्ञेयो ह्यपरो मूर्त उच्यते ।
गुणाभिव्याप्तिभेदेन मूर्तोऽसौ त्रिविधो भवेत् ॥
ब्रह्मा विष्णुः शिवश्चेति एक एव त्रिधोच्यते ।
× × ×
एकस्य बहुधा व्याप्तिर्गुणकर्मविभेदतः ।
लोकानामुपकारार्थमाकृतित्रितयं भवेत् ॥
(ब्रह्मपुराण १३०।९।११)

१. वायुः ३, ६६, १२६।

यह प्रसिद्ध उक्ति और भी स्पष्ट है :—

एकमूर्तिस्त्रयो देवा ब्रह्मविष्णुमहेश्वराः।[1]

'रूपमण्डन' के अनुसार 'हरिहरपितामह' की प्रतिमा एक ही पीठ और एक ही देह में बनानी चाहिये। सभी लक्षणों से युक्त होकर यह प्रतिमा चतुर्मुख बनती है और इसके तीन दक्षिण भुजाओं में क्रमशः अक्षमाला, त्रिशूल और गदा तथा तीन वाम भुजाओं में कमण्डलु, खट्वाङ्ग और चक्र होना चाहिये।

'रूपमण्डन' के इस अध्याय के चौतीसवें श्लोक में कुछ भ्रष्टता है। उमा का प्रसंग नहीं बैठता। इसी श्लोक में लक्ष्मीनारायण की युग्म प्रतिमा का विधान है। लक्ष्मीनारायण की युग्म प्रतिमा का विधान सम्भवतः 'रूपमण्डन' में ही सर्वप्रथम आता है। इस विवरण के अनुसार नारायण अपने आयुधों के साथ गरुडासीन होते हैं। श्लोक ३५ में कहा गया है कि लक्ष्मी बाएँ हाथ में सरोज और दाहिना हाथ नारायण के कण्ठ प्रदेश पर रखती हैं। नारायण का बायाँ हाथ लक्ष्मी के कुक्षि-प्रदेश पर रहता है।

'रूपमण्डन' में अन्य युग्म मूर्तियों के निर्माण के विषय में यह निर्देश दिया गया है कि देवता की शक्ति पृथक् रूप से उसके वाहन, अस्त्र और आकृति का ध्यान करके बनाना चाहिये।

शिव के आयतन और प्रतिहार

ब्रह्मा, सूर्य और विष्णु के प्रतिहारों की तरह शिव के आयतन और प्रतिहारों का विधान 'रूपमण्डन' में है। यहाँ शिव के दो प्रकार के आयतन विधान की चर्चा है। एक तो 'एकद्वार शिवायतन' और दूसरा 'चतुर्मुख शिवायतन'। 'एकद्वार शिवायतन' के लिये कहा गया है कि बाएँ गणाधिप, दायें पार्वती, नैर्ऋत्य में भास्कर और वायुकोण में जनार्दन को स्थापित करना चाहिये। सप्त मातृकाओं का स्थान दक्षिण दिशा में है। उत्तर में शान्तिगृह बनाना चाहिये तथा पश्चिम दिशा में यक्षाधीश की प्रतिमा की स्थापना करनी चाहिये। चतुर्मुख शिवायतन में बाएँ स्नानगृह और दक्षिण में यश-द्वार, मध्य में रुद्र की प्रतिष्ठा होनी चाहिये और दक्षिण में मातृकाओं की। रुद्र के बाएँ महालक्ष्मी उमा भैरव को और पृष्ठ भाग में ब्रह्मा और विष्णु को बनाना चाहिये। अग्नि के कर्ण कोण पर इन्द्रादित्य (दे० मू० प्र० ६।१५७ में चन्द्रादित्य है) और स्कन्द तथा ईशान कोण पर विघ्नराज और धूम्र की स्थापना करनी चाहिये।

(द्रष्टव्य तालिका संख्या २०)

---

१. वैदिक विज्ञान और भारतीय संस्कृति पृ० २५०।

तालिका संख्या २०

एकद्वार शिवायतन

	पूर्व	
उत्तर शान्तिगृह	गणेश शिव पार्वती बा. द.	मातृका दक्षिण
वायव्य जनार्दन	यक्षाधीश पश्चिम	भास्कर नैऋत्य

चतुर्मुख शिवायतन

ईशान धूम्र विघ्नराज	पूर्व	अग्नि
उत्तर स्नानगृह	महालक्ष्मी, उमा, भैरव रुद्र ब्रह्मा विष्णु[1]	मातृका यशोद्वार दक्षिण
वायव्य इन्द्रादित्य स्कन्द	पश्चिम	नैऋत्य

१. चतुर्मुख शिवायतन में दो स्थानों पर रुद्र की प्रतिष्ठा का विधान भ्रामक है।

शिव के अष्ट प्रतिहार पूर्वादि दिशा क्रम से चारों दिशाओं में स्थित रहते हैं। इन प्रतिहारों के नाम नन्दी, महाकाल, हेरम्ब, भृंगी, दुर्मुख, पाण्डुर, सित और असित हैं। इनकी स्थिति और आयुध का ज्ञान निम्न तालिका से सरलतापूर्वक होगा :—

तालिका संख्या २१

क्रम	प्रतिहार	स्थिति	दिशा	आयुध
१	नन्दी	वाम	पूर्व	मातुलिङ्ग, नागेन्द्र, डमरु, बीजपूरक
२	महाकाल	दक्षिण	,,	खट्वाङ्ग, कपाल, डमरु, बीजपूरक
३	हेरम्ब	वाम	दक्षिण	तर्जनी, त्रिशूल, डमरु, गज
४	भृङ्गी	दक्षिण	,,	गज, डमरु, खट्वाङ्ग, तर्जनी
५	दुर्मुख	वाम	पश्चिम	त्रिशूल, डमरु, खट्वाङ्ग, कपाल
६	पाण्डुर	दक्षिण	,,	कपाल, डमरु, दण्ड, बीजपूरक[1]
७	सित	वाम	उत्तर	मातुलिङ्ग, मृणाल, खट्वाङ्ग, पद्मदण्डक[2]
८	असित	दक्षिण	,,	पद्म, दण्ड, खट्वाङ्ग, मृणाल, बीजपूरक

शिवलिङ्ग

'रूपमण्डन' में लिङ्गार्चा का विशद विवेचन है। लिङ्ग सर्जन का प्रतीक है और भारतीय पूजा-विधान में सिन्धुघाटी सभ्यता के समय से महत्त्व रखता है। वैदिक-धर्म में लिङ्ग-पूजा को विशेष महत्त्व नहीं मिला था, किन्तु भारतीय लोकधर्म में इसकी प्रतिष्ठा बनी रही। पौराणिक-साहित्य में लिङ्गपूजन की बड़ी महत्ता गायी गयी है। शैवों में शिवलिङ्ग का जो महत्त्व है वह शिव-मूर्तियों

१. दुर्मुख और पाण्डुर के आयुध-क्रम को श्लोक १०४ में एकत्र ही दे दिया गया है। स्पष्ट उक्ति नहीं है कि पाण्डुर के आयुध क्या-क्या हैं। वर्णन इस प्रकार है :—

त्रिशूलं डमरुञ्चैव खट्वाङ्गं च कपालकम्।
कपालं डमरुं दण्डं बीजपूरं तथा दधत्॥
दुर्मुखः पश्चिमे वामे पाण्डुरो दक्षिणे तथा।

४। १०४–५

२. 'पद्मदण्डकौ' पाठ अशुद्ध है। 'पद्मदण्डकं' पाठ ही ठीक है, अन्यथा आयुधों की संख्या पाँच हो जाती है जो चतुर्भुजत्व के मेल में नहीं है।

का नहीं है। शिव-मन्दिरों के गर्भगृह में शिवलिङ्ग की स्थापना का ही विशेष प्रचार है, शिव मूर्तियाँ प्रायः गौण रूप से मन्दिरों में प्रतिष्ठित होती रही हैं। 'रूपमण्डन' में लिङ्ग प्रशंसा में कहा गया है :—

लिङ्गं नान्याश्रितं लिङ्गमाश्रिताः सर्वदेवताः।

अतएव 'रूपमण्डन' के अनुसार इसे मुख्य देव रूप में ही स्थापित करने का विधान है। (४।७१)।

लिङ्ग को ब्रह्म का स्वरूप माना गया है और इसे त्रिगुण, तन्मात्रा का सूत्ररूप और महत् तत्त्व भी कहा गया है। 'अध्यात्म रामायण' के अनुसार लिङ्ग से ही अहङ्कार, बुद्धि, पञ्चप्राण और पञ्च इन्द्रियाँ उत्पन्न होती हैं।[1] यही सृष्टि स्थिति-संहार का भी कारण है :—

लिङ्गशब्देन विद्वांसः सृष्टिसंहारकारणम्।
(तन्त्रालोक ४। १३१)

'लिङ्गपुराण' की परिभाषा के अनुसार 'प्रलयकाल' में सारी सृष्टि जिसमें लीन होती है और पुनः 'सृष्टिकाल' में जिससे सर्जन होता है, उसे लिङ्ग कहते हैं।

लयं गच्छन्ति भूतानि संहारे निखिलं यतः।
सृष्टिकाले पुनः सृष्टिस्तस्माल्लिङ्गमुदाहृतम्॥
(लिङ्ग० ९९।८)

सूत्ररूप में यदि कहा जाय तो लिङ्ग भावना का आधार शैव और शाक्त दर्शन हैं। इन दर्शनों के अनुसार सर्वव्यापी और अविनाशी तत्त्व में क्षोभ या स्पन्दन होता है जिससे जलराशि में जलावर्त और वायुमण्डल में वातावर्त की तरह शब्द के साथ-साथ बिन्दु बनता है और जल के ऊंचे तरङ्ग की तरह यह ऊपर उठकर सृष्टि का रूप धारण करता है। बिन्दु से चेतना के इस ऊपर उठने का नाम मूलस्तम्भ है। इसी मूलस्तम्भ से सृष्टि का विस्तार होता है और मूलतत्त्व में लीन होने के पहले सृष्टि इसी में लीन होती है। यही मूलस्तम्भ शैवों और शाक्तों का महाशिव लिङ्ग है।'[2]

लिङ्ग दो प्रकार के होते हैं :—एक तो चल और दूसरा अचल (रूपमण्डन ४।४५)। चल लिङ्ग के द्रव्य-भेद से कई भेद शास्त्रों में कहे गये हैं। आगमों

१. 'अध्यात्मरामायण' अयोध्याकाण्ड, सर्ग १।२१।

२. राव भाग २, खण्ड २, पृ० ३६४; भारतीय प्रतीक विद्या, पृ० ११७।

के अनुसार वे भेद मृण्मय, लोहज, रत्नज, दारुज, शैलज और क्षणिक की संज्ञाओं से अभिहित होते हैं। 'रूपमण्डन' में रत्नज, शैलिय,[1] मृण्मय और दारुज चल लिङ्गों का विवेचन है। द्रव्यविशेष से बने शिवलिङ्ग के गुण और प्रभाव का विवरण निम्न तालिका से स्पष्ट होगा :—

तालिका संख्या २०

लिङ्गद्रव्य	प्रभाव	द्रव्य	प्रभाव
हेम	स्थिर लक्ष्मीप्रद	त्रिलोह	?
रजत	राज्यप्रद	हीरक	आयुष्य
ताम्र	प्रजावृद्धि	मौक्तिक	भोग
वङ्ग (राँगा)	आयुवृद्धि	पुष्पराग	सुख
कांस्य	विद्वेष (?) विशेष हितकारी	वैदूर्य	शत्रुनाश
पीतल	भुक्ति और मुक्ति	पद्मराग	श्री
सीस	वंशवृद्धि	इन्द्रनील	यश
अयस्	रिपुनाशक	मणि	पुष्टि, देवसान्निध्य या दीप्त (?)
अष्ट लोह	कुष्ठ, क्षयरोग का नाशक	स्फटिक, मृण्मय	सर्वकामद
शैल	भोग	दारु	वसुसिद्धि

दारुज लिङ्ग के लिये श्रीपर्णी, शिशप, अशोक, शिरीष, खदिर, अर्जुन, चन्दन, श्रीफल, निम्ब, रक्तचन्दन, वीर्यक, कर्पूर, देवदारु, पारिजात, चम्पक, मधुवृक्ष, हिन्ताल, अगरु के वृक्ष उपयोगी हैं और उत्तम माने जाते हैं। इनकी ऐसी लकड़ियाँ जो छिली (निर्व्रणा) न हो लिङ्ग-निर्माण के लिये उपयोगी हैं तथा 'ग्रंथ कोटरयुक्त' और 'शाखोद्भूत' लकड़ियाँ त्याज्य हैं।

अचल लिङ्गों की कोटि में सुप्रभेदागम के अनुसार स्वायम्भु, दैबत, गाणपत्य, असुर, पुराण, असुर, राक्षस, मानुष और बाण लिङ्ग आते हैं। 'रूपमण्डन' में केवल बाण और मानुष लिङ्ग की ही विशेष चर्चा है।

---

१. छोटे प्रकार के लिङ्ग जिन्हें लिङ्गायत और जङ्गम सम्प्रदाय के शैव यति धारण करते हैं। राव, भाग २, खण्ड १, पृ० ७७।

शैवों में बाण लिङ्ग का वही महत्त्व है जो वैष्णवों में शालिग्राम का। 'रूपमण्डन' में वाणोपासना की महत्ता का विशेष वर्णन है। (रूपमण्डन ४।७८।८२) बाणलिङ्ग रेवा या नर्मदा नदी से उपलब्ध होता है। सूत्रधारमण्डन के अनुसार वाराणसी, प्रयाग, कुरुक्षेत्र, सरस्वती, नर्मदा, अन्तर्वेदी, केदार, प्रभास आदि बाणलिङ्ग के उत्पत्तिस्थल हैं और यहाँ बाणोपासना का विशेष महत्त्व है। (४।७२–७३) एक पृथक् श्लोक में महानदी से प्राप्त पाषाण का भी वाणलिङ्गवत् महत्त्व बताया गया है :—

महानदीसमुद्भूतं सिद्ध क्षेत्रादिसम्भवम्।
पाषाणं परया भक्त्या लिङ्गवत् पूजयेत् सुधीः॥

(रूपमण्डन ४।७७)

वैसे यह कहा जाता है कि बाणलिङ्ग वही है जो तिरपन बार तुला पर तौले जाने पर भी समान भार नहीं व्यक्त करता अर्थात् हर बार उसका भार घटता बढ़ता रहता है (क्योंकि ईश्वर का प्रतीक वाणलिङ्ग ईश्वर की ही तरह अमेय है) किन्तु इसके लिये विशेष लक्षणादि का महत्त्व नहीं :—

सदोषं गुणयुक्तं च बाणं पूज्यं हि नित्यशः।
बलाल्लक्ष्मीं समाकृष्य भुज्येत बाणलिङ्गतः॥

(रूपमण्डन ४।७८)

अन्यत्र भी वचन है कि मनपसन्द बाणलिङ्ग ही पूजनीय है, उसके लक्षणादि के विचार गौण हैं :—

वाणे लक्षणहीनेऽपि यत्र वै रोचते मनः।
तत्र पूजां प्रकुर्वीत धर्मकामार्थमोक्षदम्॥

(रूपमण्डन ४।४८)

'रूपमण्डन' में 'स्वायम्भुवलिङ्ग' का नाम के अतिरिक्त कोई वर्णन नहीं है। कामिकागम की परिभाषा के अनुसार स्वायम्भुव[1] लिङ्ग, यथानाम स्वयं उद्भूत होता है और इसकी अनादि सत्ता है इसका जीर्णोद्धार नहीं होता। परिस्थिति-वश यथा अग्नि, पशु, जलप्लावन, या तुरुष्कादि शत्रुओं के आक्रमण से यदि यह क्षीण और भंग हो जाय तो सामान्य संस्कार के बाद पुनः पूज्य हो जाता है। स्वायम्भुव लिङ्गों के अड़सठ प्रतिष्ठान शास्त्रों में गिनाये गये हैं।[2]

---

१. राव भाग २, पृ० ८०–८१।

२. वही, ८३–८५, कुरुक्षेत्र और प्रभास को लेकर संख्या ६८ के बजाय ६९ हो जाती है।

'रूपमण्डन' में रत्न, धातु, काष्ठ और पत्थर के लिङ्गों के पृथक्-पृथक् मान के नौ-नौ लिङ्ग बनाने का विधान कहा गया है। रत्नलिङ्ग के विषय में बताया गया है कि सबसे छोटा लिङ्ग एक अङ्गुल का होगा और इसके बाद क्रमशः एक-एक अङ्गुल बढ़ाते हुये नौ अङ्गुल पर्यन्त कुल आठ लिङ्ग और बनाये जा सकते हैं। यह भी सम्भव है कि एक अङ्गुल के लिङ्ग पर वृद्धि अङ्गुल-अङ्गुल की न करके एक-एक मुद्ग की की जाय। (रूपमण्डन ४।४९)। इसी प्रकार धातु-लिङ्ग बनाते समय सबसे छोटा लिङ्ग आठ अङ्गुल का होगा, उसके उपरान्त क्रमशः आठ-आठ अङ्गुल की वृद्धि करते हुये तीन हाथ पर्यन्त क्रमशः शेष आठ धातुलिङ्ग और बनाये जा सकते हैं। काष्ठ का सबसे छोटा लिङ्ग सोलह अङ्गुल का बनेगा, इसके उपरान्त सोलह-सोलह अङ्गुल वृद्धि करते हुये छः हाथ पर्यन्त कुल आठ हाथ और बनेंगे। इसी पद्धति से पत्थर के भी नौ लिङ्ग बनाने का विधान बताया गया है अर्थात् सबसे छोटा शैललिङ्ग एक हाथ का होगा और इसके बाद एक-एक हाथ की वृद्धि करते हुये नौ हाथ तक के मान के शेष आठ लिङ्ग और बनाये जा सकते हैं।

'मत्स्यपुराण' में भी नौ प्रकार के लिङ्गों के बनाने का विधान कहा गया है। ज्येष्ठ, मध्यम और कनिष्ठ भेद से तीन प्रकार के लिङ्ग होते हैं तथा पुनः प्रत्येक के तीन-तीन विभाग करके विभिन्न मानों के नौ लिङ्ग कहे गये हैं :—

ज्येष्ठमर्द्धं कनीयोऽर्द्धं तथा मध्यममध्यमम्।
एवं गर्भः समाख्यातस्त्रिभिर्भागैर्विभाजयेत्॥
ज्येष्ठन्तु त्रिविधं ज्ञेयं मध्यमन्त्रिविधन्तथा।
कनीयसं त्रिविधं तद्वत् लिङ्गभेदा नवैव तु॥
(मत्स्य० २६२।१०–११)

लिङ्ग और प्रासाद के मान में आनुपातिक सम्बन्ध होता है :—

प्रासादस्य प्रमाणेन लिङ्गमानं विधीयते।
लिङ्गमानेन वा विद्यात् प्रासादं शुभलक्षणम्॥
(मत्स्य० २६२।२)

इसी आनुपातिक सम्बन्ध के आधार पर ज्येष्ठ, मध्यम और कनिष्ठ लिङ्गों का मान निश्चित किया जाता है। 'मत्स्यपुराण' (२६२।६२) में इन त्रिविध लिङ्गों के मान-निर्णय की जो प्रक्रिया बतायी गयी है, उसीका अक्षरशः अनुसरण 'रूपमण्डन' (४।६३) में किया गया है। दोनों ग्रन्थों का अभिमत है कि गर्भगृह का पाँच भाग करके उसके तीन भाग कीं लम्बाई का लिङ्ग ज्येष्ठ लिङ्ग

है, नव भाग करके उसके पाँच भाग की लम्बाई का मध्यम लिङ्ग है और दो भाग करके एक (?) भाग की लम्बाई का लिङ्ग कनिष्ठ लिङ्ग है। इस सिद्धान्त के अनुसार ज्येष्ठ, मध्यम और कनिष्ठ लिङ्गों का अनुपात क्रमशः ५:३, ९:५ और २ : १ होगा। किन्तु 'रूपमण्डन' में ही इन त्रिविध लिङ्गों के लिए दूसरा अनुपात भी बताया गया है। प्रायः गर्भगृह चौकोर होता है और उसके एक ओर की लम्बाई के मान के आधार पर लिङ्गों का मान निश्चित किया जाता है। सामान्य स्थिति में ४:१ का अनुपात प्रसिद्ध है। अर्थात् गर्भगृह की लम्बाई यदि चार हाथ है तो लिङ्ग की लम्बाई एक हाथ होगी :—

हस्तमानं भवेल्लिङ्गं वेदहस्तसुरालये।

(रूपमण्डन ४।५९)

किन्तु विशेष स्थिति में, अर्थात् जहाँ ज्येष्ठ, मध्यम और कनिष्ठ लिङ्ग के मान का आधार लेकर लिङ्ग निर्माण करना हो तो अनुपात-क्रम बदल जायगा। इस सम्बन्ध में 'रूपमण्डन' का वचन है :—

ज्येष्ठलिङ्गे तु वेदांशे षट्त्रिंशं नवहस्तकम्।
पञ्चादिभूतवेदांशे प्रासादे हस्तसंख्यया।
मध्यमं पञ्चमांशेन हस्तादिनवहस्तकम्॥
कृत्वादियुगलत्वान्तं हस्तसंख्ये शिवालये।
षष्ठांशेन प्रकर्त्तव्यं- हस्तादिनवहस्तकम्॥

(रूपमण्डन ४।५९–६१)

स्पष्टतः 'रूपमण्डन' का उपर्युक्त पाठ भ्रष्ट है। इस पाठ का संस्कार और विशेष अर्थ हम मूलपाठ में यथास्थान करेंगे। यहाँ केवल यही संकेत अभीष्ट है कि इस सिद्धान्त के अनुसार गर्भग्रह और लिङ्ग के मान का अनुपात ज्येष्ठादि क्रम से क्रमशः ४:१, ५:१ और ६:१ है।

'रूपमण्डन' (४।४७) में बताया गया है कि एक हाथ से कम 'मान' के लिङ्ग की स्थापना नहीं होती। साथ ही यह भी कहा गया है कि विविध प्रकार के द्रव्य से बने लिङ्गों के प्रासादों का मान भी विभिन्न होता है। (४। ५८) प्रासाद-निर्माण के विषय में 'रूपमण्डन' का अभिमत है कि काष्ठलिङ्ग के लिए प्रासाद या तो काष्ठ का हो या ईंटों का। किन्तु धातु और पत्थर के लिङ्गों के लिये क्रमशः धातु और पत्थर का बना प्रासाद (निलय) समीचीन है। (४।५७)

लिङ्ग के ब्रह्मा, विष्णु और रुद्र भाग प्रसिद्ध हैं। ब्रह्माभाग चौकोर, विष्णु-भाग अष्टकोणात्मक और रुद्रभाग गोल होता है। ब्रह्माभाग नीचे का, विष्णुभाग

बीच का और रुद्रभाग ऊपर का होता है। रुद्रभाग को पूजाभाग भी कहते हैं और पीठिका के ऊपर यही भाग उठा होता है। (रूपमण्डन ४।६६)। इसी पूजाभाग का सोलह अंश करके उसके दस अंश में लिङ्ग चित्र बनता है। इसी अंश में ब्रह्मसूत्र भी बनाया जाता है। लिङ्ग का शिरोवर्तन 'रूपमण्डन' के अनुसार पाँच प्रकार अर्थात् छत्र, त्रपुष, (ककड़ी) कुक्कुटाण्ड, अर्द्धचन्द्र और बुदबुद की आकृतियों के अनुसार किया जाता है। (रूपमण्डन ४।६६–७०)

जिन लिङ्गों पर पद्म, शङ्ख, ध्वजा, छत्र, खड्ग, शक्ति, चामर, वज्र, अर्द्धचन्द्र, चक्र, मत्स्य, घट और नन्द्यावर्त्त चिह्न हों वे शुभप्रद हैं। इसी प्रकार लिङ्ग पर श्वेत, रक्त, पीत और कृष्ण वर्ण की रेखाएँ भी यदि लिङ्ग पर प्रकृत रूप से हों तो उनका प्रभाव सौख्यप्रद है। (रूपमण्डन ४।६४–६५)। किन्तु जो लिङ्ग अनुपात में न हो किन्तु अनुपात से अधिक लम्बा या ऊँचा हो, मध्य या अधः भाग में मानहीन हो या 'सन्धिरेखा' तथा 'काकपदाकृति' से युक्त हो तो उसका प्रभाव विपरीत अर्थात् हानिकर होता है। (रूपमण्डन ४।७०–७१)। इसके अतिरिक्त लिङ्ग के जो दोष हैं उनके विषय में 'रूपमण्डन' का वचन इस प्रकार है :—

> स्थूलं खण्डञ्च [सर्वञ्च] दीर्घञ्च स्फुटितं छिद्रसंयुतम्।
> बिन्दुयुक्तं च शूलाग्रं कृष्णं च चिपिटं तथा॥
> चक्रञ्च (वक्रञ्च) मध्यहीनञ्च बहुवर्णञ्च यद् भवेत्।
> वर्जयेन्मतिमाँल्लिङ्गं सर्वदोषकरं यतः॥
>
> (रूपमण्डन ४।७५–७६)

'रूपमण्डन' में 'लिङ्गपीठ' निर्माण का विधान संक्षिप्त रूप से दिया गया है। यह विवरण कुछ अंशों में 'मत्स्यपुराण' (अध्याय २६१) का अनुगमन करता है। 'रूपमण्डन' में इसका संकेत है कि पीठिका दस तरह की होती है:—

> चतुरस्रादिवृत्तान्ता पीठिका दशधा स्मृता।
>
> (रूपमण्डन ४।८९)

इन दसों प्रकार की पीठिकाओं के नाम और आकार 'मत्स्यपुराण' से जाने जा सकते हैं, 'रूपमण्डन' में विवरण का अभाव है। 'दशधा पीठिका' के नाम 'मत्स्यपुराण' के अनुसार स्थण्डिला, वापी, यक्षी, वेदी, मण्डला, पूर्णचन्द्रा, वज्रा, पद्मा, अर्धशशी और त्रिकोण हैं।[1]

---

१. मत्स्यपुराण, २६१।६।

'मत्स्यपुराण' (अध्याय २६१) में पीठिका-निर्माण का विस्तृत विवरण है। 'रूपमण्डन' का विवरण अपेक्षाकृत संक्षिप्त और अपूर्ण है (४।९०–९१)।[1]

'रूपमण्डन' में पीठिका-निर्माण के विषय में कहा गया है कि पीठिका की मोटाई लिङ्ग के आयाम के समान और विष्णुभाग के अन्त में उमा (योनि) की तरह बनानी चाहिये। पीठिका एक ही प्रकार के प्रतिमा-द्रव्य की होनी चाहिये अर्थात् जिस द्रव्य का लिङ्ग हो उसी द्रव्य की पीठिका भी होनी चाहिये। 'मत्स्यपुराण' का भी यही अभिमत है :—

देवस्य यजनार्थन्तु पीठिका दश कीर्तिताः।
शैले शैलमयीं दद्यात् पार्थिवे पार्थिवीं तथा ॥
दारुजे दारुजां कुर्यात् मिश्रे मिश्रां तथैव च।
नान्ययोनिस्तु कर्तव्या सदा शुभफलेप्सुभिः ॥
(मत्स्य० २६१।१८–१९)

पीठिका-द्रव्य के विषय में यह प्रशस्त मत है। कहीं-कहीं विशेष परिस्थितियों में इसका अपवाद भी सम्भव है। मण्डन ने बताया है कि किन्हीं-किन्हीं का मत है कि किसी पहाड़ी वृक्ष और पके ईंटों की भी पीठिका बनायी जा सकती है। (रूपमण्डन ४।८७)।

धातु और रत्नों के बने लिङ्गों की पीठिका-निर्माण-विधि के विषय में 'रूपमण्डन' में (४।४२–४३) पृथक् मत व्यक्त किया गया है। रत्न के लिङ्ग या तो उसी रत्नविशेष की ही पीठिका में स्थापित किये जाते हैं अथवा उन्हें अन्य किसी धातु की पीठिका का आधार दिया जाता है। 'रूपमण्डन' में विभिन्न लिङ्गों के पीठिका-द्रव्य का विवरण दिया है, जिसके अनुसार ताम्र की पीठिका में पुष्पराग और मौक्तिक का लिङ्ग, रजत में स्फटिक का लिङ्ग और हेम में अन्य किसी भी रत्न-द्रव्य के लिङ्ग प्रतिष्ठित किये जा सकते हैं।

योनिपट्ट की प्रणाली बनाने का भी 'रूपमण्डन' (४।८५) में संक्षिप्त विधान वर्णित है। इसके अनुसार पट्टिका के विस्तार का तीन भाग करके उसके एक भाग से कुछ अधिक में प्रणाली बनानी चाहिये। इस प्रणाली के अगले आधे हिस्से में पुनः तीन भाग करके जलवाहक बनाना चाहिये।

शिवमूर्तियों के साथ जैसे वाहन बनाने का विधान है उसी प्रकार लिङ्गों के साथ भी वाहन बनाना चाहिये। 'रूपमण्डन' (४।८३–८४) में वाहन-विधान

१. पीठिका-निर्माण-विधि का अच्छा विवेचन राव महोदय ने किया है। द्रष्टव्य राव, भाग २, खण्ड १, पृ० ९९-१०२।

बताते समय उसका मान इस प्रकार कहा गया है कि वाहन नन्दी की दीर्घता तो लिङ्ग के आयाम की तरह और ऊँचाई पीठिका की होनी चाहिये। वृष का आयाम भी ऊँचाई की ही तरह होना चाहिये तथा वृष का ककुद भाग (१) वृष के आयाम का पञ्चमांश होना चाहिये।

मण्डन का मत है कि वाणलिङ्ग, स्वायम्भुवलिङ्ग, मुखलिङ्ग, मिट्टी का लिङ्ग (पार्थिव), शतलिङ्ग और सहस्रलिङ्ग के लिये वृष का मान लिङ्गमान के अनुसार कम-बेशी करके बनाना चाहिये।

'रूपमण्डन' में मुखलिङ्ग के निर्माण का विधान बताया गया है। यह सर्वसम लिङ्ग पर बनता है। शिवलिङ्ग के पुजाभाग पर एक से पांच[1] मुख बनाकर शिव के पांच विविध रूपों—वामदेव, तत्पुरुष, अघोर, सद्योजात, और ईशान का प्रतीकत्व व्यक्त करते हैं। 'रूपमण्डन' में द्विमुख और पञ्चमुख शिव-लिङ्ग का विधान नहीं बताया गया है। इसमें स्पष्ट उक्ति है कि मुखलिङ्ग एक, तीन और चार मुखों का ही बनाना चाहिये :—

मुखलिङ्गं त्रिवक्त्रं वा एकवक्त्रञ्चतुर्मुखम्।

(रूपमण्डन ४।९२)

'रूपमण्डन' के अनुसार एक मुखवाले मुखलिङ्ग में मुख सामने रहता है। त्रिवक्त्र शिवलिङ्ग में पीछे की ओर मुख नहीं बनाया जाता। एक मुख बीच में और दो मुख अगल-बगल ही बनाये जाते हैं। चतुर्मुख शिवलिङ्ग में चार मुख चार दिशाओं के क्रम से बनते हैं जिसमें पश्चिम की ओर का मुख शुभ्र, उत्तर का लाल, दक्षिण का काला और भयंकर तथा पूर्ववाले मुख की दीप्ति अग्नि-सदृश रहती है। ये चारों मुख क्रमशः सद्योजात, वामदेव, अघोर और तत्पुरुष के प्रतीक हैं। 'रूपमण्डन' से ध्वनि निकलती है कि पाँचवां मुख जो ईशान का प्रतीक है, योगियों के लिये भी अगोचर हैं और यह व्यक्त नहीं होता, अदृश्य ही रहता है :—

पञ्चमञ्च तथैशानं योगिनामप्यगोचरम्।

(रूपमण्डन ४।९४)

अतएवं मुखलिङ्ग का निर्माण करते समय पाँचवाँ मुख नहीं बनाना चाहिये।

---

१. राव० भाग २, खण्ड १, पृ० ९७।

पांचवां अध्याय

'रूपमण्डन' का पांचवां अध्याय 'शाक्ताधिकार' है, इसमें गौर्यादि देवियों के अतिरिक्त गणेश, हेरम्ब, वक्रतुण्ड, क्षेत्रपाल और बटुकभैरव का भी मूर्तिविधान बताया गया है।

गणेश

गणेश ओंकार के प्रतीक हैं।[१] भारतीय धर्म तथा उपासना में गणेश की बड़ी महत्ता है। आयुध भेद से गणेश के कई नाम और रूप प्रचलित हैं।[२] 'रूपमण्डन' में गणेश के दो और रूप हेरम्ब और वक्रतुण्ड का मूर्तिविधान बताया गया है। गणेश का वाहन मूषक है जो धर्म का प्रतीक है।[3] गणेश सामान्यतया चतुर्भुज हैं। गणेश की प्रतिमा का सामान्य-विधान 'रूपमण्डन' के अनुसार यह है कि वे मूषिकारूढ हैं और उनके चारों हाथों में दंत, परशु, पद्म और मोदक हैं। वे गजानन हैं। गणेश एकदंत हैं, दूसरा दांत उनके हाथ में है। 'मत्स्य' और 'अग्निपुराण' में 'दंत के विषय में' 'स्वदंत' का स्पष्ट उल्लेख है।[४]

गणेश सामान्यतया द्विनेत्र हैं। किन्तु 'मत्स्यपुराण' (२५९-५२) में गणेश को त्रिनेत्र कहा गया है। 'रूपमण्डन' के अनुसार हेरम्ब और वक्रतुण्ड की प्रतिमाएँ त्रिनेत्र बननी चाहिये। वक्रतुण्ड चतुर्भुज हैं उनके दो हाथों में पाश और अङ्कुश हैं तथा दो शेष हाथों में एक वरद और दूसरा अभय मुद्रा में है। वक्रतुण्ड की प्रतिमा लम्बोदर होती है, बृहत् कर्ण और चामर सहित भी बनाने का विधान 'रूपमण्डन' में बताया गया है।

हेरम्ब की प्रतिमा, गणेश के अन्य प्रतिमा-भेदों में विशिष्ट है। हेरम्ब पञ्चमुख और अष्टभुज हैं। इनके दाहिने हाथों में एक हाथ वरद तथा दूसरा

---

१. भारतीय प्रतीक विद्या, पृ० ३९।

२. इण्डियन इमेजेज, खण्ड १, पृ० २५; राव, भाग १, खण्ड १, पृ० ५१-६०।

३. भारतीय प्रतीक विद्या ४१।

४. स्वदन्तं दक्षिणकरे उत्पलं च तथापरे।
लड्डुकं परशुं चैव वामतः परिकल्पयेत्॥
(मत्स्यपुराण २५९।५३)
विनायको नराकारो बृहत् कुक्षिर्गजाननः।
स्वदन्तं परशुं वामे लड्डुकं चोत्पलं शये॥
'अग्निपुराण' का यह अंश इण्डियन इमेजेज पृ० २४ में उद्धृत है।

अभय मुद्रा में होता है। शेष दाहिने हाथों के आयुध अङ्कुश और दंत हैं। बांये हाथों के विधान में 'रूपमण्डन' का वचन है :—

वामे कपालं वाणाक्षं पाशं कौमौदकीं तथा।
(रूपमण्डन ५।१६)

'वाणाक्ष' पाठ अशुद्ध है। कपाल की जगह राव महोदय ने व्याल का पाठ अधिक समीचीन माना है।[1] किन्तु वाणाक्ष और व्याल दोनों ही पाठ ठीक नहीं हैं। यदि वाणाक्ष को 'मालाक्ष' मांना जाय तो हेरम्ब के बांये हाथों के आयुध 'रूपमण्डन' के अनुसार कपाल, मालाक्ष, पाश और कौमोदकी हैं।

'क्रियाक्रमद्योत' के अनुसार हेरम्ब का वाहन सिंह है।[2] किन्तु 'रूपमण्डन' में स्पष्ट वचन है कि हेरम्ब मूषकारूढ हैं :—

हेरम्बं मूषकारूढं कुर्यात् सर्वार्थकामदम्।
(रूपमण्डन ५।१७)

गणेश के प्रतिहार और आयतन

अन्य देवताओं की तरह गणेश के आयतन और प्रतिहारों का विवरण 'रूपमण्डन' (५।१८-२५) में है। गणेश के प्रतिहार अविघ्न, विघ्नराज, सुवक्त्र, बलवान्, गजकर्ण, गोकर्ण, सुसौम्य और शुभदायक हैं। ये सभी चतुर्भुज वामनाकार हैं। 'रूपमण्डन' के पाठ 'सर्वे च वामनाकाराः सौम्याश्च पुरुषाननाः' के अनुसार सभी प्रतिहार सौम्यमूर्ति हैं। किन्तु रावमहोदय ने भ्रमवश 'सौम्य' को 'असौम्य' समझा है।[3]

गणेश के प्रतिहारों का आयुधक्रम इस प्रकार है :—

तालिका संख्या २१

		द०अ०	द०ऊ०	वा०ऊ०	वा०अ०
१	अविघ्न	तर्जनी	परशु	पद्म	दण्ड
२	विघ्नराज	परशु	पद्म	तर्जनी	दण्ड
३	सुवक्त्र	तर्जनी	खड्ग	खेटक	दण्ड
४	बलवान्	खड्ग	खेटक	तर्जनी	दण्ड
५	गजकर्ण	तर्जनी	बाण	चाप	दण्ड
६	गोकर्ण	बाण	चाप	तर्जनी	दण्ड
७	सुसौम्य	तर्जनी	पद्म	अङ्कुश	दण्ड
८	शुभदायक	पद्म	अङ्कुश	तर्जनी	दण्ड

१. राव, भाग १, खण्ड २, प्रतिमालक्षणानि पृ० ७।

२. वही, पृ० ७।

३. राव, भाग १, खण्ड १, पृ० ४८।

गणेश के आयतन में गजकर्णादि देवताओं और प्रतिहारों की स्थितियाँ निम्न तालिका से स्पष्ट होंगी :—

तालिका संख्या २४

	पूर्व वा. बुद्धि द. अविघ्न विघ्नराज	
उत्तर गौरी वा. सुसौम्य द. शुभदायक	वा. गजकर्ण गणेश द. सिद्धि	दक्षिण सरस्वती वा. सुवक्त्रक द. बलवान्
धूम्रक	पश्चिम वा. गजकर्ण द. गोकर्ण	बालचन्द्रमा[1]

कार्तिकेय

गणेश की तरह कार्तिकेय भी शिवपुत्र हैं। गणेश शिवगणों के नेता हैं और कार्तिकेय देवसेना के सेनानी। उत्तर भारत में गणेश की पूजा का जो महत्त्व और प्रचार है, वही कार्तिकेय का दक्षिण भारत में। वैसे लौकिक देवता के रूप में स्कन्द या कार्तिकेय की पूजा गणेश की अपेक्षा प्राचीन है। पतञ्जलि ने स्कन्द तथा उनके दूसरे रूप विशाख का उल्लेख किया है।[2] 'रूपमण्डन' का कार्तिकेय

---

१. राव महोदय ने बाल चन्द्रमा या भाल चन्द्रमा की स्थिति पूर्व दक्षिण कोण में बतलायी है और धूम्रक के पीछे। भाग १, खण्ड १, पृ० ४८। किन्तु पृष्ठकर्णे तथा द्वौ च धूम्रकौ बालचन्द्रमा से यह आशय निकालना अधिक समीचीन है कि गणेश के दोनों पृष्ठ कर्ण पर क्रमशः धूम्रक और बाल-चन्द्रमा को बनाना चाहिये।

२. पातञ्जल महाभाष्य, ५।३।९९।

सम्बन्धी विवरण 'मत्स्यपुराण' (२५९।४५–५१) का उद्धरण है। किन्तु 'रूपमण्डन' में द्वादशभुज कार्तिकेय के आयुधों का वर्णन 'मत्स्यपुराण' की अपेक्षा अधिक स्पष्ट और सही है।

कुमार या कार्तिकेय के सामान्य लक्षण शिखी और शक्ति हैं। 'बृहत्संहिता' में कुमार का संक्षिप्त लक्षण इस प्रकार है :—

स्कन्दः कुमाररूपः शक्तिधरो बर्हिकेतुश्च।

(बृहत्संहिता ५७।४१)

'मत्स्यपुराण' में कार्तिकेय या स्कन्द का विशिष्ट वर्णन है। इसमें स्थान-भेद से कार्तिकेय की भुजाओं के संख्या-भेद का विचार किया गया है। 'मत्स्यपुराण' और 'रूपमण्डन' के अनुसार खेट नगर में कार्तिकेय की प्रतिमा द्वादशभुज, खर्वट में चतुर्भुज, वन अथवा ग्राम में द्विभुज बनानी चाहिये। द्वादशभुज कार्तिकेय के दाहिने हाथों में शक्ति, पाश, खड्ग, शर, त्रिशूल और एक हाथ या तो वरद या अभय मुद्रा में होता है। बाँये हाथों के आयुध धनुष, पताका, मुष्टिक, तर्जनी, खेटक और ताम्रचूड़ हैं। दाहिनी भुजा पर केयूर का आभरण भी होना चाहिये। मयूर कार्तिकेय का वाहन है.

चतुर्भुज कार्तिकेय के बाएँ हाथों के आयुध शक्ति पाश तथा दाएँ एक हांथ में असि और दूसरा वरद या अभय मुद्रा में होता है। चतुर्भुज कार्तिकेय उत्तरीय भी धारण करते हैं। द्विभुज कार्तिकेय के बाएँ हाथ में शक्ति और दाएँ हाथ में कुक्कुट होना चाहिये।

'मत्स्यपुराण' और 'रूपमण्डन' में कार्तिकेय के मुख का स्पष्ट विवेचन नहीं है। 'अग्निपुराण' में कार्तिकेय एकमुख और षण्मुख दोनों ही हैं :—

दक्षे शक्तिः कुक्कुटोऽथ एकवक्त्रोऽथ षण्मुखः।[1]

किन्तु 'विष्णुधर्मोत्तरपुराण' के अनुसार कार्तिकेय या कुमार तो षण्मुख हैं किन्तु उनके अन्य तीन रूप, स्कन्द, विशाख और गुह एकमुख ही हैं। ये मयूर-वाहन भी नहीं है। चतुर्भुज कुमार के आयुध भी मत्स्यपुराण में वर्णित चतुर्भुज

---

१. 'अग्निपुराण का अंश' इण्डियन इमेजेज पृ० २६ में उद्घृत है।

कार्तिकेय या कुमार के आयुध से भिन्न हैं। विष्णुधर्मोत्तरपुराण का कुमार या कार्तिकेय सम्बन्धी विवरण इस प्रकार है :—

चतुर्मूर्तेः कुमारस्य रूपं ते वच्मि यादव।
कुमारश्च तथा स्कन्दो विशाखश्च गुहस्तथा॥

कुमारः षण्मुखः कार्यः शिखण्डकविभूषणः।
रक्ताम्बरधरः कार्यो मयूरवरवाहनः॥

कुक्कुटश्च तथा घण्टा तस्य दक्षिणहस्तयोः।
पताका वैजयन्ती च शक्तिः कार्या च वामयोः॥

स्कन्दो विशाखश्च गुहः कर्तव्यश्च कुमारवत्।
षण्मुखास्ते न कर्तव्या न मयूरगतास्तथा॥

(वि० ध० पु० ३।७१।३–६)

'रूपमण्डन' के अनुसार (५।२६) कार्तिकेय का वर्ण लाल है और वे सुकुमार हैं। उनकी आभा भी तरुण आदित्य की तरह है :—

कार्त्तिकेयं प्रवक्ष्यामि तरुणादित्यसमप्रभम्।
कमलोदरवर्णाभं कुमारं सुकुमारकम्॥

क्षेत्रपाल और वटुकभैरव

क्षेत्रपाल और बटुकभैरव शिव के दो रूप हैं जो शाक्तोपासना में बहुत महत्त्व रखते हैं। दोनों ही रूपों में शिव का बालत्व प्रदर्शित किया जाता है, किन्तु इनका रूप सौम्य नहीं प्रदर्शित होता। क्षेत्रपाल के रूप में शिव ने बालक होकर दारुकासुर के वधोपरान्त क्रुद्ध काली का क्रोध स्तनपान करते समय पी लिया था। किन्तु बटुकभैरव के रूप में वे स्वयं क्रोधमूर्ति हैं।

क्षेत्रपाल का मूर्ति-विधान 'रूपमण्डन' के अनुसार यह है कि उन्हें नग्न और घण्टाभूषित बनाना चाहिये। उनकी जटा, सर्प तथा मुण्डमाला से ग्रथित हो। उनका उपवीत भी मुण्डग्रथित होना चाहिये। उनके दाहिने हाथों के आयुध कर्तिका और डमरु तथा बाएँ हाथों के आयुध शूल और कपाल बनाने चाहिये।

बटुकभैरव सामान्यतया द्विभुज और चतुर्भुज माने गये हैं। किन्तु 'रूपमण्डन' में अष्टभुज बटुकभैरव की प्रतिमा का विधान बताया गया है। दाहिने चार हाथों में खट्वाङ्ग, असि, पाश और शूल हैं तथा बाँये हाथों में तीन में तो डमरु, कपाल और भुजङ्ग हैं[1] तथा चौथा वरद मुद्रा में होता है। 'रूपमण्डन' के 'आत्मवर्णसमोपेतसारमेयसमन्वितम्' (५।७६) से प्रतीत होता है कि बटुकभैरव के ही वर्ण का एक श्वान भी उनके समीप (या वाहन रूप में) वर्त्तमान होना चाहिये। भैरव का वर्ण 'विष्णुधर्मोत्तर' के अनुसार काला 'सजलाम्बुदसंकाशं' (वि० ध० ३।५९।३) है।

षड्गौरी

द्वादश गौरी प्रसिद्ध हैं। 'अपराजितपृच्छा' में द्वादश गौरी की सूची दी गयी है :—

उमा च पार्वती गौरी ललिता च श्रियोत्तमा।
कृष्णा हेमवती रम्भा सावित्री च तथैव च॥
त्रिषण्ड (श्रीखण्डा) तोतला (चोत्पला) चैव त्रिपुरा द्वादशी मता।
एवं द्वादश मूर्तीश्च कुर्याद्वै शिवशासनीः॥

(अपरा० २२२।६-७)[2]

---

१. राव महोदय ने बटुकभैरव के हाथों में खट्वाङ्ग, पाश, शूल, डमरु, कपाल और सर्प तथा शेष दो हाथों में एक में मांस और दूसरे को अभय मुद्रा में बनाने का विधान लिखा है। उनका कथन है कि यह विवरण 'रूपमण्डन' का है। (भाग २, खण्ड १, पृ० १७६)। किन्तु 'रूपमण्डन' के आधार पर उनका वर्णन नहीं प्रतीत होता। 'रूपमण्डन' का पाठ निम्नलिखित है :—

खट्वाङ्गमसिपाशञ्च शूलञ्च दधतः करैः।
डमरुञ्च कपालञ्च वरदं भुजगं तथा॥

रूपमण्डन ५।७६।

२. यही सूची सूत्रधार मण्डन ने देवतामूर्ति प्रकरण (५।२) में उद्धृत की है।

द्वादश गौरी की इस सूची के आधार पर सूत्रधारमण्डन ने 'रूपमण्डन' में 'षड्गौरी' का चयन किया है। 'रूपमण्डन' की 'षड्गौरी' सूची में उमा, पार्वती, श्रिया, रम्भा, तोतला और त्रिपुरा की गणना है। इन विशिष्ट गौरियों का मूर्तिलक्षण बताने के पूर्व ही 'रूपमण्डन' में गौरी का सामान्य लक्षण भी बताया गया है। सामान्य गौरीपूर्वक उमादि 'षड्गौरी' का मूर्ति-विधान प्रस्तुत तालिका संख्या २५ में स्पष्ट है :—

तालिका संख्या २५

गौरी नाम	आयुध	वाहन	विशेष
गौरी	चतुर्भुज[1]	गोधा[2]	त्रिनेत्र
सामान्यरूप			सर्वाभरणभूषित
उमा	अक्षसूत्र, अम्बुज, दर्पण, कमण्डलु		देवीकेदोनों पक्षोंमें
पार्वती	अक्षसूत्र, शिव, गणेश, कमण्डलु		दो अग्निकुण्ड
श्रिया	अक्ष, पद्म, अभय, वर	गोधा	गृह में पूजनीय
रम्भा	कमण्डलु, अक्षसूत्र, वज्र, अङ्कुश	गज[3]	
तोतला	शूल, अक्षसूत्र, दण्ड, चामर		
त्रिपुरा	नागपाश, अङ्कुश, अभय, वर		

गौरी के आयतन और प्रतिहार

गौरी के आयतन और प्रतिहारों का भी वर्णन 'रूपमण्डन' में है। गौरी के आयतन की परियोजना भगवती, श्रिया, गणेश, सावित्री, सरस्वती, सिद्धि और

१. 'रूपमण्डन' में आयुध स्पष्ट नहीं है।

२. 'रूपमण्डन' के श्लोक (५।३८) के अनुसार।

३. 'रूपमण्डन' और 'अपराजितपृच्छा' (२२२।१५) के अनुसार रम्भा का वाहन गज है; किन्तु 'रूपमण्डन' (५।३८) में पुनः गौरियों का वाहन गोधा ही कहा गया है। 'रूपमण्डन' में रम्भा के अतिरिक्त अन्य किसी गौरी का वाहन पृथक् रूप से वर्णित नहीं है।

कार्तिकेय से होती है। इन देवी-देवताओं सहित गौरी की आयतन-योजना तालिका संख्या २६ से स्पष्ट होगी :—

तालिका संख्या २६

ईशान गणेश	पूर्व वा.जया. द.विजया	आग्नेय कुमार
उत्तर सिद्धि वा. मोहिनी	गौरी	दक्षिण श्रिया वा. अजिता द. अपराजिता
वायव्य सरस्वती	पश्चिम सावित्री वा.विभक्ता द.मङ्गला	नैऋत्य भगवती

गौरी की आठ द्वारपालिकाएँ हैं जिनके नाम 'रूपमण्डन' के अनुसार क्रमशः जया, विजया, अजिता, अपराजिता, बिभक्ता, मङ्गला, मोहिनी और स्तम्भिनी हैं। गौरी के आयतन में इन द्वारपालिकाओं की स्थिति[1] भी तालिका संख्या २६ से समझी जा सकती है। 'रूपमण्डन' में इन द्वारपालिकाओं के आयुधों का भी विवेचन है। तालिका संख्या २७ से स्पष्ट होगा कि जया जो आयुध धारण करती हैं, उन्हें ही विजया भी धारण करती है। किन्तु क्रम बदल

---

१. 'रूपमण्डन' में स्थिति का निर्देश स्पष्ट नहीं है। यहाँ का विवरण दे० मू० प्रकरण (८।१८–१९) के आधार पर है, तथा 'रूपमण्डन' में वर्णित अन्य देवताओं के प्रतिहारों की स्थिति-सम्बन्धी परम्परा के आधार पर है। सामान्यतया वाम और दक्षिण क्रम से ही प्रतिहारों का वर्णन किया गया है।

जाता है। जया के दाएँ हाथों के आयुध विजया के बाएँ और जया के बाएँ हाथों के आयुध विजया के दाएँ हाथों के आयुध हो जाते हैं। किन्तु अजिता, विभक्ता और मोहिनी के आयुध क्रमशः अपराजिता, मङ्गला और स्तम्भिनी के आयुध सव्यक्रम से ही बिना किसी हेर-फेर के हो जाते हैं। दूसरे शब्दों में यह कहा जा सकता है कि स्थिति के अतिरिक्त अजिता अपराजिता में, विभक्ता मङ्गला में, मोहिनी स्तम्भिनी में कोई अन्तर नहीं हैं। गौरी की द्वारपालिकाओं के हाथों के आयुधों मुद्राओं का विवरण तालिका संख्या २७ से स्पष्ट होगा :—

तालिका संख्या २७

	द्वारपालिका	द०अ०	द०ऊ०	वा०ऊ०	वा०अ०
१	जया	अभय	अङ्कुश	पाश	दण्ड
२	विजया	दण्ड	पाश	अङ्कुश	अभय
३	अजिता	अभय	अम्बुज	पाश	दण्ड
४	अपराजिता	अभय	अम्बुज	पाश	दण्ड
५	विभक्ता	अभय	वज्र	अङ्कुश	दण्ड
६	मङ्गला	अभय	वज्र	अङ्कुश	दण्ड
७	मोहिनी	अभय	शङ्ख	पद्म	दण्ड
८	स्तम्भिनी	अभय	शङ्ख	पद्म	दण्ड

पञ्चलीला

द्वादश गौरी की ही तरह शाक्तों में 'पञ्चलीला' की भी मान्यता है। 'अपराजितपृच्छा' के अनुसार पञ्चलीला की परिभाषा निम्नलिखित है :—

लीलयाः पञ्च वक्ष्यामि शस्त्रभेदैः प्रभेदितः।
लीलया लीला लीलाङ्गी ललिता च लीलावती॥
(अपरा० २२३।२०)

'रूपमण्डन' के अनुसार पञ्चलीला देवियों के अधोहस्त में अक्षसूत्र और अम्बुपात्र है। किन्तु देवी-भेद से इनके ऊपरी हाथों के आयुधों में अन्तर है। लीलया के ऊपरी दोनों हाथों में दो पद्म, लीला के ऊपरी दोनों हाथों में पद्म और पुस्तक, लीलांगी के दोनों ऊपरी हाथों में पाश और पद्म, ललिता के दोनों ऊपरी हाथों में वज्र और अंकुश तथा लीलावती के दोनों ऊपरी हाथों में पाश और अंकुश है।

'रूपमण्डन' (५।३८) के अनुसार पञ्चलीला देवियों का वाहन हंस है।

महालक्ष्मी

पुरुष और प्रकृति की दो भिन्न सत्ताओं के आधार पर लक्ष्मीनारायण, उमा-महेश्वर आदि की कल्पना की गयी है। ऐसी स्थिति में शक्ति या प्रकृति कोई पृथक् सत्ता नहीं है। शक्ति सर्जन के लिये स्रष्टा की सहायिका है; किन्तु शक्ति स्वतन्त्र सत्ता भी है। त्रिगुणात्मक सृष्टि की उत्पादिका के रूप में शक्ति की सत्ता प्रधान है। जब तक त्रिगुणात्मक भेद उत्पन्न नहीं होता तब तक वह ब्रह्म ही है। ब्रह्म स्त्री पुरुष या अन्य किसी भी रूप में सर्जन कर सकता है। 'ललितासहस्रनाम' की टीका में यह रहस्य खोला गया है :—

पुरुषं वा स्मरेद्देवि स्त्रीरूपं वा विचिन्तयेत्।
अथवा निष्कलं ध्यायेत् सच्चिदानन्दलक्षणम्[1]॥

त्रिगुणमयी परमेश्वरी महालक्ष्मी भी सृष्टि का आदि कारण हैं और वे ही दृश्य और अदृश्य रूप से सम्पूर्ण विश्व को व्याप्त करके स्थित हैं :—

सर्वस्याद्या महालक्ष्मीस्त्रिगुणा परमेश्वरी।
लक्ष्यालक्ष्यस्वरूपा सा व्याप्य कृत्स्नं व्यवस्थिता॥
(प्राधानिक रहस्य ४)

महालक्ष्मी ने सर्जन की इच्छा से अपने को तमोगुणरूप उपाधि द्वारा व्यक्त किया है जो महामाया, महाकाली, महामारी, क्षुधा, तृषा, निद्रा, तृष्णा, एकवीरा, कालरात्रि तथा दुरत्यया इन दस रूपों को धारण कर लोक में दस देवियों के नाम से प्रसिद्ध हुईं।[2] किन्तु 'वैकृतिक रहस्य' में त्रिगुणमयी महालक्ष्मी के तामसी रूप के अभिधान शर्या, चण्डिका, दुर्गा, भद्रा, भगवती आदि भी बताये गये हैं।[3] इसी प्रकार सत्वगुण रूप उपाधि द्वारा महाविद्या, महावाणी, भारती, वाक्, सरस्वती, आर्या, ब्राह्मी, कामधेनु, वेदगर्भा और धीश्वरी के नाम से व्यक्त होकर दस सरस्वती प्रसिद्ध हुईं।[4] पुनः मूलरूप में सृष्टि की कामना से उन्होंने स्त्री पुरुष का गुण

---

१. ललितासहस्रनाम सौभाग्य भास्कर भाष्य १७ श्लोक की टीका; भारतीय प्रतीक विद्या पृ० १७०।

२. प्राधानिक रहस्य १२।

३. वैकृतिक रहस्य १।

४. प्राधानिक रहस्य १५। इन्हीं दस सरस्वती के आधार पर द्वादश सरस्वती की कल्पना हुई। देखिए दे. मू. प्र० ८।७९-८५।

उत्पन्न किया और उन्हें हिरण्यगर्भ में स्थित किया। यही स्त्री पुरुष का गुण प्रकृति और पुरुष के रूप में प्रसिद्ध है। महालक्ष्मी स्वयं प्रकृति के रूप में नाना अभिधान यथा पद्मा, कमला और लक्ष्मी, धारण करती हैं।[1] वस्तुतः इन रूपों में महालक्ष्मी के राजसी स्वरूप की व्यंजना है।

'रूपमण्डन' में त्रिगुणमयी महालक्ष्मी, तमोगुण उपाधिस्वरूप चण्डी और कात्यायनी, जिसे दुर्गा भी कहते हैं, सर्वगुण उपाधि स्वरूप महाविद्या और सरस्वती तथा रजोगुण उपाधि स्वरूप लक्ष्मी का मूर्ति-विधान बताया गया है। क्षेमङ्करी और हरसिद्धि जैसा कि इनके आयुधों से स्पष्ट होता है, महालक्ष्मी के ही तमोगुणोपाधि के दो स्वरूप हैं। क्षेमङ्करी और हरसिद्धि 'अपराजित पृच्छा' की नवदुर्गा की सूची में हैं जिनमें महालक्ष्मी की गणना भी आदि देवी के रूप में की गयी है। 'महालक्ष्मी' सहित नवदुर्गा की सूची इस प्रकार है :—

आदौ तत्र महालक्ष्मीर्नन्दा क्षेमंकरी तथा।
शिवदूती महरि(च)ण्डा भ्रमरी सर्वमङ्गला॥
रेवतो हरसिद्धिश्च नव दुर्गा प्रकीर्तिताः।

(अपरा० २२२।२६-२७)

किन्तु नवदुर्गा की यह सूची प्रामाणिक नहीं है। आगमों में नवदुर्गा की गणना में नीलकंठी, क्षेमङ्करी, हरसिद्धि, रुद्राक्षदुर्गा, बनदुर्गा, अग्निदुर्गा, जयदुर्गा, विन्ध्यवासिनी और रिपुमर्दिनी दुर्गा आती हैं; इस सूची में महालक्ष्मी का नाम नहीं है।[2]

त्रिगुणमयी महालक्ष्मी, जो सृष्टि का आदि कारण हैं, चतुर्भुज हैं। इनका एक हाथ वरद में है, तथा उनके तीन अन्य हाथों में त्रिशूल, खेटक और पान पात्र है।[3] महालक्ष्मी को नाग और नीलकण्ठ (शिव) का सामीप्य भी प्रिय है

---

१. प्राधानिक रहस्य १९।

२. राव० भाग १. खण्ड २. पृ० ३४२।

३. प्राधानिक रहस्य में महालक्ष्मी के आयुध मातुलिङ्ग, गदा, खेटक और पानपात्र हैं। ये शीष पर नाग-योनि और लिङ्ग भी धारण करती हैं।

मातुलिङ्गं गदां खेटं पानपात्रं च बिभ्रती।
नागं लिङ्गं च योनिं च बिभ्रती नृपमूर्द्धनि॥

(प्राधानिक रहस्य ५)

रूपमण्डन ५।३५ में नीलकंठ (लिंग) और नाग का विधान तो है, किन्तु योनि की चर्चा नहीं है।

अतएव वे शिर पर नाग और शिव को धारण किये रहती हैं। 'रूपमण्डन' (५।३५) का वचन 'नीलकण्ठ तथा नागा महालक्ष्मीः प्रकीर्तिता' इस तथ्य का संकेत तो करता है किन्तु बहुत स्पष्ट नहीं है। 'अपराजितपृच्छा' में यह आशय इस वचन से 'नागं तथा नीलकण्ठं महालक्ष्मीः सुखप्रदा' अपेक्षाकृत अधिक स्पष्ट है। 'रूपमण्डन' ही में (५।५९-६०) कोल्हापुर की महालक्ष्मी का वर्णन है। यहाँ महालक्ष्मी के आयुध भिन्न बतलाये गये हैं। कोल्हापुर की महालक्ष्मी के आयुध पात्र, कौमोदकी, खेटक और श्रीफल हैं। पात्र दाहिने निचले हाथ में, कौमोदकी दाहिने ऊपरी हाथ में, खेटक ऊपरी बाँए हाथ में और श्रीफल बाँए निचले हाथ में है। 'रूपमण्डन' के अनुसार यहाँ की महालक्ष्मी का अन्य विवरण लक्ष्मी की ही तरह है।

क्षेमङ्करी और हरसिद्धि भी चतुर्भुज हैं। क्षेमङ्करी के आयुध वर, त्रिशूल, खेटक और पानपात्र तथा हरसिद्धि के चारों आयुध कपाल, खड्ग, डमरु और पानपात्र हैं।

'रूपमण्डन' (५।३८) के अनुसार दुर्गा का वाहन सिंह है।

महालक्ष्मी का राजसी स्वरूप लक्ष्मी है, जिसे श्री भी कहते हैं। 'रूपमण्डन' के मूर्ति-विधान में लक्ष्मी वर्णित हैं। यहाँ लक्ष्मी विष्णु की शक्ति हैं। 'रूपमण्डन' के अनुसार यह लक्ष्मी अष्टदल कमल पर 'विनायकवत्' आसीन होती हैं और विविध अलंकारों से आभूषित होती हैं। चतुर्भुज लक्ष्मी के दोनों ऊपरी हाथों में कमल तथा बाएँ निचले हाथ में घट और दाहिने निचले हाथ में मातुलिङ्ग होता है।

महाविद्या और सरस्वती

'देवतामूर्ति प्रकरण' में सूत्रधार मण्डन ने द्वादश सरस्वती का मूर्तिविधान बताया है। द्वादश सरस्वती की सूची में महाविद्या, महावाणी, भारती, सरस्वती, आर्या, ब्राह्मी, महाधेनु, वेदगर्भा, ईश्वरी, महालक्ष्मी, महाकाली और महासरस्वती की गणना की गयी है।[1] 'रूपमण्डन' में द्वादश या दश सरस्वती[2] की चर्चा नहीं है, सरस्वती के केवल दो विशिष्ट रूप, सरस्वती और महाविद्या का ही विवेचन है। सरस्वती का सामान्य वर्णन करते समय सूत्रधार मण्डन ने सरस्वती को 'एकवक्त्रा' और 'चतुर्हस्ता' कहा है। इनके शीर्ष पर मुकुट सुशोभित होता है।

---

१. दे० मू० प्र० ८।७९–८५।

२. रूपमण्डन ५।६२–६३।

कानों में कुण्डल और पार्श्व में प्रभामण्डल बनाने का भी विधान है। इन सामान्य लक्षणों के बाद आयुधों की विविध क्रम से योजना की जाती है जिसमें द्वादश सरस्वती का भेद स्पष्ट होता है। महाविद्या के आयुध, अक्ष, अब्ज, वीणा और पुस्तक होते हैं। सरस्वती का एक हाथ वरद में होता है, शेष तीन के आयुध अक्ष, अब्ज और पुस्तक हैं।

चामुण्डा

भगवती कात्यायनी ने, जिन्हें चण्डी, अम्बिका, दुर्गा, महिषासुरमर्दिनी आदि कई नामों से जाना जाता है, अपने तेज से चण्ड और मुण्ड के वध के लिये काली को उत्पन्न किया। युद्धस्थल में चण्ड और मुण्ड को देखकर चण्डिका या कात्यायनी क्रुद्ध हुईं और उनकी भौंहों में बल पड़ गया तथा क्रोध के कारण उनका मुख काला पड़ गया। उनकी भौंहों से क्रोधरूपा काली प्रकट हुई। इस काली ने जब चण्ड और मुण्ड का वध कर दिया क भगवती कात्यायनी ने प्रसन्न होकर इनको 'चामुण्डा' की उपाधि दी; क्योंकि इनके द्वारा देवी के लिये चण्ड और मुण्ड के शीश लाये गये थे।

यस्माच्चण्डं च मुण्डं च गृहीत्वा त्वमुपागता।
चामुण्डेति ततो लोके ख्याता देवी भविष्यसि॥

(देवीमाहात्म्य० ७।२७)

'रूपमण्डन' (४।३९-४२) में काली या चामुण्डा का मूर्ति-विधान विस्तारपूर्वक कहा गया है। चण्डिका का रूप क्रूर है, वे कृशोदरी हैं, उनके शरीर में मांस नहीं है और मुख विकृत हैं। आँखें लाल और भयोत्पादक हैं। केश भी पीले हैं। इनका वाहन शव और वर्ण काला बताया गया है। व्याघ्रचर्म का इनका वस्त्र है, तथा ये भुजंग का आभूषण और कपाल की माला धारण करती हैं। इनकी सोलह भुजायें हैं, जिनमें त्रिशूल, खेटक, खड्ग, धनु, पाश, अङ्कुश, शर, कुठार, दर्पण, घंटा, शङ्ख, वस्त्र, गदा, वज्र, दण्ड और मुद्गर आयुध होते हैं।[1]

---

१. 'देवीमाहात्म्य' में काली या चामुण्डा का संक्षिप्त वर्णन है, जो इस प्रकार है :—

काली करालवदना विनिष्क्रान्तासिपाशिनी॥
विचित्रखट्वांगधरा नरमालाविभूषणा।
द्वीपिचर्मपरीधाना शुष्कमांसातिभैरवा॥
अतिविस्तारवदना जिह्वाललनभीषणा।
निमग्ना रक्तनयना नादापूरितदिङ्मुखा॥

(देवीमाहात्म्य० ७।६-८)

देवी की अंगभूत छः देवियाँ हैं जिनके नाम नन्दा, रक्तदन्तिका, शाकम्भरी, दुर्गा, भीमा और भ्रामरी हैं।[1] रक्तदन्तिका का ही नाम रक्तचामुण्डा या योगेश्वरी है। 'मूर्तिरहस्य' के उद्धरण का सङ्कलन करके सूत्रधार मण्डन ने 'रूपमण्डन' में रक्तचामुण्डा का जो वर्णन प्रस्तुत किया है उसके अनुसार यह देवी चतुर्भुज हैं और इनके हाथों में खड्ग, पात्र, मुशल और लाङ्गल अर्थात् हल आयुध हैं।

कात्यायनी

'रूपमण्डन' में कात्यायनी के मूर्ति-विधान का आधार 'मत्स्यपुराण' (२५९।५५-६४) है। प्रायः इसी की परम्परा में महिषासुरमर्दिनी या कात्यायनी की मूर्तियां बनती हैं। सूत्रधारमण्डन ने 'मत्स्यपुराण' से सारभाग का चयन 'रूपमण्डन' में कात्यायनी के प्रसंग में किया है। 'रूपमण्डन' में देवी को त्रिनेत्र नहीं बताया गया है और न उनके वर्ण तथा जटा के अर्द्धचन्द्र की ही चर्चा है। 'मत्स्यपुराण' में इसका इन शब्दों में वर्णन है :—

जटाजूटसमायुक्तामर्द्धेन्दुकृतलक्षणाम् ॥
लोचनत्रयसम्पन्नां पद्मेन्दुसदृशाननाम्।
अतसीपुष्पसङ्काशां सुप्रतिष्ठां सुलोचनाम्॥

नवयौवनसम्पन्नां सर्वाभरणभूषिताम्।
सुचारुदशनां तद्वत् पीनोन्नतपयोधराम्॥
(मत्स्य० २५९।५६–५८)

कात्यायनी दशभुज हैं। इनके दाहिने हाथों में त्रिशूल, खड्ग, चक्र, बाण और शक्ति तथा बाँए हाथों में खेटक, चाप, पाश, अंकुश और घण्टा है।

'मत्स्यपुराण' में घण्टा की जगह विकल्प से परशु का विधान कहा गया है :—

घण्टां वा परशुञ्चापि वामतः सन्निवेशयेत्।
(२५९–६१)

किन्तु 'रूपमण्डन' का वचन है :—

घण्टाञ्च वामतो दद्याद् दैत्यमूर्धजधृक्कराम्।
(५।४७)

---

१. श्रीदुर्गासप्तशती, (गीताप्रेस, गोरखपुर) पृ० २११।

'मत्स्यपुराण' का पाठ अपेक्षाकृत शुद्ध है। 'रूपमण्डन' के पाठ के अनुसार घण्टा सहित 'दैत्यमूर्धजधृक्करम्' का सम्बन्ध कात्यायनी के 'दशभुजत्व' से नहीं बैठता। सम्भव है कि देवी विकल्प से घण्टा या दैत्य का मुण्ड धारण करती हों।

'महिषासुरमर्दिनी' की मुद्रा में देवी त्रिभङ्गिमापूर्वक खड़ी दिखायी जाती हैं और इनका एक पैर सिंह पर दूसरा महिषासुर पर दिखाया जाता है :—

देव्यास्तु दक्षिणं पादं समं सिंहोपरिस्थितम्।
किञ्चिदूर्ध्वं तथा वाममंगुष्ठो महिषोपरि॥
(रूपमण्डन ५।५०; मत्स्य० २५९।६४)

महिषासुर के वर्णन में 'रूपमण्डन' (५।४८) में लिखा है :—

हृदि शूलेन निर्भिन्नं तिर्यग्दन्तविभूषितम्।

किन्तु 'मत्स्यपुराण' (२५९।६२) में

शिरश्च्छेदोद्भवं तद्वद्दानवं खड्गपाणिनम्।
रक्तरक्तीकृताङ्गं च रक्तविस्फारितेक्षणम्॥

है। कात्यायनी की प्रतिमा दोनों ही प्रकार की बनती है। अधिक प्रचलन (आज भी) 'रूपमण्डन' की परम्परा का है। 'महिषासुर' को देवी द्वारा छोड़ा गया नाम वेष्टित किये रहता है।

चण्डिका के प्रतिहार

सूत्रधारमण्डन ने चण्डिका के अष्ट प्रतिहारों का वर्णन 'अपराजितपृच्छा' (२२०।२५–३२) के आधार पर किया है। बेताल, कोटर[1] या करट, पिङ्गाक्ष, भृकुटि, धूम्रक, कङ्कट या कङ्कद[2], रक्ताक्ष और सुलोचन ये अष्ट प्रतिहार अत्यन्त ही उग्र रूप और बली हैं। इनके स्वरूप का वर्णन इस प्रकार है :—

दंष्ट्रास्यत्रिकटाः कोपे स्फुरद्दशनकोज्ज्वलाः।
बर्बरीकाश्च कृष्णाङ्गा मरकताक्षा महाबलाः॥
(अपरा० २२०।२७; रूपमण्डन[3] ५।५२-५३)

'रूपमण्डन' में धूम्रक और कङ्कट के आयुधों का वर्णन नहीं है। सुलोचन की जगह 'अपराजितपृच्छा' (२२०।३१) और अन्यत्र 'रूपमण्डन' में भी

---

१. अपरा० (२२०।२६) का पाठ कठोर है।

२. अपरा० (२२०।२६) का सम्पादक इसे कङ्कट समझता है।

३. 'रूपमण्डन' का पाठ भ्रष्ट है।

(५ । ५६) त्रिलोचन नाम है। इन प्रतिहारों के हाथों की मुद्राएँ और आयुधों का विवेचन तालिका संख्या २८ में स्पष्टतापूर्वक किया गया है :—

तालिका संख्या २८

	प्रतिहार	द०अ०	द०ऊ०	वा०ऊ०	वा०अ०
१	बेताल	तर्जनी	खट्वाङ्ग	डमरु	दण्ड
२	करट या कोटर	दण्ड	डमरु	खट्वाङ्ग	तर्जनी
३	पिङ्गलाक्ष या पिङ्गाक्ष	अभय	खड्ग	खेटक	दण्ड
४	भृकुटि	दण्ड	खेटक	खड्ग	अभय
५	धूम्रक[1]	तर्जनी	वज्र	अङ्कुश	दण्ड
६	कङ्कद या कङ्कट[2]	दण्ड	अङ्कुश	वज्र	तर्जनी
७	रक्ताक्ष	तर्जनी	त्रिशूल	खट्वाङ्ग	दण्ड
८	सुलोचन या त्रिलोचन	तर्जनी	त्रिशूल	खट्वाङ्ग	दण्ड

सप्तमातृकाएँ

मातृकाएँ भारतीय मूर्तिविधान और उपासना में विशेष मान्यता रखती हैं। इनकी संख्या ग्रन्थ-भेद से सात, आठ और सोलह तक गिनायी गयी है। नामों में भी हेर-फेर हुआ है।[3] सामान्यतया सप्तमातृकाओं में ब्राह्मी, माहेश्वरी, कौमारी, वैष्णवी, वाराही, इन्द्राणी और चामुण्डा की गणना होती है।

सप्तमातृकाओं की उत्पत्ति के विषय में पुराणों में कई परम्पराएँ हैं। 'वराहपुराण' की परम्परा के अनुसार सप्तमातृकाओं की उत्पत्ति का सम्बन्ध अन्धकासुरवध से है। शिव और अन्धकासुर युद्ध में अन्धकासुर के शरीर से जो रक्त गिरती उसके एक-एक बूंद से एक-एक अन्धकासुर उत्पन्न हो जाता और शिव से युद्ध करता था। इस स्थिति का सामना करने के लिये शिव ने अग्नि उत्पन्न की और उस अग्नि से एक शक्ति उत्पन्न हुई जिसका नाम योगेश्वरी पड़ा। इस शक्ति ने अन्धकासुर के शरीर से रक्तपात होने के पूर्व ही रक्त को

---

१. और २. 'अपराजितपृच्छा' के वर्णन

तर्जनीवज्राङ्कुशा वै दण्डो धूम्रकनामकः।
सव्यापसव्ययोगेन भवेत् कङ्कटनामकः॥

(२२० । ३०) के आधार पर है।

२. बनर्जी पृ० ५३०।

३. राव, भाग १, खण्ड २, पृ० ३७९–८१।

पी लिया और इस प्रकार नये अन्धकासुर की उत्पत्ति की आशंका कम हुई। शिव की सहायता करने के लिये ब्रह्मा, महेश्वर (पुनः शिव ने भी योगेश्वरी के अतिरिक्त एक अन्य शक्ति उत्पन्न की) कुमार, विष्णु, वराह, इन्द्र और यम ने क्रमशः ब्राह्मी. माहेश्वरी, कौमारी, वैष्णवी, वाराही, इन्द्राणी और चामुण्डा नाम से पृथक्-पृथक् शक्तियाँ उत्पन्न की जिन्होंने अन्धकासुर का विनाश किया। 'वराहपुराण' के अनुसार योगेश्वरी को लेकर आठ शक्तियाँ हो जाती हैं। इस सूची में नारसिंही का नाम नहीं है।

'मार्कण्डेयपुराण' की 'दुर्गासप्तशमी' में सप्तमातृकाओं की उत्पत्ति का प्रसंग रक्तबीज और शुम्भ-निशुम्भवध से सम्बद्ध है। दैत्यों की सेना से जब देवी और चामुण्डा घिर गयी तो ब्रह्मा, शिव, कार्तिकेय, विष्णु तथा इन्द्र आदि ने अपने शरीर से शक्तियाँ उत्पन्न कीं और वे चामुण्डा के संन्निकट गयीं। 'जिस देवता का जैसा रूप, जैसी वेशभूषा और जैसा वाहन है, ठीक वैसे हो साधनों से सम्पन्न हो उसकी शक्ति असुरों से युद्ध करने के लिये आयी'।[1]

'देवीमाहात्म्य' की सप्तमातृका सूची में ब्राह्मी, माहेश्वरी, कौमारी, वैष्णवी, वाराही, नारसिंही, ऐन्द्री आती हैं। ये सप्तमातृकाएँ चामुण्डा के साथ देवी की सहायता करती हैं अतएव मातृकाओं की संख्या आठ हो जाती है।[2]

ये मातृशक्तियाँ वस्तुतः कात्यायनी की ही अङ्गभूत शक्तियाँ थी। 'देवी-माहात्म्य' का वर्णन है कि ये शक्तियाँ अन्त में देवी ही में तिरोहित हो गयी। देवी ने शुम्भ से कहा कि मातृशक्तियाँ वस्तुतः उनकी विभूतियाँ ही हैं।

अहं विभूत्या बहुभिरिह रूपैर्यदास्थिता।
तत्संहृतं मयैकैव तिष्ठाम्याजौ स्थिरो भव॥

(देवीमाहात्म्य १०।८)

'रूपमण्डन' की मातृका सूची में नारसिंही नहीं है। मातृका मूर्ति-विधान में यह भी परम्परा है कि मातृकाओं की प्रतिमा बनाते समय मातृका-पट्ट पर आदि और अन्त में क्रमशः वीरेश्वर और गणेश बनाया जाता है तथा बीच में

---

१. ब्रह्मेशगुहविष्णूनां तथेन्द्रस्य च शक्तयः।
शरीरेभ्यो विनिष्क्रम्य तद्रूपैश्चण्डिकां ययुः॥
यस्य देवस्य यद् रूपं यथाभूषणवाहनम्।
तद्वदेव हि तच्छक्तिरसुरान् योद्धुमाययौ॥ देवीमाहात्म्य ८।१३–१४।

२. वही, ८।१५–२२।

क्रमशः ब्राह्मी, माहेश्वरी, कौमारी, वैष्णवी, वाराही, इन्द्राणी और चामुण्डा की प्रतिमाएँ बनायी जाती हैं। इसी क्रम का अनुसरण 'मत्स्यपुराण' (२६०-३८-३९) और 'रूपमण्डन' (५।६३-७३) में किया गया है। सूत्रधारमण्डन ने 'रूपमण्डन' में सप्तमातृकाओं का विवरण 'मत्स्यपुराण' के मातृकाविवरण सम्बन्धी श्लोकों के चयन के आधार पर किया है। चामुण्डा को छोड़ शेष विवरण 'मत्स्यपुराण' का आंशिक उद्धरण ही है। वीरेश्वर सहित सप्तमातृकाओं के वाहन और आयुधों का विवरण निम्नतालिका से स्पष्ट होगा :—

तालिका संख्या २९

	नाम	वाहन	आयुध	विशेष
१	ब्राह्मी	हंस	अक्षसूत्र, कमण्डलु, श्रुवा, पुस्तक	(श्रुवा, पुस्तक ऊपरी हाथों में)
२	माहेश्वरी	वृष	कपाल, शूल, खट्वाङ्ग, वरद	
३	कौमारी	मयूर	शूल, शक्ति, गदा(?)[1]	रक्तवस्त्रा
४	वैष्णवी	गरुड	वरद, शङ्ख, चक्र, गदा	
५	वाराही	महिष	गदा, चक्र	घण्टानादयुक्त, चामर धारिणी
६	इन्द्राणी	गज	वज्र, शूल, गदा (?)[2]	लोचनैर्बहुभिर्वृता
७	चामुण्डा	प्रेत या[3] शव	दाहिने हाथों में मूसल	रूपमण्डनके अनुसार

१. और २. 'रूपमण्डन' में चौथे हाथ का आयुध नहीं बताया गया है। सम्भवतः कौमारी और इन्द्राणी के चौथे हाथ में वरद हैं। यह भी द्रष्टव्य है कि यद्यपि कौमारी के लिये 'कुमाररूपा कौमारी' 'रूपमण्डन' (५।६५) और इन्द्राणी के लिये 'इन्द्राणी त्विन्द्रसदृशी' 'रूपमण्डन' (५।६९) सूत्रधार मण्डन ने लिखा है किन्तु इनके आयुधों के अनुसार कौमारी और इन्द्राणी की आयुध-योजना नहीं है। 'चतुर्भुज कुमार' का आयुध 'रूपमण्डन' में (५।३१-३२) शक्ति, पाश, असि, वरद अथवा अभय और चतुर्भुज इन्द्र का आयुध 'रूपमण्डन' (२।३१) में वर, वज्र, अंकुश और कुण्डी कहा गया है।

३. मातृका-प्रसंग में चामुण्डा को 'प्रेतगा' 'रूपमण्डन' (५।७२) और अन्यत्र ('रूपमण्डन' ५।४१) शवारूढा कहा गया है।

नाम		वाहन	आयुध	विशेष
	चामुण्डा (क्रमशः)		चक्र या कवच[1] शर अङ्कुश, खड्ग; बाँए हाथों में खेट, पाश, धनु, दण्ड, कुठार	इसकी प्रतिमा द्विभुज अथवा दशभुज बनती है। इसका विशेष विवरण टिप्पणी २ में देखिये।
८	वीरेश्वर	वृष	धनु, वीणा, त्रिशूल (?)[3]	
९	गणेश			रूपमण्डन में गणेश का मातृका प्रसंगमें विवरण नहीं है। सम्भवतः यहाँ गणेश के सामान्य रूप 'रूपमण्डन' ५।१५ से ही तात्पर्य है।[4]

---

१. चामुण्डा का विशेष विवरण इस प्रकार है :—

दंष्ट्राला क्षीणदेहा च गर्ताक्षा भीमरूपिणी ॥
× × × ×
चामुण्डा प्रेतगा रक्ता विकृतास्याहिभूषणा ॥
(रूपमण्डन ५।७० और ७२)

२. विष्णुधर्मोत्तरपुराण (राव भाग १. खण्ड २. प्रतिमालक्षणानि पृ० १५२) में चामुण्डा के दशों आयुधों का वर्णन इस प्रकार है :—

दिग्बाहुः क्षामकुक्षिश्च मुसलं कवचं शरम् ।
अङ्कुशं विभ्रती खड्गं दक्षिणे त्वथ वामतः ॥
खेटं पाशं धनुर्दण्डं कुठारं चेति बिभ्रती ।

किन्तु बड़ौदा संस्करण में यह स्थान नहीं है। वहाँ चामुण्डा का दूसरा ही विवरण है। देखिये वि० ध० ३।७३।२८-३०। 'रूपमण्डन' का चामुण्डा-विवरण राव द्वारा उद्धृत विष्णुधर्मोत्तर और हेमाद्रि 'व्रतखण्ड' अ० १ पृ०८० की परम्परा में जान पड़ता है। 'रूपमण्डन' में द्विभुज चामुण्डा के आयुधों का विवरण नहीं है। 'देवीमाहात्म्य' ७।६ के अनुसार चामुण्डा 'असिपाशिनी' है।

३. 'रूपमण्डन' में वीरेश्वर के चौथे हाथ का आयुध नहीं है।

४. 'रूपमण्डन' में गणेश का विवरण इस प्रकार है :—

दन्तश्च परशुं पद्मं मोदकञ्च गजाननः ।
गणेशो मूषकारूढो बिभ्राणः सर्वकामदः ॥ 'रूपमण्डन' ५।१५ ।

छठा अध्याय

जैनमूर्तिलक्षण

'रूपमण्डन' का छठा और अन्तिम अध्याय 'जैनमूर्तिलक्षणाधिकार' है। सूत्रधारमण्डन के काल में गुजरात और राजस्थान में जैनधर्म का बड़ा प्रभाव था और जैन-मन्दिरों तथा मूर्तियों के निर्माण का प्रचार था। सूत्रधार-मण्डन ने जैन-प्रतिमालक्षण का सूक्ष्म किन्तु उपयोगी विवरण प्रस्तुत किया है। जैन-साहित्य में जिनों या 'तीर्थङ्करों' के मूर्तिलक्षणों का यत्र-तत्र विवरण मिलता है। चतुर्विंशति तीर्थङ्करों की प्रतिमा के लक्षणों में स्वतः बहुत भेद नहीं होता। 'बृहत्संहिता' में जिनों का प्रतिमाविधान इस प्रकार बताया गया है:—

> आजानुलम्बबाहुः श्रीवत्साङ्कः प्रशान्तमूर्तिश्च ।
> दिग्वासास्तरुणो रूपवांश्च कार्यो अर्हंता देवः ॥

यह अर्हंतों अथवा तीर्थङ्करों का सामान्य विवरण है। 'रूपमण्डन' (६।३३-३९) में अर्हंत प्रतिमा का समग्र वर्णन है। इसके अनुसार तीर्थङ्कर को प्रतिमा के आवश्यक तत्त्व इस प्रकार होंगे :—

१. तीन छत्र

२. तोरणयुक्त तीन रथिकाएँ

३. अशोकद्रुम के पत्र

४. देव दुन्दुभि

५. सुर गज सिंह आदि से विभूषित सिंहासन

६. अष्ट परिकर

७. गो सिंह आदि से अलंकृत वाहिका या यक्ष

८. तोरण और रथिकाओं पर ब्रह्मा, विष्णु, चण्डिका, जिन, गौरी, गणेश आदि की प्रतिमाएँ।

'रूपमण्डन' का यह विवरण मूर्तिकारों में प्रचलित शिल्प की व्यावहारिक परम्परा के सर्वथा मेल में है। तोरण अथवा रथिक पर अन्य तेईस तीर्थङ्करों की प्रतिमाओं के बनाने का विधान मध्ययुगीन शिल्प परम्परा में बहुमान्य था। रथिकाओं पर ब्रह्मादि हिन्दू देवताओं की मूर्तियों को बनाने के विषय में यह कहा जाता है कि चूंकि ब्रह्मादि देव भी कभी

चतुर्विंशति तीर्थङ्करों के उपासक थे, अतएव जैनियों के लिये हिन्दू-देव भी आदरणीय हैं।[1]

तीर्थङ्कर प्रतिमा-विधान

चतुर्विंशति तीर्थङ्करों की प्रतिमाओं में साम्य होने पर भी उन्हें उनके ध्वज (लांछन) वर्ण, शासन देवता, और देवी (यक्ष और यक्षिणी), केवलवृक्ष तथा चामरधारी और चामरधारिणी के आधार पर अलग-अलग समझा जा सकता है।[2] 'रूपमण्डन' में केवलवृक्ष और चामरधारिणी का विवरण नहीं है। इसकी परम्परा के अनुसार सभी जिन-प्रतिमाओं पर अशोकद्रुम होना चाहिये 'रूपमण्डन' (६-३४)।

'रूपमण्डन' में चतुर्विंशति तीर्थङ्करों की गणना की गयी है। साथ ही उनके यक्ष और यक्षिणियों की भी गणना है। किन्तु विशेष विवरण कुछ ही का है। 'रूपमण्डन' के अनुसार चतुर्विंशति जिनों में केवल चार ही विशेष प्रसिद्ध हैं। इनके नाम, इनकी यक्षिणियाँ, और सिंहासनादि का वर्णन इस प्रकार किया गया है :—

जिनस्य मूर्तयोऽनन्ताः पूजिताः सर्वसौख्यदाः।
चतस्रोऽतिशयैर्युक्तास्तासां पूज्या विशेषतः॥
श्रीआदिनाथो नेमिश्च पार्श्वो वीरश्चतुर्थकः।
चक्रेश्वर्यम्बिका पद्मावती सिद्धायिकेति च॥
कैलासं सोमशरणं सिद्धर्वात सदाशिवम्।
सिंहासनं धर्मचक्रमुपरीन्द्रातपत्रकम्॥

(६। २५-२७)

चतुर्विंशति तीर्थङ्करों, उनके ध्वज, यक्ष, यक्षिणी और वर्ण का विवरण तालिका-संख्या ३० में स्पष्ट किया गया है। तालिका-संख्या ३१ में अन्य ग्रन्थों के

१. बी० सी० भट्टाचार्य, जैन आइकनोग्राफी पृ० २५-२६।

२. वही पृ० ४९–९०।

आधार पर तीर्थङ्करों के 'केवलवृक्ष' और चामरधारिणी का भी विवरण प्रस्तुत किया गया है :—

तालिका संख्या ३०

संख्या	तीर्थङ्कर	ध्वज	यक्ष	यक्षिणी
१	ऋषभ	वृष	गोमुख	चक्रेश्वरी
२	अजित	गज	महायक्ष	अजितबला
३	सम्भव	अश्व	त्रिमुख	दुरितारि
४	अभिनन्दन	कपि[1]	यक्षेश्वर	कालिका
५	सुमति	क्रौञ्च	तुम्बर	महाकाली
६	पद्मप्रभ	रक्तअब्ज	कुसुम	श्यामा
७	सुपार्श्व	स्वस्तिक	मातङ्ग	शांता या शांति
८	चन्द्रप्रभ	शशी	विजय	भृकुटि
९	सुविध	मकर	जय[2]	सुतारिका
१०	शीतल	श्रीवत्स	व्रह्मा	अशोका
११	श्रेयांस	गण्डक[3]	यक्षेट्[4]	मानवी
१२	वासुपूज्य	महिष	कुमार	चण्डी
१३	विमल	शूकर	षण्मुख	विदिता
१४	अनन्त	श्येन	पाताल	अंकुशी
१५	धर्म	वज्र	किन्नर	कन्दर्पी
१६	शान्ति	मृग	गरुड	निर्वाणी
१७	कुन्थ	छाग	गन्धर्व	बाला
१८	अर	नन्द्यावर्त	यक्षेट्[5]	धारिणी

१. 'रूपमण्डन' का पाठ स्पष्ट नहीं है। अपरा॰ के अनुसार (२२१।८) कपयः है।

२. अन्य ग्रन्थों के अनुसार अजित।

३. 'अपरा॰' में गंडक पाठ गैंड़े के लिये है। 'रूपमण्डन' (६।३) का पाठ खड्गीश है।

४. अन्य ग्रन्थों के अनुसार ईश्वर है।

५. अन्य ग्रन्थों के अनुसार क्षेन्द्र या यक्षेन्द्र है।

१६ रूपमण्डन

संख्या	तीर्थङ्कर	ध्वज	यक्ष	यक्षिणी
१९	मल्ली	घट	कुबेर	धअणाप्रिया
२०	मुनि	कूर्म	वरुण	नादरक्ता या नरदत्ता
२१	सुव्रत	नीलोत्पल	भृकुटी	गंधर्वा[1]
२२	नेमि	शङ्ख	गोमेध	अम्बिका
२३	पार्श्व	फणी	पार्श्व[2]	पद्मावती
२४	महावीर	सिंह	मातंग	सिद्धायिका

तालिका संख्या ३१

संख्या	तीर्थङ्कर	केवलवृक्ष	चामरधारी या धारिणी
१	ऋषभ	न्यग्रोध	भरत और बाहुबली
२	अजित	सप्तपर्ण	सगरचक्री
३	सम्भव	शाल	सत्यवीर्य
४	अभिनन्दन	पियाल या वैशाली वृक्ष	?
५	सुमति	प्रियङ्गु	मित्रवीर्य
६	पद्मप्रभ	छत्राभ	यमदूती
७	सुपार्श्व	शिरीष	धर्मवीर्य
८	चन्द्रप्रभ	नागकेशर	दानवीर्य
९	सुविध	नाग या मल्ली	मघवद्राजा
१०	शीतल	विल्व	राजसिंहारि
११	श्रेयांस	तुम्बर या तिन्दक	राजा त्रिपिष्ट वासुदेव
१२	वासुपूज्य	पाटलिक या कदम्ब	द्विपिष्ट वासुदेव
१३	विमल	जम्बु	स्वयम्भू वासुदेव
१४	अनन्त	अश्वत्थ	पुरुषोत्तम वासुदेव
१५	धर्म	दधिपर्ण या सप्तच्छद	पुण्डरीक वासुदेव

१. 'अपरा०' का पाठ गांधारी है।

२. इनका नाम वामन अथवा धरणेन्द्र भी है।

संख्या	तीर्थङ्कर	केवलवृक्ष	चामरधारी या धारिणी
१६	शान्ति	नन्दी वृक्ष	पुरुषदत्त
१७	कुन्थ	तिलकतरु	कुन्तल
१८	अर	च्यूत	गोविन्दराजा
१९	मल्ली	अशोक	सुलूम
२०	मुनि	चम्पक	अजित
२१	सुव्रत	बकुल	विजयराज
२२	नेमि	महावेणु	उग्रसेन
२३	पार्श्व	देवदारु या धातकी	अजितराज
२४	महावीर	शाल	श्रेणिक

सूत्रधारमण्डन ने 'जिनमूर्तिप्रकरण' में श्वेताम्बर सम्प्रदाय की परम्पराओं को ही मान्यता दी है। तीर्थङ्कर-मूर्तिविधान पर दिगम्बर और श्वेताम्बर सम्प्रदायगत परम्पराओं की भिन्नता का प्रभाव है। दिगम्बर सम्प्रदाय के अनुसार सुविध, शीतल और अनन्त का लांछन या ध्वज क्रमशः वृश्चिक, अश्वत्थ और ऋक्ष है। इसी प्रकार सुपार्श्व, श्रेयांस, वासुपूज्य, विमल, अनन्त, धर्म, शान्ति, कुन्थ, और मल्ली और नेमिनाथ की यक्षिणियाँ भी क्रमशः काली, गौरी, गांधारी, वैरोटी, अनन्तमती, मानसी, महामानसी, विजया, ब्रह्मरूपिणी, चामुण्डी और कूष्माण्डिनी हैं। श्रेयांश और शान्ति के यक्ष भी दिगम्बर सम्प्रदाय के मत से यक्षेट् और गरुड न होकर क्रमशः ईश्वर और किंपुरुष हैं।

'रूपमण्डन' (६–४) में जिनों के वर्णों का विवरण अपूर्ण और संदिग्ध है। 'अपराजितपृच्छा' (२२१। ५–७) में भी जिनों का वर्ण-विवरण सदोष ही है।

शासन देवता

कुछ विशिष्ट शासन-देवताओं का वर्णन 'रूपमण्डन' में पृथक् रूप में भी दिया गया है। इनके वाहन, वर्ण, आयुध-आदि का विवरण तालिका-संख्या ३२ से ज्ञातव्य है। तालिका-संख्या ३३ में जिनके आठ प्रतिहारों (इन्द्र, इन्द्रजय, माहेन्द्र,

विजय, धरणेन्द्र, पद्मक, सुनाभ, सुरदुन्दुभि) तथा उनके आयुधों को भी स्पष्ट किया गया है :—

तालिका संख्या ३२

(शासनदेवता)

	देवता	वाहन	वर्ण	आयुध	विशेष
१	पार्श्व	कूर्म	श्याम	बीजपूरक, उरग, नाग, नकुल ।[1]	गजानन
२	गोमुख	गज[2] (?)	हेम	वर, अक्ष-सूत्र, पाश, बीजपूरक ।	गजानन[3]
३	चक्रेश्वरी	तार्क्ष्य	हेम	वर, बाण, पाश, चक्र, शक्ति, शूल, नकुल ? (आठवीं भुजा का विवरण 'रूपमण्डन' में स्पष्ट नहीं है । सम्भवतः चक्रेश्वरी के दो हाथों में चक्र है) द्वादशभुजी[4] चक्रेश्वरी के आठ हाथों में चक्र, दो में वज्र और दो हाथों में मातुलिङ्ग है ।	
४	अम्बिका	सिंह	पीत	नाग, पाश, अंकुश, पुत्र[5]	

१. अपरा० (२२१।५५) के अनुसार पार्श्व के आयुध धनुष, बाण, भृण्डि और मुद्गर हैं ।

२. अपरा० (२२१।४३) के अनुसार वृष है ।

३. गोमुख के प्रसंग में 'गजानन' पाठ अशुद्ध है; किन्तु इसे 'वृषानन' माना जा सकता है ।

४. 'रूपमण्डन' में चक्रेश्वरी के दो रूप बताये गये हैं । एक तो अष्टभुजी (६।१८) और दूसरा द्वादशभुजी (६।२४) ।

५. 'रूपमण्डन' के अनुसार अम्बिका का वर्ण, पीत और आयुध नाग, पाश, अङ्कुश और चौथे हाथ में पुत्र बताया गया है । उपेन्द्रमोहन ने 'पुत्र' का

	देवता	वाहन	वर्ण	आयुध	विशेष
५	पद्मावती	कुक्कुट	रक्त अयस्वत्	पद्म, पाश, अंकुश, बीजपूरक[1]	
६	मातङ्ग	गज	सित	नकुल, बीजपूरक[2]	
७	सिद्धायिका	सिंह	नील	पुस्तक, अभय, वाण, मातुलिङ्ग[3]	

तालिका संख्या ३३

(जिन-प्रतिहार)

प्रतिहार	आयुध	
इन्द्र	फल, वज्र, अंकुश, दण्ड	
इन्द्रजय	,, ,, ,, ,,	
माहेन्द्र	वज्र वज्र पफ दण्ड	
विजय	,, ,, ,, ,,	
धारणेन्द्र	निधिहस्त	शान्ताकार वृकोदर ?
पद्मक	,,	,,
सुनाभ	विवरण नहीं है	वीतराग
सुरदुन्दुभि या दुन्दुभ	,, ,, ,,	,,

उचित पाठ 'पत्र' बताया है। अपरा० (२२१।२२) में अम्बिका को द्विभुजी और उनका वर्ण हरा कहा गया है। इनके दोनों हाथों में एक में तो फल और दूसरा हाथ वर मुद्रा में कहा गया है। इनके साथ इनका पुत्र भी होना चाहिये। पुत्रों के द्वारा इनको पूजित होते बनाना चाहिये :—

पुत्रेणोपास्यमाना च सुतोत्सङ्गा तथाऽम्बिका।

'नेमीनाथ चरित' में (जैन आइकनोग्राफी पृ० १४२) अम्बिका के दाहिने एक हाथ में आम्रमञ्जरी दूसरे में पाश तथा बाएँ एक हाथ में पुत्र और दूसरे में अंकुश बताया गया है।

१. अपरा० (२२१।२३) के अनुसार वर।

२. अपरा० (२२१।५५) के अनुसार फल और वर।

३. अपरा० (२२१।३८) के अनुसार वर्ण कनक और एक हाथ में फल तथा दूसरा हाथ वर मुद्रा में है। प्रतिमा द्विभुज है।

जैन-सम्प्रदाय के देवताओं के चार वर्ग ज्योतिषी, भुवनवासी, व्यन्तरवासी और विमानवासी हैं। इनमें ईशान, ब्रह्मा आदि बिमानवासी, यक्ष, व्यन्तरदेव, दिक्पाल, भुवनवासी और नक्षत्रादि ज्योतिषी देवता कोटि में हैं। 'रूपमण्डन' (६ । ७-११) में नक्षत्र और राशियों की भी गणना है जो जैन-सम्प्रदाय के अनुसार ज्योतिष देव कोटि में आते हैं। 'रूपमण्डन' के इस अध्याय में सत्ताइसों नक्षत्रों और द्वादश राशियों की गणनामात्र है, इनके स्वरूप का विचार नहीं है।

श्रीरूपमण्डनम्

॥ श्रीगणेशाय नमः ॥

प्रथमोऽध्यायः

विश्वरूपं नमस्कृत्य पूर्वतन्त्रानुसारतः ।
मण्डनस्तनुते वास्तुशास्त्रं श्रीरूपमण्डनम् ॥ १ ॥

विश्वरूप को नमस्कार करके, पूर्व तन्त्रों (शास्त्रों) के अनुसार सूत्रधार मण्डन श्रीरूपमण्डन नामक वास्तुशास्त्र की विस्तार के साथ रचना करते हैं ॥ १ ॥

मूर्तीनां कर्त्तव्यतोपदेशः

प्रासादे लिङ्गमूर्तीनां प्रमाणं शास्त्रलक्षतः(णात्) ।
मनुष्यपशुपक्ष्यादिरूपं कुर्यात्तदाकृतेः ॥२॥

प्रासाद में लिङ्ग और मूर्ति का प्रमाण शास्त्र के अनुसार होना चाहिये। मनुष्य, पशु, पक्षी आदि के रूप का निर्माण उनकी आकृतियों के अनुसार करना चाहिये ॥ २ ॥

प्रशस्तशिलालक्षणम्

निविडा निर्व्रणाऽमृद्वी[1] सुगन्धा मधुरा शिला ।
सर्वार्चालिङ्गपीठेषु श्रेष्ठा कान्तियुता च या[2] ॥ ३ ॥

घनी, बिना व्रण की ठोस, सुगन्धयुक्त, मधुर और कान्तियुक्त तथा श्रेष्ठ शिला से पीठिका पर सब प्रकार की मूर्ति और लिङ्ग का निर्माण करना चाहिये ॥ ३ ॥

---

१. दे० मू० प्र० (१।७) का पाठ मृद्वी है ।

२. वि० ध० पु० (३।९०।३-५) में प्रशस्त शिला का लक्षण इस प्रकार है :—

एकवर्णां समां स्निग्धां निमग्नां च तथा क्षितौ ।
घातातिमात्रस्फुटनां दृढां मृद्वीं मनोरमाम् ॥

दुष्टशिलालक्षणम्

विमलं हेमकांस्यादि चिह्नं लोहमयञ्च यत्[1] ।
तथाचान्यद्विधं चिह्नं प्रतिमायां भयावहम् ।। ४ ।।

हेम, कांस्य और लोहे की तरह सुनहरी, भूरी तथा काली रेखाओं से युक्त शिला को 'विमल' नामक दोष से युक्त माना जाता है, उससे या और किसी प्रकार के चिह्न से युक्त शिला से बनी मूर्ति अत्यन्त दोषकारक होती है।

कोमलां सिकताहीनां प्रियां दृङ्मनसोरपि ।
सरित्सलिलनिर्धूतां पवित्रां तु जलोषिताम् ।।
द्रुमच्छायोपगूढां च तीर्थाश्रयसमन्विताम् ।
आयामपरिणाहाढ्यां ग्राह्यां प्राहुर्मनोषिणः ।।

इस प्रसंग पर कुछ विचार 'मयमत' अध्याय ३३ में भी है। अग्नि पु० अ० २६ भी द्रष्टव्य है।

१. वि० ध० (३।९०।८) में 'विमल' की अच्छी व्याख्या प्रस्तुत है। इसके अनुसार विमल त्रिविध है। इसका विवरण 'रूपमण्डन' के विवरण से मिलता है, किन्तु वि० ध० का वर्णन 'रूपमण्डन' की अपेक्षा अधिक स्पष्ट है। वि० ध० (३।९०।८-१०) में तीनों प्रकार की शिलाओं का दोष भी बताया गया है। विवरण इस प्रकार है :—

विमलं त्रिविधं ज्ञेयं लोहं कांस्यं च हेमजम् ।।
या लोहविमलैर्जुष्टा सा जनक्षयकारिणी ।
कांस्याभविमलोपेता जनमानविनाशिनी ।
हैमेन युक्ता दुर्भिक्षं तथा कुर्यादवग्रहम् ।।

दुष्ट शिला का और अधिक विवरण वि० ध० में वर्णित है, जो इस प्रकार है :—

'अग्राह्यां ज्वलनालीढां तप्तां भास्कररश्मिभिः ।
अन्यकर्मोपयुक्तां च तथा क्षाराम्बुसंयुताम् ।।
अत्यन्तोपहतां रूक्षामपुण्यजनसेविताम् ।
बिलैः संदूषिता या तु विचित्रैर्बिन्दुभिश्चिता ।।
रेखामण्डलसङ्कीर्णा विद्धां विमलसंयुताम् ।

(वि० ध० ३।९०।६–८)

पुनः शुभशिलालक्षणम्

कपोतभृङ्गकुमुदमाषमुद्गासितोपमा ।
पाण्डुरा घृतपद्माभा सर्वार्चासु शुभा शिला[1] ॥ ५ ॥

जो शिला कपोत, भृङ्ग, कुमुद, माष, मुद्ग, घृत, पद्म की आभा की हो या काली तथा पीतयुक्त श्वेत वर्ण की हो वह सब प्रकार के मूर्ति-कर्म के लिये शुभ है ॥ ५ ॥

शिलाहरणदिनादिनिर्देशः

सुदिने सुमुहूर्त्ते च शकुने शान्तचेष्टिते[2] ।
प्रतिमागृहकाष्ठादिकर्म कुर्यान्न चान्यथा ॥ ६ ॥

प्रतिमा-गृह के लिए काष्ठादि कर्म शुभ दिन, मुहूर्त और शकुन में शान्तचित्त से करना चाहिये । इसके विपरीत स्थिति में नहीं ॥ ६ ॥

---

१. वि० ध० (३।९०।२१) में 'कुमुद' की जगह 'कुसुम' और 'घृताभ' की जगह 'श्वेत' प्रशस्त शिला का वर्ण माना गया है । वि० ध० का विवेचन निम्नलिखित है :—

श्वेतश्च पद्मवर्णश्च कुसुमोषरसन्निभम् ।
पाण्डुरो मुद्गवर्णश्च कापोतो भृङ्गसन्निभः ॥
ज्ञेयाः प्रशस्ताः पाषाणाः अष्टावेते न संशयः ।
(वि० ध० ३।९०।२१–२२)

'काश्यपशिल्प' (४९–३२) में केवल चार ही वर्णों की शिलाओं को प्रशस्त कहा गया है :—

श्वेता रक्ता च पीता च कृष्णा चैव चतुर्विधा ।

२. यही मन्तव्य अन्य ग्रन्थों का भी है ।

ग्राह्यां शिलां दिने गत्वा शोभने स्नपयेद् बुधः ।
(वि० ध० ३।९०।२५)

उत्तरायणमासे तु शुक्लपक्षे शुभोदये ॥
प्रशस्तपक्षनक्षत्रे मुहूर्तकरणान्विते ।
गच्छेल्लिङ्गं समुद्दिश्य वनं चोपवनं गिरिम् ॥
(मयमत ३३।१९–२०)

'काश्यपशिल्प' में शकुनविचार विस्तृत है (४९।१९–२५) द्रष्टव्य दे० मू० प्र० पृ० ११–१२ तथा अग्नि० अ० २६।१७–२७ ।

गृहपूज्यप्रतिमामानम्

आरभ्यैकाङ्गुलादूर्ध्वं पर्यन्तं द्वादशाङ्गुला।
गृहेषु प्रतिमा पूज्या नाधिका शस्यते ततः[1] ॥ ७ ॥

घर में एक अंगुल से लेकर बारह अंगुल तक की प्रतिमा का पूजन करना चाहिये इससे अधिक की नहीं ॥ ७ ॥

देवालयपूज्यप्रतिमामानम्

तदूर्ध्वं नवहस्तान्तं पूजनीया सुरालये।

उससे (१२ अंगुल से) ऊँची प्रतिमा से लेकर नौ हाथ ऊँचाई तक की प्रतिमा मन्दिरों में पूजा के योग्य है ॥ ८ ॥

अनावृतदेशपूज्यप्रतिमामानम्

दशहस्तादितो याऽर्चा प्रासादेन विनाऽर्चयेत्[2] ॥ ८ ॥

दश हाथ से अधिक ऊँची प्रतिमा बिना प्रासाद के ही पूजी जा सकती है।

दशादि करषष्ठया (वृद्धया) तु षट्त्रिंशत् प्रतिमाः पृथक्।
बाणवेदकरान् यावत् चतुष्कां (चतुष्क्यां) पूजयेत् सुधीः ॥९॥

दश हाथ से छत्तीस हाथ तक की प्रतिमा पृथक्-पृथक् रूप से पूजी जा सकती है (स्थापित की जा सकती है)। किन्तु विद्वानों को छत्तीस से पैतालीस हाथ तक ऊँची प्रतिमा चबूतरे पर स्थापित करके पूजनी चाहिये ॥ ८–९ ॥

---

१. 'रूपमण्डन' का यह अभिमत 'मत्स्यपुराण' (२५७/२२-२३) के आधार पर है। 'मत्स्यपुराण' का वचन है :—

अङ्गुष्ठपर्वादारभ्य वितस्तिर्यावदेव तु।
गृहेषु प्रतिमा कार्या नाधिका शस्यते बुधैः ॥

(मत्स्य० २५७।२२-२३)

२. 'मत्स्यपुराण' के अनुसार १६ हाथ तक की लम्बी प्रतिमा सुरालय में पूजी जा सकती हैं :—

आषोडशा तु प्रासादे कर्तव्या नाधिका ततः।

(मत्स्य० २५७।२३)

प्रतिमाघटनद्रव्याणि[1]

अष्टलोहमयीमूर्तिः[2] **शैलरत्नमयी**[3] **शुभा ।**
श्रेष्ठवृक्षमयी[4] **वाऽपि प्रवालादिमयी शुभा ॥ १० ॥**

अष्टधातु की, पर्वत से उत्पन्न रत्न की प्रतिमा शुभ होती है। श्रेष्ठ वृक्ष-को और प्रबाल आदि की भी प्रतिमा शुभप्रद होती है ॥ १० ॥

---

१. मत्स्य० में प्रतिमा-द्रव्य की गणना इस प्रकार है :—

सौवर्णी राजती वापि ताम्री रत्नमयी तथा ।
शैली दारुमयी चापि लोहसङ्घमयी तथा ॥
रीतिकाधातुयुक्ता वा ताम्रकांस्यमयी तथा ।
शुभदारुमयी वापि देवतार्चा प्रशस्यते ॥

(मत्स्य० २५७।२०-२१)

२. 'अष्ट लोह' :—

सौवर्णं राजतं ताम्रं पैत्तलं कांस्यमायसम् ।
संसकं त्यापुषञ्चेति लोहं बिम्बं तथाऽष्टधा ॥

(उद्धृत—दे.मू.प्र.पृ. २१; द्रष्टव्य 'रूपमण्डन' ४।३७-३९ भी)

३. रत्न सूची :—

स्फटिकं पद्मरागञ्च वज्रं नीलं हिरण्मयम् ।
वैदूर्यं विद्रुमं पुष्पं रत्नबिम्बं तथाऽष्टधा ॥

(उद्धृत—दे० मू० प्र० पृ० २१)

४. श्रेष्ठ वृक्ष की कई सूचियाँ प्राचीन ग्रन्थों में मिलती हैं। 'रूपमण्डन' में लिङ्गार्चा के लिये प्रशस्त वृक्षों की गणना इस प्रकार है :—

श्रीपर्णी शिंशपाऽशोकः शिरीषः खादिरोऽर्जुनः ।
चन्दनः श्रीफलो निम्बो रक्तचन्दनवीर्यकौ ॥
कर्पूरो देवदारुश्च चन्दनः (?) पारिजातकः ।
चम्पको मधुवृक्षश्च हिन्तालश्चागरुः शुभाः ॥

(रूपमण्डन ४।५४-५५)

अन्य सूचियों के लिये द्रष्टव्य मत्स्य० २५६।८-१४; वि० ध० ३।८९।९-११; अपरा० २००।६-८ ।

जीर्णोद्धारविधिः

अतीतब्दः(ताब्द)शता मूर्तिः पूज्या स्यात्तु महत्तमैः ।
खण्डिता स्फुटिताऽप्यर्च्या अन्यथा दुःखदायिका ॥११॥

सौ वर्ष से प्राचीन मूर्ति यदि खण्डित हो या चटक गयी हो तो पूजा योग्य है। किन्तु इससे कम अवधि की खण्डित या चटकी प्रतिमा का पूजन दुःखप्रद है ॥ ११ ॥

धातुरत्नविलेपोत्था व्यङ्गाः संस्कारयोग्यकाः ।
काष्ठपाषाणजा भग्नाः संस्काराऱ्हा न देवताः[1] ॥१२॥

धातु, रत्न और भित्ति-चित्र यदि विकृत हो या टूट-फूट जाय तो वह संस्कार योग्य है। काष्ठ और पाषाण की बनी मूर्ति टूट जाने पर संस्कार के योग्य नहीं है ॥ १२ ॥

भीषणदेवतास्थानम्

भैरवः शस्यते लोके प्रत्यायतनसंस्थितः ।
न मूलायतने कार्यो भैरवस्तु भयङ्करः ॥ १३ ॥
नरसिंहो वराहो वा तथाऽन्येऽपि भयङ्कराः[2] ।

भैरव प्रत्यायतन में स्थित होकर ही लोक का कल्याण करते हैं। भैरव की प्रतिमा मूलायतन में नहीं स्थित करनी चाहिये। भैरव की आकृति भयंकर होती है। नरसिंह तथा वराह और इसी प्रकार अन्य कई देवता भी भयंकर होते हैं ॥ १३-१४ ॥

दुष्टाः प्रतिमाः

नाधिकाङ्गा न हीनाङ्गाः कर्त्तव्या देवताः क्वचित्[3] ॥१४॥

किसी देवता की प्रतिमा न तो अधिकांग, बनानी चाहिये न हीनांग ॥१४॥

---

१. 'रूपमण्डन' का मत 'अग्निपुराण' (अध्याय ६७) से तुलनीय है। दे० मू० प्र० पृ० २२ भी द्रष्टव्य है।

२. भीषण देवता सम्बन्धी यह विवरण 'मत्स्यपुराण' (२५८।१४-१५) का उद्धरण है। वहाँ 'नरसिहो' की जगह 'नारसिंहो' पाठ है।

३. 'नाधिकाङ्गा न हीनाङ्गा कर्त्तव्या देवता क्वचित्' पंक्ति भी 'मत्स्यपुराण' (२५८।१५) का उद्धरण है। इस सम्बन्ध में विशेष विवेचन के लिये देखिये 'मत्स्य०' २५८।१६-२१; 'बृहत्संहिता' ५७।५०-५२; समराङ्गणसूत्रधार ७७।७-८।

प्रतिमाकाष्ठलेपानुम(पाश्म)दन्तचित्रायसां गृहे[1] ।
मानाधिका परीवाररहिता नैव पूज्यते ॥ १५ ॥

काष्ठ, पत्थर, दन्त, धातु आदि की मूर्तियों तथा लेप-द्रव्य से बने चित्र के संग्रह के समय यह ध्यान रखना चाहिए कि मानाधिक और परिवार रहित प्रतिमा और चित्र घर में पूज्य नहीं है ॥ १५ ॥

अर्चावैकृतकथनम्

नर्त्तनं रोदनं हास्यमुन्मीलननिमीलने ।
देवा यत्र प्रकुर्वन्ति तत्र विद्यान्महाभयम्[2] ॥ १६ ॥

यदि ऐसा आभास हो कि देवप्रतिमा नाच रही है, रो रही है, हँस रही है या नेत्रों को खोल बन्द कर रही है तो समझना चाहिये कि महा भय होने वाला है ॥ १६ ॥

---

१. दे० मू० प्र० (१।३५) का पाठ 'प्रतिमाकाष्ठलेपाश्मदण्डचित्रादिसंग्रहे' है। उपेन्द्रमोहन ने 'रूपमण्डन' की इस पंक्ति का संस्कार 'लेपाश्मदण्ड-चित्रायसां ग्रहे' किया है। किन्तु 'दे० मू० प्र०' आधार पर इसका शुद्ध पाठ 'प्रतिमाकाष्ठलेपाश्मदन्तचित्रादिसंग्रहे' है।

२. 'महाभारत' (भीष्मपर्व २।२६) में अर्चा-वैकृतसम्बन्धी यही धारणा है:—

देवताप्रतिमाश्चैव कम्पन्ति च हसन्ति च ।
वमन्ति रुधिरं चास्यैः खिद्यन्ति प्रपतन्ति च ॥

'बृहत्संहिता' में भी इस प्रसंग में ऐसी ही धारणा व्यक्त की गयी है और यह भी बताया गया है कि मूर्ति की किस क्रिया का क्या दुष्परिणाम होता है ?

हसने देशध्वंसं रुदिते च व्याधिबाहुल्यम् ।
धूमस्तस्मिन् ज्वालाथवा भवेन्नृपवधायैव ॥
सर्पत्सु तरुषु जल्पत्सु वापि जनसंक्षयो विनिर्दिष्टः ।

(बृहत्संहिता० ४५।२५।३०)

'मत्स्यपुराण' की इस सम्बन्ध में धारणा इस प्रकार है :—

देवतार्चाः प्रनृत्यन्ति वेपन्ते प्रज्वलन्ति च ।
वमन्त्यग्निं तथा धूमं स्नेहं रक्तं तथा वसाम् ॥

वत्सेनाभिमुखे कुर्यात् यात्रां द्वारञ्च वास्तुनः ।
प्रवेश [:] प्रतिमादीनां गुर्विणीनां विशेषतः ॥ १७ ॥

विशेष भारी और वजनदार प्रतिमा आदि को वास्तु (मन्दिर) में द्वार की ओर से ले जाते समय (मूर्ति के) सामने बछड़ा करके ले जाना चाहिये ॥ १७ ॥

प्रतिमाशिरोज्ञानम्

प्राक् पश्चाद्दक्षिणे सौम्ये स्थिता भूमौ तु या शिला ।
प्रतिमायाः शिरस्तस्याः कुर्यात् पश्चिमदक्षिणे[1] ॥१८॥

जो शिला भूमि पर पूर्व पश्चिम या दक्षिण-उत्तर की लम्बाई में पड़ी हो तो प्रतिमा बनाते समय शिर भाग क्रमशः पश्चिम और दक्षिण में करना चाहिये। अर्थात् जो शिला पूर्व-पश्चिम की लम्बाई में पड़ी है उसमें शिर भाग पश्चिम में और जो शिला दक्षिण उत्तर की लम्बाई में पड़ी है उसका शिर भाग दक्षिण में बनाना चाहिये ॥ १८ ॥

आरयन्ति रुदन्त्येताः प्रस्विद्यन्ति हसन्ति च ।
उत्तिष्ठन्ति निषीदन्ति प्रधावन्ति धमन्ति च ॥
भुञ्जते विक्षिपन्ते वा कोशप्रहरणध्वजान् ।
अवाङ्मुखा वँ भवन्ति स्थानात् स्थानं भ्रमन्ति च ॥
एवमाद्या हि दृश्यन्ते विकाराः सहसोत्थिताः ।
लिङ्गायतनविप्रेषु तत्र वासं न रोचयेत् ।
राज्ञो वा व्यसनं तत्र स च देशो विनश्यति ॥
(मत्स्य० २२९।१-५)

अन्य विवेचन के लिये देखिये दे० मू० प्र० १।४५-५४ तथा टिप्पणी ४७, पृष्ठ ३०-३१ ।

१. इसी प्रकार का अभिमत 'मयमत' का है :—

मुखमुद्धरणेअधोऽमूर्ध्वभागं शिरो विदुः ॥
शिलामूलमवाक्प्रत्यगुदग्रं प्रागुदग्दिशि ।
अग्रमूर्ध्वमधोमूलं पाषाणस्य स्थितस्य तु ॥
नैर्ऋत्यैशानदेशाग्रा वह्न्यग्रा वाह्निवायुगा ।
(मयमत ३३।१७-१९)

तालमानेन मूर्तयः

ग्रासवक्त्रमेकभागे द्वौ पक्षी कुञ्जरास्त्रयः ।
किन्नराश्वाश्चतुस्तालाः पञ्चाशित(सीन)सुरा वृषः ।१९।

एक भाग में कीर्तिमुख, दो भाग में पक्षी, तीन भाग में हाथी, चार ताल में किन्नर और अश्व तथा पाँच ताल में बैठे हुए देवताओं और वृष की प्रतिमा बनानी चाहिये ॥ १९ ॥

शूकरो वामनश्चापि षट्तालो गणनायकः ।
सप्तभागाः प्रकर्तव्या[२] वृषशूकरमानकाः(वाः)[३] ॥२०॥

शूकर, वामन और गणेश की प्रतिमा का मान छः ताल है तथा वृष और शूकर तथा मनुष्य की प्रतिमा सात ताल में बनानी चाहिये ॥२०॥

अष्टांशा पार्वती देवी सर्वे देवा नवांशकाः ।
दशतालो भवेद्रामो बलिरुध्वौं(रुद्रौ)[४] जिनस्तथा ॥२१॥

पार्वती देवी आठ ताल में तथा अन्य सभी देवता नव ताल में बनाने चाहिये। दश ताल में राम, बलि और रुद्र तथा जिन की प्रतिमा बनानी चाहिये ॥ २१ ॥

ताला एकादश स्कन्दो हनुमान् भूतचण्डिका ।
ताला द्वादश वेताला राक्षसाश्च त्रयोदश ॥२२॥

स्कन्द, हनुमान्, भूत और चण्डिका ग्यारह ताल में, बारह ताल में वेताल और तेरह ताल में राक्षस की प्रतिमा बनानी चाहिये ॥ २२ ॥

---

१. 'पञ्चाशितसुरा बृषः' का पाठ अशुद्ध है। उपेन्द्र मोहन ने इसका संस्कार "पञ्चासितमुराबृषः" किया है। किन्तु दे० मू० प्र० २।५ के पाठ—

कुब्जाश्च पञ्चभिस्तालैरुपविष्टो जनस्तथा ।
उपविष्टाः प्रकर्तव्या ब्रह्मविष्णुशिवा वृषः ॥

के आधार पर इसे "पञ्चासीनसुरा वृषः" समझना अधिक युक्ति सङ्गत है।

२. यहाँ खड़े वृष और बराहावतार का आशय लिया जा सकता है।

३. 'मानवाः' पाठ समीचीन है। अपरा० २२५।१६ का पाठ भी 'मानवाः' है।

४. 'वलिरुद्रौ जिनस्तथा' पाठ समीचीन होगा।

दैत्याश्चतुर्दशांशाः स्युर्भृगुरूपा(पं) ततोऽधिकाः(कम्) ।
का(क)लांशाः क्रूरदेवाः स्युरत ऊर्ध्वं न कारयेत्[1] ।२३।

चौदह ताल में दैत्य होंगे, उससे अधिक (अर्थात् पंद्रह) ताल में भृगु तथा सोलह ताल में क्रूर देवताओं की प्रतिमा बनानी चाहिये। उससे ऊँची प्रतिमा नहीं बनानी चाहिये ॥ २३ ॥

तालानुसारेणाङ्गविधानम्

तत्र षट्तालस्य

मुखं तालद्वयं तस्य जठरं तत्समं भवेत्[2] ।
गुह्यं वेदाङ्गुलम् ऊरू सप्त जङ्घा च तत्समा ॥२४॥

मुख दो ताल का तथा जठर उसी के समान होना चाहिये। गुह्य प्रदेश चार अङ्गुल का, ऊरू सात अंगुल और जंघा उसी के समान होनी चाहिये ॥ २४ ॥

गुणाङ्गुलं भवेज्जानु पादः कार्यो गुणाङ्गुलः ।
रसतालमिति प्रोक्तं सप्ततालमथोच्यते ॥ २५ ॥

तीन अङ्गुल में जानु और तीन ही अङ्गुल में पैर बनाना चाहिये। यह षट् ताल बताया गया और (अब) सप्त ताल बताते हैं ॥ २५ ॥

सप्ततालस्य

वक्त्रं तालप्रमाणं स्यात् कन्धरावङ्गुलत्रयम् ।
सार्द्धसप्ताङ्गुलं वक्षो मध्यं नवभिरङ्गुलैः ॥ २६ ॥

मुख एक ताल में, कंधा तीन अङ्गुल में, वक्ष साढ़े सात अङ्गुल में और कटि नौ अङ्गुल में बनानी चाहिये ॥ २६ ॥

---

१. द्रष्टव्य तालिका संख्या १ ।
२. विवरण अशुद्ध है द्रष्टव्य पृष्ठ ३१ ।

सार्धसप्तनाभिमध्ये(मेढ्ं) ऊरूरष्टादशाङ्गुले ।
पादोत्सेधस्त्रिमात्रश्च मनुजाः सप्ततालके ।। २७ ।।

साढ़े सात अङ्गुल में नाभि और मेढ्र तथा ऊरू अठारह अङ्गुल में बनाना चाहिये। पैर की ऊँचाई तीन मात्रा में करनी चाहिये। सात ताल में मनुष्यों की प्रतिमा बनती है ॥ २७ ॥

अष्टतालस्य

अष्टताले मुखं कुर्यात् तालं द्वादशमात्रकम् ।
ग्रीवास्य त्र्यङ्गुला कार्या हृदयं तु नवाङ्गुलम् ।। २८ ।।

आठ ताल में जो मूर्ति बनती है उसका मुख बारह मात्रा में, ग्रीवा तीन अङ्गुल की और हृदय नौ अङ्गुल का बनाना चाहिये ।।२८।।

मध्यं द्वादशमात्रं च नाभिमेढ्रे नवाङ्गुले ।
ऊरू(रुः) स्यादेकविंशत्या जानु चैव गुणाङ्गुलम् ।।२९।।

मध्य (कटि) बारह मात्रा में और नाभि तथा मेढ्र नव अङ्गुल में, ऊरू इक्कीस अंगुल में तथा जानु तीन अंगुल में बनाना चाहिये।

जङ्घा तथैकविंशत्या पादमूलं गुणाङ्गुलम्[2] ।

इसी प्रकार जङ्घा इक्कीस अंगुल और पादमूल तीन अंगुल में बनाना चाहिये ॥

---

१. 'रूपमण्डन' का सप्तताल विवरण अपूर्ण है। इसका अङ्गुल योग ९३ अङ्गुल ही आता है। दे० मू० प्र० २।१३–१५ के अध्ययन से पता चलता है कि 'रूपमण्डन' के विवरण में केशान्त, जानु और जङ्घा का विवरण छूट गया है अर्थात् रूपमण्डन के श्लोक २८ के ऊपर यदि 'सप्ततारं प्रवक्ष्यामि केशान्ते च त्रिमात्रकम्' (दे० मू० प्र० २।१३) और 'रूपमण्डन' श्लोक २७ के 'सार्धसप्तमी नाभि' तथा 'पादोत्सेध' वाली पंक्तियों के बीच में 'जान्वङ्गुलत्रयं प्रोक्तं जङ्घे अष्टादशाङ्गुले' (दे० मू० प्र० २।१५) जोड़ दिया जाय तो विवरण पूर्ण हो जायगा। द्रष्टव्य तालिका-संख्या ४, दे० मू० प्र० २।१३–१५ शुक्र० ४।५०२–९।

२. 'रूपमण्डन' के अष्टताल का विवरण भी अपूर्ण है। केशान्त का विवरण नहीं है अतएव अष्टताल के मान से (९६ अङ्गुल) 'रूपमण्डन' का अष्टताल मान

नवतालस्य

प्रतिमामुखमानेन नव भागान् प्रकल्पयेत्[1] ॥ ३० ॥

प्रतिमा के मुख के मान के आधार पर (पूरी प्रतिमा का) नौ भाग करना चाहिये। अर्थात् जो प्रतिमा नौ ताल में बनती है उसमें मुख का अंश नवें भाग में होता है ॥ ३० ॥

वेदाङ्गुला भवेद् ग्रीवा भागेन हृदयं त्वधः ।

नाभिर्भागेन मेढ्रं च भागमेकं प्रकल्पयेत् ॥ ३१ ॥

चार अंगुल में ग्रीवा, उसके नीचे एक भाग में हृदय, एक भाग में नाभि और एक भाग में मेढ्र बनाना चाहिये ॥ ३१ ॥

---

३ अङ्गुल कम ठहरता है। दे० मू० प्र० २।१९ में केशान्त ३ अङ्गुल का बताया गया है। 'रूपमण्डन' में अष्टताल के विवरण का प्रारम्भ इस प्रकार है :—

अष्टताले मुखं कुर्यात् तालं द्वादशमात्रकम् ।

किन्तु दे० मू० प्र० में अष्टताल का प्रारम्भ इस प्रकार है :—

अष्टतालं प्रवक्ष्यामि देव्याश्चण्डस्य (चण्ड्याश्च ?) लक्षणम् ।
मात्रात्रयं स्यात् केशान्तं वक्त्रञ्च द्वादशाङ्गुलम् ॥
(दे० मू० प्र० २।१९)

किन्तु शुक्र० ४।५।१०–११ के अष्टताल के विवरण में केशान्त सम्भवतः है ही नहीं और मुख का मान भी सम्भवतः ११ अङ्गुल है। किन्तु ग्रीवा, जानु और गुल्फान्त का मान ३ अङ्गुल की अपेक्षा ४ अङ्गुल है। चूँकि ग्रीवा से गुल्फान्त तक का मानयोग ८४ अङ्गुल अर्थात् अष्टताल के मान से (९६ अङ्गुल) कम है अतएव मुख का मान १२ अङ्गुल मानना ही समीचीन है। शुक्र० का वर्णन इस प्रकार है :—

वेदाङ्गुला भवेद् ग्रीवा हृदयं तु दशाङ्गुलम् ।
दशाङ्गुलं चोदरं स्याद्वस्तिश्चैव दशाङ्गुलम् ॥
एकविंशाङ्गुलं सक्थि जानु स्याच्चतुरङ्गुलम् ।
एकविंशाङ्गुला जङ्घा गुल्फाधश्चतुरङ्गुलम् ॥

द्रष्टव्य तालिका-संख्या ५ ।

१. 'रूपमण्डन' २।३० की यह पंक्ति मत्स्य० (२५८।२६) की है। तालमान के अध्ययन के लिये यह पंक्ति विशेष महत्त्वपूर्ण है। इसकी विशेष व्याख्या के लिये द्रष्टव्य पृ० २४–२६ ।

चतुर्विंशतिमात्रोरुर्जानु प्रोक्तं युगाङ्गुलम् ।
द्विभागेन समा जङ्घा पादस्तु चतुरङ्गुलः ।। ३२ ।।

चौबीस मात्रा में ऊरू, दो अङ्गुल में जानु, दो भाग में जङ्घा और चार अङ्गुल में पैर बनाना चाहिये ॥ ३२ ॥

मुखस्यापि त्रिभागेन ललाटं नासिका हनुः ।
विस्तरे स्तनगर्भे तु द्वादशाङ्गुलमीरितम् ।। ३३ ।।

मुख के तीन भाग में ललाट, नासिका और ठोड़ी तथा स्तनों के बीच में बारह अङ्गुल का अन्तर होना चाहिये ।। ३३ ॥

तद्बाह्ये वेदवेदांशे कक्षे एकान्तरे ततः ।
सप्तसप्ताङ्गुलौ बाहू दैर्घ्ये च षोडशाङ्गुलः(लौ) ।।३४।।

उसके (स्तनमण्डल के) बाहर एक-एक अङ्गुल के अन्तर से प्रत्येक ओर पाँच अङ्गुल में कुक्षि बनाना चाहिये। बाहुओं का सात-सात अङ्गुल व्यास और दोर्घता सोलह अङ्गुल होनी चाहिये ॥ ३४ ॥

करोऽष्टादशमात्रः स्याद् विस्तारो रेणुना(ऽग्रे गुणा)ङ्गुलः ।
दैर्घ्ये सूर्याङ्गुलः पार्ष्णिविस्तारे पञ्चमात्रकः ।।३५।।

कर की लम्बाई अठारह अङ्गुल और उसके अग्रभाग का विस्तार तीन अङ्गुल बनाना चाहिये। पाणि की दीर्घता बारह अङ्गुल और उसका विस्तार पाँच अङ्गुल होना चाहिये ॥ ३५ ॥

मध्यं मन्वङ्गुलं व्यासे कटी प्रोक्ता जिनाङ्गुला ।
मूल एकादशोरु स्याज्जङ्घा प्रान्ते युगाङ्गुला ।।३६।।

प्रतिमा के मध्य का भाग चौदह अङ्गुल, कटि का व्यास चौबीस अङ्गुल, ऊरू के मूलभाग का व्यास ग्यारह अङ्गुल और जङ्घा के अन्त का व्यास चार अङ्गुल होना चाहिये ।। ३६ ॥

चतुर्दशाङ्गुलः पादस्ततोर्द्धे(दूर्ध्वे) च युगाङ्गुलः ।
कक्षः स्कन्धस्तदूर्ध्वे तु कर्तव्यश्चाष्टमातृका:(मात्रकः) ॥३७॥

पाद विस्तार चौदह अङ्गुल और ऊँचाई चार अङ्गुल होनी चाहिये। स्कन्ध और काँख का ऊर्ध्व भाग आठ अङ्गुल होना चाहिये ॥ ३७ ॥

ग्रीवा त्वष्टाङ्गुला व्यासे पादः प्रोक्तः षडङ्गुलः ।
षट्सप्ताष्टनवांशान्ता(ना)मुद्देशाश्च प्रदर्शिताः ॥३८॥
ज्ञेयो मानविभागश्च(गस्य) विस्तरः पूर्वशास्त्रतः ॥३९॥

ग्रीवा का व्यास आठ अङ्गुल और पाद का व्यास छः अङ्गुल होना चाहिये। पूर्वशास्त्रों के अनुसार छः सात, आठ और नव अंश (ताल) में बनायी जाने वाली प्रतिमाओं के विभाग और विस्तार का मान प्राचीन शास्त्रों से जानना चाहिये ॥ ३८-३९ ॥

इति श्रीसूत्रधारमण्डनविरचिते रूपमण्डने वास्तुशास्त्रे प्रतिमाद्रव्य-गुणदोष-तालाधिकारः प्रथमोऽध्यायः ॥ १ ॥

द्वितीयोऽध्यायः

जीर्णोद्धारे विशेषः

अङ्गप्रत्यङ्गभग्नां तु मूर्ति धीमान् विसर्जयेत्[1] ।
नखाभरणमालास्त्रभग्नां तां न विसर्जयेत् ॥ १ ॥

बुद्धिमानों को चाहिए कि अङ्ग-प्रत्यङ्ग से भग्न मूर्ति का विसर्जन कर दें। किन्तु यदि किसी प्रतिमा का नख, आभूषण, माला, अस्त्र ही भंग हो तो उसे विसर्जित न करें ॥ १ ॥

एकत्र देवपूजानिषेधः

गृहे लिङ्गद्वयं नार्च्यं गणेशत्रयमेव च ।
शक्तित्रयं तथा शङ्खं मच्छा(त्स्या)दिदशकाङ्कितम् ॥२॥

घर में दो शिवलिङ्ग, तीन गणेश, तीन शक्ति, तथा मत्स्यादि दशावतार से चिह्नित शङ्ख की पूजा नहीं करनी चाहिये ॥ २ ॥

द्वे चक्रे द्वारकायास्तु शालिग्रामद्वयं तथा ।
द्वौ शङ्खौ नार्चयेत् तद्वत् सूर्ययुग्मं तथैव च ॥ ३ ॥

दो द्वारिका चक्र, दो शालिग्राम और दो शङ्खों की पूजा नहीं करनी चाहिये। उसी प्रकार दो सूर्य की भी ॥ ३ ॥

तेषां तु पूजनान्नूनमुद्वेगं प्राप्नुयाद् गृही ।

इनके पूजन से गृही को उद्वेग होता है।

तुलस्या पूजानिषेधः

तुलस्या नार्चयेच्चण्डीं दीपं सूर्यं गणेश्वरम् ॥४॥

तुलसी से चण्डी, सूर्य, गणेश तथा दीप का पूजन नहीं करना चाहिये ॥ ४ ॥

---

१. देवालये मानहीनां मूर्ति भग्नां न धारयेत् ।
प्रासादांश्च तथा देवाञ्जीर्णानुद्धृत्य यत्नतः ॥ शुक्रनीति० ४।५२१

ब्रह्मादीनाञ्च देवानां देवीनाञ्च यथाक्रमम् ।
आयुधानि तथा वर्णं वाहनं कथयाम्यथ ॥ ५ ॥

ब्रह्मादि देवता तथा देवियों के क्रमपूर्वक आयुध, वर्ण, वाहन कहता हूँ ॥ ५ ॥

कमलासनः

ऋग्वेदादिप्रभेदेन कृतादियुगभेदतः ।
विप्रादिवर्णभेदेन चतुर्वक्त्रं चतुर्भुजम्[१] ॥ ६ ॥

ऋग्वेदादि चार वेदों, कृतादि चार युगों और ब्राह्मणादि चार वर्णों के अनुसार ब्रह्मा के चार मुख और चार भुजायें हैं ॥ ६ ॥

दक्षिणाधःकरात् सृष्टचा जपमालां तथा श्रुतम्(श्रुचम्) ।
पुस्तं कमण्डलुं धत्ते सकूर्चः कमलासनः ॥७॥

दाहिने निचले हाथ से क्रमशः उनके हाथों में जपमाला, स्रुक्, पुस्तक और कमण्डलु है, उनके दाढ़ो-मूंछ हैं और कमल पर बैठे हैं ॥ ७ ॥

सावित्री

अक्षसूत्रं पुस्तकञ्च धत्ते चैव कमण्डलुम् ।
चतुर्वक्त्रा तु सावित्री श्रोत्रियाणां गृहे हिता[२] ॥८॥

सावित्री चतुर्मुख हैं, उन्होंने अक्षसूत्र, पुस्तक और कमण्डलु ग्रहण किया है तथा वे श्रोत्रियों के गृहों का कल्याण करनेवाली हैं ॥ ८ ॥

ऋषयः

जटिलाः श्मश्रुलाः शान्ता आसीना ध्यानतत्पराः ।
कमण्डल्वक्षसूत्राभ्यां संयुता ऋषयः स्मृताः ॥ ९ ॥

ऋषियों को जटिल केश, दाढ़ी मूंछ सहित, शान्त, ध्यान मै लीन हुए तथा कमण्डलु और अक्षसूत्र सहित बनाना चाहिए ॥ ९ ॥

---

१. यह श्लोक अपरा० (२१४।१) का उद्धरण है ।

२. चौथे हाथ के विवेचन के लिये द्रष्टव्य पृ० ३६ ।

विश्वकर्मा

विश्वकर्मा चतुर्बाहुरक्षमालाञ्च पुस्तकम् ।
कम्बां(म्बु)कमण्डलुं धत्ते त्रिनेत्रो हंसवाहनः ।। १० ।।

विश्वकर्मा को चार भुजायें हैं जिनमें वे अक्षमाला, पुस्तक, शङ्ख और कमण्डलु धारण किये हैं तथा उनके तीन नेत्र हैं और उनका वाहन हंस है ॥१०॥

ब्रह्मायतनम्

आग्नेय्यां तु गणेशः स्यान्मातृस्थानं च दक्षिणे ।
नैर्ऋत्ये तु सहस्राक्षं वारुण्यां जलशायिनम् ।। ११ ।।
वायव्ये पार्वतीरुद्रौ ग्रहांश्चैवोत्तरे न्यसेत् ।
ईशाने कमला देवी प्राच्यां तु धरणीधरः ।। १२ ।।

अग्निकोण पर गणेश, दक्षिण में मातृका का स्थान है, नैर्ऋत्य दिशा में इन्द्र और पश्चिम में जलशायी (विष्णु) का स्थान है। वायव्यकोण पर पार्वती तथा रुद्र और उत्तर में ग्रहों को स्थित करना चाहिये। ईशानकोण पर कमला देवी और पूर्व दिशा में शेषनाग (धरणीधर) की प्रतिमा बनानी चाहिए ॥११-१२॥

मूर्तिः आयतनं प्रतीहाराः [ब्रह्ममूर्तेरायतनप्रतिहाराः][१]

ब्रह्मणोऽष्टौ[२] प्रतीहारान् कथयिष्याम्यनुक्रमात् ।
पुरुषाकारगम्भीराः सकूर्चा[3] मुकुटोज्ज्वलाः ।। १३ ।।

ब्रह्मा के आठ प्रतीहारों का क्रमशः वर्णन करता हूँ। सभी प्रतीहार गम्भीर और पुरुषाकार होते हैं। उनके दाढ़ी होती है तथा वे सभी उज्ज्वल मुकुट धारण करते हैं ॥१३॥

---

१. ब्रह्मा के प्रतीहारों का यह विवरण 'अपराजितपृच्छा' (२२०।१-५) का उद्धरण है ।

२. अपरा० में ब्रह्मणोऽष्ट पाठ है ।

३. अपरा० से सुकूर्चा पाठ है ।

पद्मं सक्[१] (स्रुक्) पुस्तकं दण्डः (ण्डं)
सत्यो वामेऽथ दक्षिणे[२] ।
सव्यापसव्यकरके(योः) पद्मं दण्डश्च धर्मकः[३] ॥१४॥

उनके बायें सत्य रहता है और वह पद्म, स्रुक्, पुस्तक और दण्ड धारण करता है। उनके दाएँ धर्म रहता है और वह वे ही अस्त्र सव्यापसव्य योग से अर्थात् जो अस्त्र सत्य के दाएँ में है वह धर्म बाएँ और जो सत्य के बाएँ में है वह दाएँ धारण करता है ॥१४॥

अक्षपद्माङ्गकोदण्डः करे धत्ते प्रियोद्भवः[४] ।
दण्डागमसृक् (स्रुक्)फलकैर्यज्ञः स्यात् सर्वकामदः[५] ।१५।

प्रियोद्भव हाथों में अक्ष, पद्म, अङ्गक (खट्वांग) और दण्ड धारण करता है तथा यज्ञ जो सर्वकामप्रद है दण्ड, आगम, स्रुक् और फलक धारण करता है ॥१५॥

अक्षसूत्रगदाखेटदण्डैर्विजयनामकः[६] ।
अधोहस्तापसव्येन युवेटब्दे[७] (?) यज्ञभद्रकः ॥ १६ ॥

विजय नामक प्रतीहार अक्षसूत्र, गदा, खेट और दण्ड धारण करता है। यज्ञभद्र बाएँ निचले हाथ के क्रम से ये ही अस्त्र धारण करता है[८] ॥१६॥

---

१. अपरा० (२२०।२) में स्रुक् है।

२. अपरा० में 'सत्यो वामेऽथ दक्षिणे' की जगह 'स्यात् सत्यनामकः' है।

३. अपरा० में 'सव्यापसव्यकरके [करयोः] पक्षदण्डश्च [पद्मदण्डञ्च]' के स्थान पर 'शस्त्रापसव्ययोगेन दक्षिणे धर्मको भवेत्' है जो अधिक उचित पाठ है। अनुवाद अपरा० के पाठ के अनुसार किया गया है।

४. अपरा० का पाठ 'अक्षपद्मागमादण्डः वामे चैव प्रियोद्भवः' है।

५. अपरा० का पाठ 'दण्डागमस्रुक्फलकं यज्ञः स्यात्सर्वकामदः' है।

६. अपरा० में 'खेटदण्डै' की जगह 'खेटं दण्डो' है।

७. अपरा० में युवाटब्दे की जगह फलयुक् पाठ है और 'देवतामूर्तिप्रकरण' में (४।१९) खड्गयुग पाठ है। अपरा० का पाठ शुद्ध है।

८. द्रष्टव्य पृ० ३६–३७।

अक्षो (अक्षं) पाशाङ्कुशौ दण्डौ (दण्डं) भव्यः
(भवः) स्यात् सार्वकामिकः[1]।
दण्डाक्षाङ्कुशपद्मैश्च[2] विभवः सर्वशान्तिदः ॥१७॥

सर्वकामद भव्य अक्ष, पाश, अङ्कुश और दण्ड धारण करता है। सर्वशक्तिप्रद विभव दण्ड, अङ्कुश, पाश और पद्म धारण करते हैं ॥१७॥

सूर्यः[3]

सर्वलक्षणसंयुक्तं सर्वाभरणभूषितम्[4]।
द्विभुजश्चैकवक्त्रश्च श्वेतपङ्कजधृत्करम्[5] ॥ १८ ॥

सूर्य सभी लक्षणों से युक्त और आभूषणों से विभूषित, दो भुजा और एक मुख वाले तथा हाथ में श्वेत कमल धारण किये हुए हैं ॥१८॥

वर्तुलं तेजसो बिम्बमध्यस्थं रक्तवाससम्[6]।
आदित्यस्य त्विदं रूपं कुर्यात् पापप्रणाशनम् ॥ १९ ॥

पाप का नाश करनेवाले आदित्य के स्वरूप को वर्तुल और तेजस्वी बिम्ब के मध्य में तथा लाल वस्त्रों से विभूषित दिखाना चाहिये ॥१९॥

---

१. अपरा० का पाठ 'अक्षपाशाङ्कुशदण्डा भवः स्यात्सर्वकामदः' है।

२. 'पद्मैश्च' के स्थान पर अपरा० में 'पाशपद्मं' है जो उचित है।

३. सूर्य का यह विवरण अपराजितपृच्छा (२१४।११-१२) के आधार पर है। श्लोक १८ तो पूर्णतः अपराजितपृच्छा का हैं, किन्तु श्लोक थोड़ा बहुत हेर-फेर के साथ है।

४. अपरा० का पाठ भूषितः है।

५. अपरा० का पाठ धृत्करः हैं।

६. अपरा० में श्लोक का पाठ निम्नलिखित है :—

तेजो वर्तुलबिम्बस्य मध्यस्थो रक्तवाससः।
इदमादित्यरूपं स्यात् सर्वपापप्रणाशनम् ॥
(अपरा० २१४।१२)

ग्रहाणां वर्णाः[1]

श्वेतः सोमः कुजो रक्तो बुधः पीतो गुरुस्तथा ।
शुक्रः श्वेतः शनी राहुः कृष्णो धूम्रास्तु केतवः ॥२०॥

सोम श्वेत हैं, मंगल लाल, बुध तथा बृहस्पति पीला, शुक्र श्वेत, शनि तथा राहु कृष्ण और केतु धूम्र वर्ण के हैं ॥२०॥

पद्महस्तो भवेत् सोमः कुजो दण्डकमण्डलुः ।
अर्धकायः स्थितो राहुः केतुः करपुटाकृतिः ॥२१॥

सोम के हाथों में कमल, मंगल के हाथों में दण्ड और कमण्डलु, राहु का आधा शरीर और केतु के हाथों की मुद्रा अञ्जलिबद्ध दिखानी चाहिये ॥२१॥

---

१. ग्रहों के वर्ण, वाहन आदि का वर्णन 'विष्णुधर्मोत्तरपुराण' (खण्ड ३, अ० ६८–६९) 'मानसोल्लास' (१।३।८२४-८३५) 'अपराजितपृच्छा' (अ० २१४।१३-१९) में आया है। उपरोक्त सभी ग्रन्थों की परम्परा में 'रूपमण्डन' का भी विवरण है, किन्तु 'अपराजितपृच्छा' का प्रभाव 'रूपमण्डन' पर अधिक है। 'रूपमण्डन' का ग्रह-विवरण (श्लोक १०-२१) 'अपराजित-पृच्छा' के विवरण से तुलनीय है :—

श्वेतवर्णो भवेत्सोमो रक्तो ह्यङ्गारकस्तथा ।
गोक्षीरधवलः शुक्रः कृष्णवर्णः शनैश्चरः ।
राजवर्तनिभो राहुर्धूम्रः केतुः सदा भवेत् ॥
सोमः कमलहस्तः स्यात् कुजो दण्डकमण्डलू ।
योगासनस्थश्च बुधो गुरुश्चाऽक्षकमण्डलू ॥
अक्षं कमण्डलुं शुक्रः शनिर्दण्डकमण्डलू ।
अर्धकायः स्थितो राहुः केतुः करपुटाकृतिः ॥
(अपरा० २१४।१३–१६)

ग्रहाणां वाहनानि[1]

सप्ताश्वरथ आदित्यश्चन्द्रो दशहयः स्मृतः ।
मङ्गलो मेषमारूढो बुधः सर्पासनस्थितः ॥ २२ ॥

आदित्य सात घोड़ों के रथ पर, चन्द्रमा दस घोड़ों के रथ पर मंगल मेष पर और बुध सर्पासन पर स्थित है ॥ २२ ॥

हंसारूढं गुरुं विद्याद् भेकारूढं च भार्गवम् ।
शनिं महिषमारूढं राहुं कुण्डस्य मध्यगम् ॥ २३ ॥

बृहस्पति हंस पर आरूढ़ हैं, शुक्र मेढक पर एवं शनि महिष पर आसीन हैं तथा राहु कुण्ड के मध्य में स्थित हैं ॥ २३ ॥

सर्पपुच्छाकृतिं केतुं शनिं दृष्टा(दंष्ट्रा)करालिनम् ।

केतु का आकार सर्प के पुच्छ की तरह है और शनि के दाँत भयङ्कर हैं।

ग्रहाणां भूषणानि[2]

ग्रहाः किरीटिनः कार्या रत्नकुण्डलशोभिताः ॥ २४ ॥

ग्रहों के शिर पर किरीट तथा उन्हें रत्न और कुण्डल से सुशोभित दिखाना चाहिये ॥ २४ ॥

---

१. 'रूपमण्डन' का यह अंश (श्लोक २२।२३ और २४ की प्रथम पंक्ति) सामान्य अन्तर के साथ 'अपराजितपृच्छा' का है । देखिये :—

सप्ताश्वरथ आदित्यश्चन्द्रो दशहयः स्मृतः ।
मेषारूढोऽङ्गारकश्च बुधः सर्पासनस्थितः ॥
हंसारूढं गुरुं विद्यात् शुक्रं दर्दुरवाहनम् ।
शनिं च महिषारूढं राहुं वै कुण्डलमध्यगम् ॥
सर्पपुच्छाकृतिं केतुं शनिं दंष्ट्राकरालकम् ।

अपरा० २१४।१७-१९

२. ग्रहों के आभूषण के विषय में मानसोल्लास का विवरण कुछ विशेष है :—

ग्रहाः किरीटिनः कार्या नवतालप्रमाणतः ।
रत्नकुण्डलकेयूरहाराभरणभूषिताः ॥

मानसोल्लास १।३।८३५-३६

सूर्यायतनम्

सूर्यस्याऽऽयतने स्थाप्या वह्निकोणादितः क्रमात् ।
कुजो जीवस्तमः शुक्रः केतवो ज्ञः[1] शनिः शशी ।। २५ ।।

सूर्य को आयतन (के मध्य में) स्थापित करके अग्निकोण के क्रम से कुज, जीव, तम (राहु), शुक्र, केतु, ज्ञः (बुध) शनि और शशि को स्थापित करना चाहिये ॥ २५ ॥

प्रतीहाराः

तर्जन्यंशुताम्रचूडैर्दण्डै(ण्डी[2]) भूयात्तुवामतः ।
तर्जनीशक्तिकिरणदण्डैः स्यात् पिङ्गलः परः ।। २६ ।।

दण्डी नामक प्रतीहार का एक हाथ तर्जनी और दूसरा हाथ अंशु मुद्रा में तथा शेष दोनों हाथों में ताम्रचूड़ और दण्ड धारण करता है। उसको स्थिति बाएँ है। उसके दूसरी ओर पिङ्गल रहता है और उसका एक हाथ तर्जनी मुद्रा में दूसरे हाथ में शक्ति, तोसरा हाथ किरण मुद्रा में और चौथे में दण्ड रहता है ॥ २६ ॥

द्वे तर्जन्यौ वज्रदण्डावानन्दो वामगो दधात्(दधत्) ।
तर्जनीदण्डापसव्ये ह्यन्तकः[3] स तु दक्षिणे ।। २७ ।।

आनन्द की स्थिति बाएँ है। उसके दो हाथ तर्जनी मुद्रा में और शेष दो हाथों में वज्र और दण्ड है। अन्तक की स्थिति दाएँ है और उसका एक बायाँ हाथ तर्जनो मुद्रा में तथा दूसरे बाएँ हाथ में दण्ड है।

---

१. अपरा० (२३०।६) के अनुसार सूर्य के प्रथम प्रतीहार का नाम दण्डी है।

२. उपेन्द्र मोहन ने 'वामगो' पाठ ही समीचीन माना है।

३. अपरा० (२२०।६) में 'अन्तक' की जगह 'नन्दक' पाठ है।

द्वे तर्जन्यौ पद्मदण्डे चित्रो धत्ते स वामतः ।
तर्जनीदण्डापसव्ये विचित्रो दक्षिणे स्थितः ।। २८ ।।

चित्र की स्थिति बाएँ है और उसके दो हाथ तर्जनी मुद्रा में तथा दो हाथों में पद्म और दण्ड है। विचित्र की स्थिति दाहिने है और एक बायाँ हाथ तर्जनी मुद्रा में तथा दूसरे बाएँ हाथ में दण्ड है।

तर्जनीदण्डापसव्ये ह्यन्तकः स तु दक्षिणे ।
द्वे तर्जन्यौ पद्मदण्डे चित्रो धत्ते स वामतः[1] ।। २९ ।।
तर्जन्यौ किरणं दण्डं किरणाक्षः स धारयन् ।
तर्जनी दण्डापसव्ये प्रतिहारः सुलोचनः ।
चतुर्द्वारेषु संस्थाप्या दिशश्चैते प्रदक्षिणम् ।। ३० ।।

किरणाक्ष के दो हाथ तर्जनी मुद्रा में और एक हाथ किरण मुद्रा में है तथा एक हाथ में दण्ड धारण करता है। सुलोचन नामक प्रतिहार का एक बांये हाथ में तर्जनी और दूसरे हाथ में दण्ड है। इन प्रतिहारों की मूर्तियाँ मंदिर के चारों द्वारों पर स्थित करनी चाहिये। पूर्वादि दिशाओं का निर्देश दाहिनी ओर से समझना चाहिये[2] ॥ २९-३० ॥

दिक्पालेषु[3] इन्द्रः

वरं वज्राङ्कुशौ चैव कुण्डीं धत्ते करैस्तु यः ।
गजारूढः सहस्राक्ष इन्द्रः पूर्वदिशाधिपः[3] ।। ३१ ।।

जो हाथों में श्रेष्ठ वज्र, अङ्कुश और कुण्डी धारण किये हैं तथा गजारूढ हैं ऐसे सहस्राक्ष इन्द्र पूर्व दिशा के अधिपति हैं ।। ३१ ।।

वह्निः

वरदः शक्तिहस्तश्च समृणालकमण्डलुः ।
ज्वालापुञ्जनिभो देवो मेषारूढो हुताशनः ।। ३२ ।।

---

१. श्लोक २९ में अन्तक (श्लोक २७) और चित्र (श्लोक २८) का विवरण दुहराया गया है। पाठ अशुद्ध है।

२. 'रूपमण्डन' का दिक्पालविवरणमूलतः 'अपरा०' (२१३।९-१६) का है।

३. अपरा० का पाठ इन्द्रो वै पूर्वतः स्थितः' है।

वर देने वाले, हाथों में शक्ति, मृणाल सहित कमल और कमण्डलु धारण करने वाले तथा ज्वालापुन्ज सहित मेढ़ पर आरूढ देवता अग्नि हैं ॥ ३२ ॥

यमः

लेखिनीपुस्तकं धत्ते कुर्कुटं(कुक्कुटं)[1] दण्डमेव च ।
महामहिषमारूढो[2] यमः कृष्णाङ्ग ईरितः ॥ ३३ ॥

हाथों में लेखनी, पुस्तक, मुर्गा और दण्ड धारण किये हुए विशाल महिष पर आरूढ यम काले रंग के कहे गये हैं ॥ ३३ ॥

नैऋंतः

खड्गश्च खेटकं हस्तैः कर्तिकां वैरिमस्तकः(कम्)[3] ।
दंष्ट्राकरालवदनः श्वानारुढश्च राक्षसः[4] ॥ ३४ ॥

राक्षस नैऋंत के दाँत भयंकर हैं और वह श्वानारूढ है । उसके हाथों में खड्ग, ढाल, कैंची या कर्तरी और शत्रु का मस्तक है ॥ ३४ ॥

वरुणः

वरपाशोस(त्प)लं कुण्डीं हस्तैर्विभ्रत् क्रमाच्च यः ।
नक्रारूढः स कर्तव्यो वरुणः पश्चिमाश्रितः[5] ॥ ३५ ॥

जो हाथों में क्रमशः पाश, कमल, कुण्डी धारण किये हैं तथा वरद मुद्रा में हैं ऐसे वरुण को नक्र पर आसीन दिखाना चाहिये तथा ये वरुण पश्चिम दिशा में स्थित हैं ॥ ३५ ॥

---

१. अपरा० में 'कुक्कुट' पाठ है ।

२. अपरा० में 'सुमहामहिषारूढो' पाठ है ।

३. अपरा० में 'कर्त्री चैवारिमस्तकम्' पाठ है ।

४. अपरा० का पाठ भिन्न है :—

दंष्ट्रालम्बमुखीं कुर्याच्छ्वानारूढां च निऋतिम् ।

५. अपरा० का पाठ है :—

वरं पाशं च कमलं करैर्बिभ्रत्कमण्डलुम् ।
कर्तव्यो मकरारूढो वरुणः पश्चिमे तथा ॥

पवनः

वरं ध्वजपताकाश्च कमण्डलुं करैर्दधत्[1] ।
मृगारुढो हरिद्वर्णः पवनो वायुदिक्पतिः ॥ ३६ ॥

पवन का एक हाथ वरद मुद्रा में है तथा उनके दूसरे हाथ में कमण्डलु है। वे मृगारूढ, हरित वर्ण हैं तथा वायव्य के दिशापति हैं ॥ ३६ ॥

कुबेरः

गदानिधिबीजपूरकमण्डलुधरः करैः ।
गजारूढः प्रकर्तव्यः सौम्यो यो नरवाहनः[2] ॥ ३७ ॥

कुबेर गदा, निधि, बीजपूरक और कमण्डलु हाथों में धारण किये हैं। ये गज पर आसीन नरवाहन तथा सौम्य हैं ॥ ३७ ॥

ईशानः

वरं[3] तथा त्रिशूलश्च नागेन्द्रं बीजपूरकम् ।
बिभ्राणो वृषभारूढ ईशानो धवलद्युतिः[4] ॥ ३८ ॥

धवल द्युति वाले ईशान वृष पर आरूढ़ हैं, उनका एक हाथ वरद मुद्रा में तथा शेष हाथों में त्रिशूल, सिंह (नागेन्द्र) और बीजपूरक रहता है ॥ ३८ ॥

इति दिक्पालमूर्तिध्यानम् ।

इति श्रीसूत्रधारमण्डनविरचिते रूपमण्डने वास्तुशास्त्रे ब्रह्मसूर्यादि-ग्रहदिक्पालमूर्त्यधिकारो नाम द्वितीयोऽध्यायः ॥ २ ॥

---

१. अपरा० का पाठ 'वरं ध्वजं पताकां च दधद्हस्तै कमण्डलुम्' है ।

२. अपरा० में 'गजारूढः प्रकर्तव्यो धनदश्चोत्तरे तथा' पाठ है जो अधिक समीचीन है ।

३. अपरा० में 'वरदं' पाठ है ।

४. अपरा० का पाठ "वृषारूढश्च कर्तव्य ईशानो धवलद्युतिः" है ।

तृतीयोऽध्यायः

युगभेदेन वर्णभेदेन च विष्णुमूर्त्तयः शिरोविधानञ्च

वासुदेवः सङ्कर्षणः प्रद्युम्नश्चानिरुद्धकः ।
श्वेतरक्तपीतकृष्णा [ः] क्रमात् कल(लि)युगादिषु ॥१॥

चारों युगों में वासुदेव, सङ्कर्षण, प्रद्युम्न और अनिरुद्ध की प्रतिमाएँ क्रमशः श्वेत, लाल, पीत और कृष्ण वर्ण की बनानी चाहिये ॥१॥

पूज्या द्विजादिभिश्चैषां छत्राभं[1] कुक्कुटाण्डवत् ।
त्रपुषाभञ्च बालेन्दुरूपं कुर्याच्छिरः क्रमात् ॥ २ ॥

ये देवता द्विजादि वर्णों के लिये पूज्य हैं और इनका शिर क्रमशः छत्र, कुक्कुट-अण्ड, त्रपुष (ककड़ी) और बालेन्दु की तरह गोल होना चाहिये ॥२॥

वर्णभेदेन विष्णुमूर्तीनां शुभदत्वम्[2]

नारायणः केशवश्च माधवो मधुसूदनः ।
पूजिता मूर्त्तयो ह्येता विप्राणां सौख्यदायकाः ॥ ३ ॥

नारायण, केशव, माधव और मधुसूदन की मूर्तियों का पूजन ब्राह्मणों के लिये सुखप्रद है ॥३॥

---

१. 'मत्स्य' के अनुसार विष्णु का शीर्षभाग सामान्यतया 'छत्राकार' बनाना चाहिये । मत्स्य० २५७।५ ।

२. अपरा० (अ० २१५।२–९) में भी विष्णु-मूर्त्तियों का युगानुसार महत्त्व वर्णित है । 'रूपमण्डन' का वर्णन अपरा० पर आधारित हैं । 'अपरा०' का वर्णन इस प्रकार है :—

केशवो नारायणश्च माधवो गोविन्दस्तथा ।
स्थापिता मूर्तयश्चैषां विप्राणां च सुखावहाः ॥

मधुसूदनविष्णू च क्षत्रियाणां फलप्रदौ ।
त्रिविक्रमो वामनश्च वैश्यानामर्चयेच्छुभा(अर्चने शुभौ) ॥४॥

मधुसूदन और विष्णु का पूजन क्षत्रियों के लिये फलप्रद है। त्रिविक्रम और वामन का पूजन वैश्यों को करना चाहिये। यह उनके लिये शुभप्रद है ॥४॥

पूजिता श्रीधरी मूर्त्तिः शूद्राणां सौख्यदायिनी ।
चर्मकृद्रजकानाञ्च नटस्य वरटस्य च ॥ ५ ॥

श्रीधर की मूर्ति शूद्र (विशेष कर) चमार, धोबी, नट और वरट जातियों के लिये सौख्यदायिनी और पूज्य है ॥५॥

मेदभिल्लकिरातानां हृषीकेशः सुखप्रदः ।
कुम्भकारवणिग्वेश्याचक्रिका(क)ध्वजिनामपि ॥६॥

मेद, भिल्ल, किरात, कुम्हार, बनिया, वेश्या एवं चक्रध्वज वालों के लिये हृषीकेश की प्रतिमा सुखप्रद हैं ॥६॥

विष्णोर्मधुसूदनस्य क्षत्रियस्य फलप्रदे ।
त्रिविक्रमवामनयोः स्थापनं वैश्यसौख्यदम् ॥
स्थापिता श्रीधरी मूर्तिः शुद्रस्याऽपि सुखावहा ।
रजकानां चर्मकारनटानां वरटस्य च ॥
कैवर्तमेदभिल्लानां हृषीकेशः सुखावहः ।
कुम्भकारो वणिग्वेश्या चक्रिकध्वजिनावपि ॥
एतेषां प्रकृतीनां च सर्वेषां च सुखावहः ।
पद्मनाभः सुविख्यातः स्थाप्यो देवश्चतुर्भुजः ॥
भगवांस्त्र्यम्बकः श्रीमान् दण्डिनां च विशेषतः ।
दामोदरः समाख्यातस्तथा च ब्रह्मचारिणाम् ॥
यच्छन्त्येते शुभं राज्यं भृत्यपुत्रकलत्रकम् ।
हरिं हरं हेमगर्भं नारसिंहमतः परम् ॥
वामनं चैव वाराहं सर्ववर्णेषु कारयेत् ।
धनं धान्यं च सौभाग्यं लभन्ते कर्तृकावराः ॥

सर्वेषां प्रकृतीनाञ्च पद्मनाभः सुखावहः ।
दामोदरः सौख्यदः स्याद्ब्रह्मचर्यैकदण्डिनोः ।। ७ ।।

पद्मनाभ समस्त प्राणियों के लिये सुख देने वाले हैं। ब्रह्मचारियों और सन्यासियों के लिये दामोदर सुखप्रद हैं ।।७।।

हरिर्हरो हिरण्यगर्भो नरसिंहोऽथ वामनः ।
वराहः सर्ववर्णेषु सौख्यदो हितकारकः ।। ८ ।।

हरि, हर, हिरण्यगर्भ, नृसिंह, वामन और वराह सभी वर्णों के लिये सुखप्रद एवं हितकर हैं ।।८।।

श्रीहरेश्चतुर्विंशतिमूर्तयः[1]

वासुदेवः

वासुदेवो गदाशङ्खचक्रपद्मधरो मतः ।

केशवः

केशवः कमलं कम्बुं धत्ते चक्रं गदामपि ।। ९ ।।

वासुदेव गदा, शङ्ख, चक्र और कमल धारण किये रहते हैं। केशव कमल, शङ्ख, चक्र और गदा धारण किये रहते हैं ।।९।।

नारायणः

नारायणः कम्बुपत्र(पद्म)गदाचक्रधरो भवेत् ।

माधवः

माधवस्तु गदां चक्रं शङ्खं वहति पङ्कजम् ।। १० ।।

नारायण शङ्ख, पद्म, गदा और चक्र धारण किये होते हैं तथा माधव गदा, चक्र, शङ्ख और कमल लिये रहते हैं ।।१०।।

---

१. विशेष विवरण के लिये द्रष्टव्य पृ० ५०–५५ ।

पुरुषोत्तमः

पुरुषोत्तमस्तु चक्रं पद्मं शङ्खं गदां दधत् ।

पुरुषोत्तम चक्र, कमल, शङ्ख और गदा धारण करते हैं।

अधोक्षजः

अधोक्षजः सरसिजं गदां शङ्खं सुदर्शनम् ।। ११ ।।

अधोक्षज कमल, गदा, शङ्ख और सुदर्शन लिये हैं ।।११।।

सङ्कर्षणः

सङ्कर्षणो गदा कम्बु सरसीरुहचक्रभृत् ।

सङ्कर्षण गदा, शङ्ख, कमल और चक्र लिये हैं।

गोविन्दः

गोविन्दो धरते चक्रं गदां पद्मं च कम्बुना ।। १२ ।।

गोविन्द चक्र, गदा, पद्म और शङ्ख धारण करते हैं ।।१२।।

विष्णुः

विष्णुः कौमोदकीं पद्मं पाञ्चजन्यं सुदर्शनम् ।

विष्णु कौमोदकी (गदा), पद्म, पाञ्चजन्य नामक शङ्ख और सुदर्शन चक्र धारण करते हैं।

मधुसूदनः

मधुसूदनस्तु चक्रं शङ्खं सरसिजं गदाम् ।।१३।।

मधुसूदन चक्र, शङ्ख, कमल और गदा धारण करते हैं ।।१३।।

अच्युतः

अच्युतस्तु गदापद्मचक्रशङ्खैः समन्वितः ।

अच्युत गदा, पद्म, शङ्ख और चक्र से समन्वित हैं।

उपेन्द्रः

उपेन्द्रो वहते शङ्खं गदां चक्रं कुशेशयम् ।। १४ ।।

उपेन्द्र शङ्ख, गदा, चक्र और कमल धारण किये हुए हैं ।।१४।।

प्रद्युम्नः

प्रद्युम्नश्च चक्रशङ्खगदाम्भोजानि पाणिभिः ।

प्रद्युम्न अपने हाथों में चक्र, शङ्ख, गदा एवं कमल धारण करते हैं।

त्रिविक्रमः

त्रिविक्रमस्त्रिषु गदाचक्रशङ्खान् बिभर्ति यः ॥१५॥

त्रिविक्रम अपने तीन हाथों में गदा, चक्र, एवं शङ्ख धारण करते हैं ॥१५॥

नरसिंहः

नरसिंहस्तु चक्राब्जगदाकम्बुविराजितः ।

नरसिंह चक्र, कमल, गदा और शङ्ख के साथ विराजमान हैं।

जनार्दनः

जनार्दनोऽम्बुजं चक्रं कम्बुं कौमोदकीं दधौ ॥ १६ ॥

जनार्दन कमल, चक्र, शङ्ख तथा कौमोदकी गदा धारण करते हैं ॥१६॥

वामनः

वामनस्तु शङ्खचक्रगदापद्मलसत्करः ।

वामन के हाथ में शङ्ख, चक्र, गदा तथा पद्म सुशोभित है ।

श्रीधरः

श्रीधरो वारिजं चक्रं गदां शङ्खं दधाति च ॥ १७ ॥

श्रीधर कमल, चक्र, गदा और शङ्ख धारण करते हैं ॥१७॥

अनिरुद्धः

अनिरुद्धो लसच्चक्रगदाशङ्खारविन्दवान् ।

अनिरुद्ध चक्र, गदा, शङ्ख तथा कमल सहित हैं।

हृषीकेशः

हृषीकेशो गदां चक्रं पद्मं शङ्खं च धारयन् ॥ १८ ॥

हृषीकेश गदा, चक्र, पद्म तथा शङ्ख धारण करते हैं ॥१८॥

पद्मनाभः

पद्मनाभः पाञ्चजन्यं पद्मं चक्रं गदामपि ।

पद्मनाभ पाञ्चजन्य नामक शङ्ख, कमल, चक्र और गदा लिये हैं।

दामोदरः

दामोदरोऽम्बुजं शङ्खं गदां धत्ते सुदर्शनम् ।। १९ ।।

दामोदर कमल, शङ्ख, गदा और सुदर्शन चक्र धारण किये हुए हैं ।।१९।।

हरिः

हरिर्धारयते कम्बुं चक्रं पद्मं तथा गदाम् ।

हरि शङ्ख, चक्र, कमल और गदा धारण करते हैं।

कृष्णः

कृष्णः करैः पाञ्चजन्यं गदां पद्मं सुदर्शनम् ।। २० ।।

कृष्ण हाथों में पाञ्चजन्य नामक शङ्ख, गदा, पद्म और सुदर्शन चक्र धारण करते हैं ।।२०।।

एताः सुमूर्त्तयो ज्ञेया दक्षिणाधःकरक्रमात् ।

(वासुदेवादिवर्णाःस्युः षडेते तददादयः?)[1] ।। २१ ।।

इन मूर्तियों के हाथों के आयुधों का क्रम दाहिने निचले हाथ से जानना चाहिये ।।२१।।

सकृष्णः कार्त्तिकेयोऽब्जशक्तिखेटककम्बुभिः ।

गरुडध्वजस्तार्क्ष्यस्थोऽब्जशंखध्वजचिह्नवान् ।।२२।।

कृष्ण के साथ कार्त्तिकेय कमल, शक्ति, ढाल और शंख धारण किये हैं। गरुड़ध्वज गरुड़ पर आरूढ़, कमल, शंख तथा ध्वज चिह्नों से युक्त होते हैं ।।२२।।

जयन्तोऽक्षचक्रदण्डपद्मैर्वादित्रसंवृतः ।

गोवर्धनो लसच्चक्रशङ्खपद्मैर्गदां हि तत् [दधत्] ।।२३।।

जयन्त अक्ष, चक्र, दण्ड, पद्म तथा वाद्य से युक्त हैं। गोवर्द्धन शंख, चक्र, गदा और पद्म को धारण करते हुए सुशोभित हैं ।।२३।।

इति श्रीहरेश्चतुर्विंशतिमूर्त्तयः ।

---

१. पाठ भ्रष्ट है।

दशावताराः

मत्स्यकूर्मौ स्वस्वरूपौ नृवराहो गदाम्बुजम् ।
बिभ्रच्छ्यामो वराहास्यो दंष्ट्राग्रे तु धृता धरा ॥२४॥

मत्स्य और कूर्म अपने ही रूप में होते हैं अर्थात् मत्स्य और कूर्म की तरह हैं। वराह मनुष्य के आकार के होते हैं, केवल उनका मुख वराह की तरह होता है। वह गदा और कमल धारण करते हैं तथा काले वर्ण के होते हैं। वे दाँत के अग्रभाग पर पृथ्वी धारण किये होते हैं ॥ २४ ॥

नृसिंहः सिंहवक्त्रोऽतिदंष्ट्रालः कुटिलोरुकः ।
हिरण्योरस्थलासक्तविदारणकरद्वयः ॥ २५ ॥

नृसिंह सिंह की तरह मुख वाले हैं और उनके दाँत बड़े-बड़े (तीक्ष्ण) हैं तथा ऊरु टेढ़ा है। वे हिरण्य के वक्षस्थल को दोनों हाथों से विदारण करते हुए दिखलाये जाते हैं ॥ २५ ॥

वामनः सशिखः श्यामो दण्डी पीता(छत्रा)म्बुपात्रवान् ।
जटाजिनधरो[1] रामो भार्गवः परशुं दधत् ॥ २६ ॥

वामन शिखासहित, श्यामवर्ण, दण्ड, छत्र और कमण्डलु सहित हैं। परशुराम, जटा और अजिन धारण किये हैं तथा हाथ में परशु लिये हैं ॥ २६ ॥

रामः शरेषुधृक् श्यामः सशोरमुशलो बलः ।
बद्ध(बुद्धः)पद्मासनो रक्तस्त्यक्ताभरणमूर्धजः ॥ २७ ॥
कषायवस्त्रो ध्यानस्थो द्विभुजोऽङ्कोर्ध्वपाणिकः ।
कल्की सखड्गोऽश्वारूढो हरेरवतरा इमे ॥२८॥

---

१. उपेन्द्रमोहन ने मूल पाठ 'जटिलीनधरो' दिया है और उसका संस्कार 'जटीवाणधरो' किया है। सरस्वती-भवन की प्रति का पाठ 'जटाजिनधरो' शुद्ध है।

राम, श्याम वर्ण के हैं और धनुष तथा बाण धारण किए होते हैं। बलराम हल और मुशल लिये होते हैं।

बुद्ध रक्त वर्ण, पद्मासन पर स्थित आभूषणों और केश को त्यागे हुए अर्थात् बिना आभूषण और केश के साथ कषाय वस्त्र को धारण किये ध्यानस्थ और द्विभुज हैं। इनके पाणि का ऊर्ध्व भाग (हथेली) अङ्क में स्थित होता है। कल्कि खड्ग सहित और अश्वारूढ हैं। ये विष्णु के दस अवतार हैं ॥ २७-२८ ॥

इति दशावताराः ।

जलशयनः

सुप्तरूपं(पः) शेषतल्पे दक्षो दण्डभुजोऽस्य तु ।
शिरोधरो वा वामस्तु सपुष्पोऽयं जलेशयः ।।२९।।

तन्नाभिपङ्कजे धाता श्रीभूमि-
वशिरोन्थिगे (भूमी चरणान्तिके) ।
निध्यस्त्रादिस्वरूपाणि पार्श्वयोर्मधुकैटभौ ।। ३० ।।

जलशायी विष्णु शेष की शैय्या पर सोये हैं। दाहिने हाथ में या तो दण्ड है या उस पर उनका शिर टिका है। बाएँ हाथ में पुष्प है। उनकी नाभि से निकले कमल पर ब्रह्मा हैं और उनके चरणों के पास श्री और भूमि हैं। दोनों पार्श्व में मधु और कैटभ तथा निधि और अस्त्र आदि के स्वरूप हैं ॥ २९-३० ॥

अथ शालिग्राम परीक्षा

पूज्यशिलालक्षणम्

नागभोगसमाकारा शिला सूक्ष्मा च या भवेत् ।
पूजनीया प्रयत्नेन स्थिरा स्निग्धा सुवर्त्तुला ।।३१।।

सर्प के फण के समान आकार वाली, सूक्ष्म, स्थिर, चिकनी और वर्तुल (गोल) शालिग्राम की शिला, यत्नपूर्वक पूजनीय है ॥ ३१ ॥

तत्राप्यामलकीमानात् सूक्ष्मा चातीव या भवेत् ।
तस्यामेव सदा कृष्णः श्रिया सह वसत्यसौ ॥३२॥

उसमें भी आंवले के प्रमाण की जो अति सूक्ष्म शिला हो उसमें लक्ष्मीसहित नारायण सदा निवास करते हैं ॥३२॥

यथा यथा शिला सूक्ष्मा तथा तथा महत् फलम् ।
तस्मात्तां पूजयेन्नित्यं धर्मकामार्थमुक्तये ॥३३॥

जैसे जैसे शिला (शलिग्राम) सूक्ष्म होगी वैसे वैसे उसका अधिक फल होगा। अतएव धर्म, अर्थ, काम और मोक्ष के लिए सदा उसका पूजन करना चाहिये ॥३३॥

त्याज्यशिलालक्षणम्

कपिला कर्बुरा भग्ना सूक्ष्मा छिन्नाऽऽकुला च या ।
रेखाकुलाऽस्थिरा स्थूला बहुचक्रैकचक्रिका ॥३४॥
बृहन्मुखी बृहच्चक्रा बद्धचक्रा च या पुनः ।
लग्नचक्राऽथवा या स्याद् भिन्नचक्रा त्वधोमुखी ॥३५॥
दग्धा सुरक्ता चापूज्या भीषणा पङ्क्तिचक्रिका ।
पूजयेद् यः प्रमादेन दुःखमेव लभेत् सदा ॥३६॥

कपिल और कर्बुर वर्ण की, टूटी, सूक्ष्म, छिद्र पूर्ण, रेखायुक्त, अस्थिर, स्थूल, बहुत से चक्रों वाली, एक चक्र वाली, बड़े मुख वाली, बड़े चक्र वाली, बद्ध और लग्न चक्र वाली, टूटे चक्र वाली, अधोमुखी जली हुई, अत्यन्त लाल, भीषण और चक्रों की पंक्ति वाली शालग्राम शिला अपूज्य है। ऐसी शिला को जो प्रमादवश पूजता है वह सदा दुःख पाता है ॥३३-३५-३६॥

तत्र मतान्तरम्

खण्डिता स्फुटिता भिन्ना पार्श्वभिन्ना प्रभेदिता ।
शालिग्रामसमुद्भूता शिला दोषवहा नहि ॥३७॥

खण्डित, टूटी-फूटी, पार्श्व भाग में टूटी हुई और किसी के द्वारा तोड़ी गई शालिग्राम की शिला दोषावह नहीं होती ॥३७॥

वर्णभेदात्फलविशेषकथनम्

स्निग्धा सिद्धिकरी मुद्रा कृष्णा कीर्त्तिप्रदायिका ।
पाण्डुरा पापदहना पीता पुत्रप्रदायिका ॥३८॥
नीला दिशति लक्ष्मीं च रक्ता भोगप्रदायिनी ।

चिकनी मुद्रा (मूर्ति) सिद्धि देने वाली, काली मुद्रा कीर्ति देनेवाली, पाण्डुर वर्ण की (कुछ सफेद और कुछ पीली) मुद्रा पाप मिटाने वाली, पीत मुद्रा पुत्र देने वाली, नील वर्ण की मुद्रा लक्ष्मी देने वाली तथा लाल वर्ण की मुद्रा भोग की सामग्री देने वाली होती है ॥३८॥

चक्रविशेषे वर्णभेदः[1]

कपिलं नारसिंहश्च वामनं चातसन्निभम् [पीतसन्निभम्] ।३९।

---

१. वर्ण और चक्र के आधार पर 'अग्निपुराण' (अ॰ ४६) में वासुदेवादि विष्णु-मूर्तियों का अच्छा विवेचन है । 'रूपमण्डन' का यह विवरण 'अग्नि-पुराण' से तुलनीय है :—

भगवानुवाच

शालग्रामादि मूर्तीश्च वक्ष्येहं भुक्तिमुक्तिदाः ।
वसुदेवाऽसितो द्वारे शिलालग्नद्विचक्रकः ॥ १ ॥

ज्ञेयः सङ्कर्षणो लग्नद्विचक्रो रक्त उत्तमः ।
सूक्ष्मचक्रो बहुच्छिद्रः प्रद्युम्नो नीलदीर्घकः ॥ २ ॥

पीतोऽनिरुद्धः पद्माङ्को वर्त्तुलो द्वित्रिरेखवान् ।
कृष्णो नारायणो नाभ्युन्नतः शुषिरदीर्घवान् ॥ ३ ॥

परमेष्ठी साब्जचक्रः पृष्ठाच्छिद्रश्च बिन्दुमान् ।
स्थूलचक्रोऽसितो विष्णुर्मध्ये रेखा गदाकृतिः ॥ ४ ॥

नृसिंहः कपिलः स्थूलचक्रः स्यात् पञ्चबिन्दुकः ।
वराहः शक्तिलिङ्गः स्यात् तच्चक्रौ विषमौ स्मृतौ ॥ ५ ॥

इन्द्रनीलनिभः स्थूलस्त्रिरेखालांछितः शुभः ।
कूर्म्मस्तथोन्नतः पृष्ठे वर्त्तुलावर्त्तकोऽसितः ॥ ६ ॥

हयग्रीवोऽङ्कुशाकाररेखो नीलः सबिन्दुकः ।
वैकुण्ठः एकचक्रोऽब्जी मणिभः पुच्छरेखकः ॥ ७ ॥

वासुदेवं सितं ज्ञेयं रक्तं सङ्कर्षणं मतम् ।
दामोदरं तु नीलाभमनिरुद्धं तथैव च ॥ ४० ॥

श्यामं नारायणं ज्ञेयं वैष्णवं कृष्णवर्णकम् ।
बहुवर्णमनन्ताख्यं श्रीधरं पीतमुच्यते ॥ ४१ ॥

नरसिंह का चक्र काला, वामन का चक्र हल्का पीला, वासुदेव का चक्र श्वेत, संकर्षण का चक्र लाल, दामोदर और अनिरुद्ध का चक्र नीला, नारायण का चक्र श्याम, विष्णु का चक्र काला। अनंत का चक्र अनेक वर्णों वाला और श्रीधर का चक्र पीला कहा गया है ॥३९-४१॥

उत्तमादिचक्रप्रमाणम्

वृत्तसूत्रेऽष्टमो भाग उत्तमं वक्त्र(चक्र)लक्षणम् ।
मध्यमश्च चतुर्भागं कनीयस्तु त्रिभागकम् ॥४२॥

गोल सूत्र का आठवां भाग उत्तम चक्र का लक्षण है चौथा भाग मध्यम तथा तीसरा भाग अधम है ॥४२॥

मत्स्यो दीर्घस्त्रिबिन्दुः स्यात् काचवर्णस्तु पूरितः ।
श्रीधरो वनमालाङ्कः पञ्चरेखस्तु वर्त्तुलः ॥ ८ ॥

वामनो वर्त्तुलश्चातिह्रस्वो नीलः सबिन्दुकः ।
श्यामस्त्रिविक्रमो दक्षरेखो वामेनबिन्दुकः ॥ ९ ॥

अनन्तो नागभोगाङ्गो नैकाभो नैकमूर्तिमान् ।
स्थूलो दामोदरो मध्यचक्रो द्वाः सूक्ष्मविन्दुकः ॥ १० ॥

सुदर्शनस्त्वेकचक्रो लक्ष्मीनारायणो द्वयात् ।
त्रिचक्रश्चाच्युतो देवस्त्रिचक्रो वा त्रिविक्रमः ॥ ११ ॥

जनार्दनश्चतुश्चक्रो वासुदेवश्च पञ्चभिः ।
षट्चक्रश्चैव प्रद्युम्नः सङ्कर्षणश्च सप्तभिः ॥ १२ ॥

पुरुषोत्तमोऽष्टचक्रो नवव्यूहो नवाङ्कितः ।
दशावतारो दशभिर्दशैकेनानिरुद्धकः ।
द्वादशात्मा द्वादशभिरत ऊर्ध्वमनन्तकः ॥ १३ ॥

त्रिचक्रलक्ष्मीनारायणः

लक्ष्मीनारायणो देवस्त्रिभिश्चक्रैर्व्यवस्थितः ।
पूजनीयः प्रयत्नेन भुक्तिमुक्तिफलप्रदः ॥ ४३ ॥

तीन चक्रों से व्यवस्थित लक्ष्मीनारायण, भुक्ति, मुक्ति आदि फलों को देने वाले हैं। यत्नपूर्वक इनकी पूजा करनी चाहिये ॥४३॥

शालिग्रामस्य प्रतिष्ठानिषेधः

अहं ब्रह्मादयो देवाः सर्वभूतानि केशवः ।
सदा सन्निहितस्तत्र प्रतिष्ठाकर्म नास्त्यतः ॥ ४४ ॥

मैं केशव, ब्रह्मादि देवता तथा सकल भौतिक जगत् उसमें (शालिग्राम में) प्रतिष्ठित रहते हैं। अतः उसकी प्रतिष्ठा नहीं होती हैं ॥४४॥

शालिग्रामप्रशंसा:

शालिग्रामशिलाग्रे तु यो जुहोति हुताशनम् ।
एकाहुतिर्हुता सम्यक् कल्पकोटिगुणोत्तरा ॥ ४५ ॥

शालिग्राम शिला के सामने जो अग्नि में हवन करता है, उसकी प्रत्येक आहुति करोड़ों आहुति के समान होती है ॥४५॥

गरुडः[1]

तार्क्ष्यो मकङ्कतः प्रक्षः(मरकतप्रख्यः)[2] कौशिकाकारनासिकः ।
चतुर्भुजस्तु कर्त्तव्यो वृत्तनेत्रमुखस्तथा ॥ ४६ ॥

गरुड़ का वर्ण मरकत के सदृश है और नाक उल्लू की नाक की तरह है। उनको चार हाथ वाला, तथा उनका मुख और नेत्र गोल बनाने चाहिए ॥४६॥

---

१. गरुड़ का विवरण 'विष्णुधर्मोत्तर पुराण' के आधार पर है (३।५४) श्लोक ४६–४८ तक विष्णुधर्मोत्तर से लिया गया है।

२. गायकवाड़ ओरियण्टल सीरीज से प्रकाशित वि. ध. का पाठ मरकतप्रख्यः है। रायल एसियाटिक सोसाइटी बम्बई के वि, ध, पाठ में मरकत प्रक्ष्यः है।

गृध्रोरुजानुचरणः पक्षद्वयविभूषितः ।
प्रभासंस्थानसौवर्णः कलापेन विभूषितः ॥ ४७ ॥

गरुड के ऊरु, जानु और चरण गृध्र की तरह होते हैं तथा वे दो पङ्खों से विभूषित हैं। उनका प्रभा-स्थान (प्रभावली) उन्हीं के वर्ण का (मरकत की तरह) है तथा वे पङ्ख से विभूषित हैं ॥ ४७ ॥

छत्रञ्च पूर्णकुम्भञ्च करयोस्तस्य कारयेत् ।
करद्वयञ्च कर्त्तव्यं तथा विरचिताञ्जलि[1] ॥ ४८ ॥

उनके दोनों हाथों में छत्र और पूर्ण कुम्भ बनाना चाहिये तथा (अन्य) दोनों हाथों को अञ्जलि मुद्रा में बनाना चाहिये ॥ ४८ ॥

नवतालः प्रकर्तव्यो गरुडो मानसूत्रतः ।
पादजानुकटिर्या(टिया)वदर्चायां वाहनस्य दृक् ॥४९॥

मान-सूत्र के अनुसार गरुड की प्रतिमा नौ ताल में बनानी चाहिये। उनकी प्रतिमा का पैर और जानु से कटि तक का भाग वाहन की तरह दिखाई देना चाहिये अर्थात् पैर से कटि तक इस प्रकार से झुकी हो कि वह विष्णु-वाहन हो सके ॥ ४९ ॥

यदुश्च भगवान् पृष्ठे छत्रकुम्भधरौ करौ[2] ।
किञ्चिल्लम्बोदरः कार्यः सर्वाभरणभूषितः[3] ॥५०॥

उनकी पीठ पर भगवान यदु (कृष्ण) आसीन हैं और हाथों में छत्र और कुम्भ हैं। वे कुछ कुछ लम्बोदर हैं तथा सभी प्रकार के आभूषणों से विभूषित हैं ॥ ५० ॥

---

१. वि० ध० का पाठ इस प्रकार है :—

छत्रं च पूर्णकुम्भं च करयोस्तस्य कारयेत् ।
करद्वयं तु कर्तव्यं तथास्य रचिताञ्जलि ॥

२. वि० ध० का इस पंक्ति का पाठ 'यदास्य भगवान्पृष्ठे छत्रकुम्भधरौ करौ' है वि० ध० में अगली पंक्ति, जो 'रूपमण्डन' में नहीं है, इस प्रकार है :—

"न कर्तव्यौ तु कर्तव्यौ देवपादधरावुभौ ॥"

इस पंक्ति के न होने से तार्क्ष्य के संबंध में 'रूपमण्डन' का विवरण ही भिन्न हो जाता है।

३. श्लोक ५० की यह पंक्ति 'यदुश्च''''''धरौ करौ' की पूर्ति में सूत्रधार-

वामोग्रे कुञ्चितः पश्चादन्यपादस्तु जानुना ।
पृथिवीं संस्थितो यत्र गारुडं स्यात्तदासनम् ।। ५१ ।।

बायाँ पैर थोड़ा टेढ़ा (कुञ्चित) है और दूसरा पैर जानु से पीछे मुड़ कर पृथ्वी पर स्थित है । इसी को गरुडासन कहते हैं ॥ ५१ ॥

वैकुण्ठः

वैकुण्ठश्च[3] प्रवक्ष्यामि सोऽष्टबाहुर्महाबलः ।
तार्क्ष्यासनश्चतुर्वक्त्रः कर्त्तव्यः शान्तिमिच्छता ।। ५२ ।।

वैकुण्ठ का वर्णन करता हूँ । वे महाबली अष्टबाहु हैं । शान्ति की इच्छा करने वालों को उन्हें गरुड़ पर असीन और चार मुख वाला बनाना चाहिये ॥ ५२ ॥

गदां खड्गं चक्रशरं दक्षिणे च चतुष्टयम् ।
शङ्खं खेटं धनुः पद्मं वामे दद्याच्चतुष्टयम् ।। ५३ ।।

दाहिनी ओर के चार हाथों में गदा, खड्ग, चक्र और बाण तथा बायें चार हाथों में शङ्ख, खेटक, धनुष और कमल बनाना चाहिये ।

मण्डन द्वारा दी गयी है । किन्तु वि० ध० में यह पृथक् श्लोक की पंक्ति है । 'रूपमण्डन' का गरुड विवरण अपरा० २१४।४२–४९ से तुलनीय है ।

१. 'रूपमण्डन' का 'वैकुण्ठ-विवरण' अपरा० के आधार पर है । 'अपरा०' का विवरण इस प्रकार है :—

"प्रवक्ष्यथ च वैकुण्ठं सोऽष्टबाहुर्महाबलः ।
गरुडस्थश्चतुर्वक्त्रः कर्तव्यः शान्तिमिच्छता ॥
गदा खड्गो बाणचक्रे दक्षिणेऽस्त्रचतुष्टयम् ।
शङ्खः खेटो धनुः पद्मं वामे चाऽस्त्रचतुष्टयम् ॥
पुरतः पुरुषाकारो नारसिंहश्च दक्षिणे ।
अपरे श्रीमुखाकारो वाराहास्यं तथोत्तरे ॥

(अपरा० २१९।२५–२७)

अग्रतः पुरुषाकारं नारसिंहं च दक्षिणे।
अपरं स्त्रीमुखाकारं वाराहास्यं तथोत्तरम् ॥ ५४ ॥

उनके आगे का मुख पुरुषाकार, दक्षिण का मुख नरसिंह की तरह ऊपर का मुख स्त्री-मुख की तरह और उत्तर का वराह की तरह दिखाना चाहिये ॥ ५३-५४ ॥

विश्वमुखः (विश्वरूपः)[1]

विंशत्या हस्तकैर्युक्तो विश्वरूपश्चतुर्मुखः[2] ।
पताका हलशङ्खौ च वज्राङ्कुशशरास्तथा[3] ॥ ५५ ॥

चक्रश्च बीजपूरश्च(श्च)वरो दक्षिणबाहुषु[4] ।
पताका दण्डपाशौ च गदाशार्ङ्गोत्पलानि च ।
शृङ्गो मुशलमक्षश्च क्रमात् स्युर्वामबाहुषु[5] ॥ ५६ ॥

विश्वरूप के चार मुख हैं और वे बीस हाथों से युक्त हैं। उनके दाहिने हाथों में पताका, हल, शङ्ख, अङ्कुश, वाण, चक्र, बीजपूरक और शेष एक हाथ वरद में है।

बाएँ हाथों में क्रमशः पताका, दण्ड, पाश, गदा, धनुष, कमल, शृंगी, मूसल और अक्ष हैं ॥ ५५-५६ ॥

---

१. 'रूपमण्डन' का विश्वरूप वर्णन 'अपरा०' (२१९।२८-३२) के आधार पर है।

२. यह पंक्ति 'अपरा०' में नहीं है।

३. यह पंक्ति 'अपरा०' से उद्धृत है।

४. 'अपरा०' का भी पाठ यही है, किन्तु अपरा० में 'दक्षिणबाहुषु' की जगह 'दक्षकरेषु' है।

५. 'रूपमण्डन का यह श्लोक 'अपरा०' के आधार पर है। 'अपरा०' में इस श्लोक का पाठ इस प्रकार है :—

पताका दण्डपाशौ च गदाशार्ङ्गे तथैव च।
पद्मं शृङ्गी च मुसलमक्षं वामभुजेषु च ॥

हस्तद्वये योगमुद्रा वैनतेयोपरि स्थितः ।
क्रमान्नर-नृसिंह-स्त्री–वराहमुखवन्मुखः[1] ॥ ५७ ॥

शेष दो हाथ योगमुद्रा में हैं, गरुड पर स्थित हैं। उनके चारों मुख क्रम से नर, नृसिंह, स्त्री और वराह मुख की तरह है ॥ ५७ ॥

अनन्तः[2]

अनन्तोऽनन्तरूपस्तु हस्तैर्द्वादशभिर्युतः ।
अनन्तशक्तिसंवीतो गरुडस्थश्चतुर्मुखः ॥ ५८ ॥

अनन्त के रूप अनन्त हैं। वे बारह हाथों से युक्त हैं। अनन्त शक्ति से युक्त वे गरुड पर स्थित हैं तथा चार मुख वाले हैं ॥ ५८ ॥

दक्षिणे तु गदाखड्गौ चक्रं वज्राङ्कुशौ शरः ।
शङ्खः खेटं धनुः पद्मं दण्डपाशौ च वामतः ॥ ५९ ॥

दाहिने हाथों में गदा, खड्ग, चक्र, वज्र, अङ्कुश और बाण तथा बाएँ हाथों में शङ्ख, खेटक, धनुष, कमल, दण्ड और पाश ॥ ५९ ॥

---

१. 'अपरा०' में इस श्लोक का पाठ इस प्रकार है :—

'करयुग्मे योगमुद्रा वैनतेयोपरिस्थितः ।
नरश्च नारसिंहश्च श्रीमुखः शूकराननः ॥

२. 'अपरा०' के आंशिक उद्धरण के आधार पर 'रूपमण्डन' का अनन्त-विवरण है। 'अपरा०' का पूर्ण विवरण निम्नलिखित है :—

'अनन्तोऽनन्तरूपश्च यतोऽनन्तजगद्भवः ।
अनन्तशक्तिसंकीर्णोऽनन्तरूपसमुद्भवः ॥
भुजैर्द्वादशकैर्युक्तश्चतुर्वक्त्रो महोत्सवः ।
सुपर्णकेतुराख्यातः कर्तव्यः सर्वकामदः ॥
गदा खड्गश्च चक्रं च वज्राङ्कुशवरास्तथा ।
भुजेषु दक्षिणेष्वेवमस्त्रषट्कं तथोत्तमम् ॥
शङ्खः खेटो धनुः पद्मं दण्डपाशौ तथैव च ।
भुजेषु चैव वामेषु ह्यस्त्रषट्कमितीरितम् ॥
नरास्यो नारसिंहास्यः श्रीमुखः शूकराननः ।
तेजःपुञ्जमयः कार्यो ह्यनन्तो नाम नामतः ॥

(अपरा० २१९।३३–३७)

त्रैलोक्यमोहन[1]

मुखानि पूर्ववत्तस्याप्यत्र त्रैलोक्यमोहनः ।
स षोडशभुजस्तार्क्ष्यारूढः प्राग्वच्चतुर्मुखैः ॥ ६० ॥

त्रैलोक्यमोहन पूर्ववर्णित मूर्तियों के अनुसार अर्थात् वैकुण्ठ और विश्वमुख की तरह चतुर्मुख हैं। वे गरुड पर आसीन तथा सोलह भुजा वाले हैं ॥ ६० ॥

गदाचक्रा(वज्रा)ङ्कुशौ[2] बाणं[बाणः]शक्तिश्चक्रं वरः क्रमात् ।
दक्षेषु मुद्गरः पाशः शार्ङ्गशङ्खाब्जकुण्डिका[3] [ः] ॥६१॥
शृङ्गी वामेषु हस्तेषु योगमुद्रा करद्वयम् (ये)[4] ।
नरञ्च नारसिंहञ्च शूकरं कपिलाननम्[5] ॥ ६२ ॥

दाहिने हाथों में क्रमशः गदा, वज्र, अङ्कुश, बाण शक्ति और चक्र है तथा एक हाथ वरद मुद्रा में है। बायें हाथों में मुद्गर, पाश, धनुष, शङ्ख, कमल, कुण्डिका और शृंगी है तथा शेष दो हाथ योगमुद्रा में हैं। चारों मुख क्रमशः नर, नृसिंह, शूकर और वानर की तरह हैं ॥ ६१-६२ ॥

विष्ण्वायतनम्

दक्षिणे पुण्डरीकाक्षः पूर्वे नारायणः स्मृतः ।
गोविन्दः पश्चिमे स्थाप्य उत्तरे मधुसूदनः ॥ ६३ ॥
ईशाने स्थापयेद् विष्णुमाग्नेय्यां तु जनार्दनम् ।
नैर्ऋत्ये पद्मनाभञ्च वायव्ये माधवं तथा ॥ ६४ ॥

---

१. 'रूपमण्डन' और 'अपरा०' के 'त्रैलोक्यमोहन' विवरण में साम्य है। कतिपय पंक्तियाँ अपरा० की हैं।

२. 'अपरा०' (२१९-३९) का पाठ 'गदा वज्राङ्कुशौ बाणः शक्तिश्चक्रं तथा क्रमात्' है।

३. 'अपरा०' (२१९-३९) में 'कुण्डिका' के स्थान पर 'कमण्डलु' पाठ है।

४. 'अपरा०' (२१९-४०) का पाठ "शृङ्गी वामेषु हस्तेषु योगमुद्रा करद्वये" है।

५. 'अपरा०' का पाठ 'नरास्यो नारसिंहास्यः शूकरः कपिलाननः' है।

केशवो मध्यतः स्थाप्यो वासुदेवोऽथवा बुधैः ।
सङ्कर्षणो वा प्रद्युम्नोऽनिरुद्धो वा यथाविधि ॥ ६५ ॥
दशावतारसंयुक्तः प्रोक्तो जलशयोऽथवा ।
अग्रतः शूकरः स्थाप्यः सर्वदेवमयः शुभः ॥ ६६ ॥

दक्षिण में पुण्डरीकाक्ष, पूर्व में नारायण, पश्चिम में गोविन्द और उत्तर में मधुसूदन की स्थापना करनी चाहिये। ईशानकोण पर विष्णु को और अग्निकोण में जनार्दन को स्थापित करना चाहिये। नैऋत्य-कोण में पद्मनाभ और वायव्यकोण में माधव की स्थापना करनी चाहिये। बुद्धिमानों को चाहिये कि मध्य में केशव अथवा वासुदेव अथवा सङ्कर्षण अथवा प्रद्युम्न अथवा अनिरुद्ध अथवा दशावतार से संयुक्त जलशायी की यथाविधि स्थापना करें। दशावतार दिखाते समय शूकर (वराहावतार) को पहले दिखाना चाहिये। क्योंकि वह सर्वदेवमय और शुभप्रद हैं ॥ ६३–६६ ॥

अथ विष्णु प्रतिहाराः[1]

प्रतिहारांस्ततो वक्ष्ये चतसृणां दिशाक्रमात् ।
वामनाकाररूपास्ते कर्तव्याः सर्वतः शुभाः ॥ ६७ ॥

चारों दिशाओं के क्रम से प्रतिहारों का वर्णन करता हूँ। इन्हें वामनाकार बनाना चाहिये। ये सभी प्रकार से शुभप्रद हैं ॥ ६७ ॥

तर्जनीं शङ्खचक्रे च चण्डो दण्डं दधत् क्रमात् ।
वामे स्थाने प्रचण्डोऽस्यापसव्ये दक्षिणे शुभः ॥ ६८ ॥

(पूर्व दिशा में) बाँए स्थान पर चण्ड है। उसका एक हाथ तर्जनी मुद्रा में है और शेष तीन हाथों में वह शङ्ख, चक्र तथा दण्ड धारण करता है। इसके दाहिने प्रचण्ड है जो इन्हीं अस्त्रों को अपसव्य क्रम से (दण्ड, चक्र, शङ्ख, तर्जनी) क्रम से धारण करता है ॥ ६८ ॥

---

१. विष्णुप्रतिहारों का यह विवरण अपरा० २१९।५०–५२ के आधार पर है। द्र० तालिकासंख्या १८ ।

पद्मं खड्गं खेटकञ्च क्रमाद् बिभ्रद् गदां च यः (जयः) ।
विलोमे पद्मगदयोर्विजयस्तौ क्रमाल्लिखेत् ॥ ६९ ॥

जय (दक्षिण दिशा में) बाँए स्थान पर है और उसके हाथों की मुद्रा और आयुध क्रमशः पद्म, खड्ग, खेटक और गदा हैं। इसके दाहिने विजय की स्थिति है जो इन्हीं अस्त्रों को विलोम क्रम से धारण करता है, किन्तु उसके बाँए हाथों में पद्म और गदा है ॥ ६९ ॥[1]

तर्जनी(नीं) बाणचापौ च गदां धाता च सृष्टितः ।
मुदा(सव्या)पसव्ये तैरस्त्रैर्विधाता वाम-दक्षयोः ॥७०॥

धाता के हाथों की मुद्रा और आयुध क्रमशः तर्जनी, बाण, चाप और गदा हैं। इसकी स्थिति बाँए है। इन्हीं अस्त्रों को विधाता सव्यापसव्य योग से धारण करता है। अर्थात्, धाता के दाहिने हाथों के आयुधों को विधाता बाँए हाथों में और धाता के बाँए हाथों के आयुध को विधाता दाँए हाथों में धारण करता है ॥ ७० ॥

तर्जनीं कमलं शङ्खं गदां भद्रः क्रमाद् दधत् ।
शस्त्रा(सव्या)पसव्य योगेन सुभद्रस्तौ क्रमान्न्यसेत् ॥७१॥

भद्र का एक हाथ तर्जनी मुद्रा में है और शेष हाथों में वह क्रमशः कमल, शङ्ख और गदा धारण करता है। सुभद्र को इन्हीं अस्त्रों को बाँए क्रम से (सव्यापसव्ययोग से) धारण कराना चाहिये ॥ ७१ ॥

इति सूत्रधारमण्डनविरचिते वास्तुशास्त्रे रूपमण्डने
विष्णुमू[र्त्यं]धिकारस्तृतीयोऽध्यायः ॥३॥

●

---

१. तालिका संख्या १८ में चौथे प्रतिहार विजय के आयुधों को खड्ग, खेटक, पद्म और गदा के क्रम से जानना चाहिये।

शिवमूर्तिशिवलिङ्गलक्षणाधिकाराख्यः

चतुर्थोऽध्यायः

अथ शिवमूर्त्तयः

द्वादशशिवमूर्त्तयः

सद्योजातः

शुक्लाम्बरधरं देवं शुक्लमाल्यानुलेपनम् ।
जटाभारयुतं कुर्याद् बालेन्दुकृतशेखरम्[1] ॥ १ ॥

श्वेत वस्त्र धारण किये हुए, श्वेत माला एवं अनुलेपन किये हुए, जटाभार से युक्त तथा शिरोभाग में बालेन्दु सहित सद्योजात की प्रतिमा बनानी चाहिये ॥ १ ॥

त्रिलोचनं सौम्यमुखं[2] कुण्डलाभ्यामलङ्कृतम् ।
सद्योजातं[3] महोत्साहं वरदाभयपाणिनम् ॥ २ ॥

सद्योजात उत्साह (आनन्द) से परिपूर्ण, तीन नेत्र वाले और सौम्य मुख तथा कुण्डलों से अलङ्कृत हैं। उनका एक हाथ वरद और दूसरा अभय मुद्रा में है ॥ २ ॥

---

१. 'रूपमण्डन' का 'द्वादशशिवविवरण' 'अपराजितपृच्छा' के अ० २१२ के 'एकादश रुद्र' के आधार पर हैं। सद्योजात का विवरण 'अपराजितपृच्छा' में (२१२-१-१०) 'रूपमण्डन' की अपेक्षा अधिक है। 'अपरा०' से केवल दो श्लोकों का सङ्कलन मण्डन ने यहाँ किया है। ये दोनों ही श्लोक (१ और २) अपरा० के तीन श्लोकों के आंशिक उद्धरण हैं। अपरा० में 'शुक्लाम्बरधरं देवं' और 'जटाभारयुतं' वाली पंक्तियों के बीच में 'शुक्लोष्णीषं शुक्लनेत्रं शुक्लयज्ञोपवीतिनम्" है। इस पंक्ति को सूत्रधार-मण्डन ने 'रूपमण्डन' में उद्धृत नहीं किया है। 'रूपमण्डन' में 'जटाभारयुतं कुर्याद् बालेन्दुकृतशेखरम्' है।

२. अपरा० का पाठ 'चतुःकुण्डलभूषितम्' है। किन्तु 'रूपमण्डन' का पाठ 'कुण्डलाभ्यामलंकृतम्' अधिक समीचीन है।

३. 'रूपमण्डन' के 'त्रिलोचन' और 'सद्योजातं' वाली पंक्तियों के बीच में

वामदेव:

रक्ताम्बरधरं देवं रक्तयज्ञोपवीतिनम् ।
रक्तोष्णीषं रक्तनेत्रं रक्तमाल्यानुलेपनम् ।। ३ ।।
जटाचन्द्रधरं कुर्यात्त्रिनेत्रं तुङ्गनासिकम्[1] ।
वामदेवं[2] महाबाहुं खड्गखेटकधारिणम्[3] ।। ४ ।।

वामदेव को लाल वस्त्रों में, लाल यज्ञोपवीत, लाल उष्णीष पहने हुए व लाल नेत्र सहित लाल माला और लाल चन्दन लगाये जटा पर चन्द्र धारण किये हुए, ऊँची नासिका, लम्बी भुजा तथा जिनके हाथों मे ढाल तलवार हो ऐसा दिखाना चाहिये ।। ३–४ ।।

अघोर:

दंष्ट्राकरालवदनं सर्पशीर्षं त्रिलोचनम्[4] ।
रुण्डमालाधरं[5] देवं सर्पकुण्डलमण्डितम् ।। ५ ।।
भुजङ्गकेयूरधरं सर्पहारोपवीतिनम् ।
यो(गो)नसं कटिसूत्रेण[6] गले वृश्चिकमालिकम् ।। ६ ।।

अघोर भयंकर दाँतों से युक्त मुखवाले, सिर पर सर्प, तीन नेत्र वाले, नरमुण्डों की माला धारण किये, सर्पों का कुण्डल पहने, सर्पों का ही केयूर, हार और उपवीत पहने, (सर्पों) का कटिसूत्र तथा गले में विच्छुओं की माला पहने हैं ।। ५–६ ।।

अपरा० की पंक्ति 'दिव्यदेहं महाकायं नवयौवनमण्डितम्' नहीं है । अपरा० में 'सद्योजातं' की जगह 'महाभुजं' है; किन्तु 'रूपमण्डन' का पाठ 'सद्योजातं' उचित है ।

१. अपरा० (२१२-१२) का पाठ "जट्यां कृतचन्द्रं च त्रिनेत्रं तुङ्गनासिकम्" है ।

२. अपरा० में वामदेवं की जगह 'महारक्तं' है जो अशुद्ध है ।

३. अपरा० में 'खड्गखेटक' की जगह 'शूलखट्वाङ्ग' पाठ है ।

४. अपरा० का पाठ 'करालदंष्ट्रा विकटास्यं सर्पशीर्ष त्रिलोचनम्' है ।

५. अपरा० में 'मुण्डमालाधरं' है ।

६. अपरा० का पाठ 'गोनसं कटिसूत्रं' है । गोनस या गोनास सर्प की एक जाति है जिसका मुख गायकी नाक की तरह होता है (दे० अमरकोष १.८.४) ।

नीलोत्पलदलश्याममतसोपुष्पसन्निभम् ।
पिङ्गभ्रूपिङ्गजटिलं[1] शशाङ्ककृतशेखरम् ॥ ७ ॥
तक्षको मुष्टिकश्चैव पादयोस्तस्य नूपुरौ ।
अघोररूपकं कुर्यात् कालरूपमिवापरम्[2] ॥ ८ ॥

उन्हें नील कमल के दल और अतसी पुष्प के समान नील वर्णवाला, पोली भौंहे और पीली जटा वाला, माथे पर चन्द्रमा धारण किये हुए, और तक्षक और मुष्टिक नामक दो सर्पों का नूपुर धारण किये हुए काल के समान बनाना चाहिये ॥ ७–८ ॥

महावीर्यं महोत्साहमष्टबाहुं महाबलम् ।
शमयन्तं रिपोः सद्य[3] (सङ्घं) निवेशो यत्र भूतले ॥ ९ ॥

अघोर महाबलशाली, उत्साहयुक्त और शत्रुसङ्घ को नाश करनेवाले हैं। ये आठ भुजा से युक्त हैं। इनका प्रवेश सारी पृथिवी में है ॥ ९ ॥

खट्वाङ्गश्च कपालञ्च खेटकं पात्रमेव[4] च ।
वामहस्तेषु कर्त्तव्यमेतच्छस्त्रचतुष्टयम्[5] ॥ १० ॥

अघोर के बांये हाथों में खट्वाङ्ग, कपाल, ढाल और पात्र इन चार आयुधों को बनाना चाहिये ॥ १० ॥

---

१. अपरा० का पाठ 'भृङ्गभ्रूभङ्गमजटिलं' है।

२. अपरा० का पाठ है :—

"तक्षकं कर्कोटकं च पायू नेत्रे पुरौ कृतौ ।
अघोरसंज्ञकं हेतुं कालरूपमिवापरम् ॥

(अपरा० २१२-१७)

३. अपरा० का पाठ 'रिपुसैन्यं त्रासयन्तं निदेशो यत्र भूतले' है। अपरा० २१२-१८। 'रूपमण्डन' का पाठ 'सद्यं' है जो 'सङ्घ' का भ्रष्ट पाठ प्रतीत होता है।

४. अपरा० में 'पात्रमेव' की जगह 'पाशमेव' है।

५. अपरा० का पाठ है :—

वामहस्तचतुष्कोणशस्त्राणां च चतुष्टयम् ।

त्रिशूलं परशुः खड्गं (ड्गो) दण्डश्चैवारिमर्दनः ।
शस्त्राण्येतानि चत्वारि दक्षिणेषु करेषु च[1] ॥११॥

उनके दाँए हाथ में त्रिशूल, परशु, खड्ग और शत्रुओं को मर्दन करने वाला दण्ड ये चार अस्त्र बनाने चाहिये ॥ ११ ॥

तत्पुरुषः

पीताम्बरस्तत्पुरुषः पीतयज्ञोपवीतवान्[2] ।
मातुलिङ्गं करे वामेऽक्षमाला दक्षिणे तथा[3] ॥ १२ ॥

तत्पुरुष पीत वस्त्र, और पीत यज्ञोपवीत वाले हैं। उनके बाँए हाथ में मातुलिङ्ग (बिजौरा नीबू) और दाहिने हाथ में अक्षमाला है ॥१२॥

ईशः

शुद्धस्फटिकसंकाशो जटाचन्द्रविभूषितः ।
अक्षा(त्र्यक्ष)स्त्रिशूलहस्तौ च (हस्तश्च)
कपालं वामतः शुभम्[4] ॥ १३ ॥

ईश श्वेत स्फटिक की तरह शरीर वाले जटा पर चन्द्रमा से विभूषित, तीन नेत्रों वाले और त्रिशूलधारी तथा बाँये हाथ में कपाल-धारी हैं ॥ १३ ॥

---

१. अपरा० का पाठ है :—
"त्रिशूलं कलशं खड्गं दण्डञ्चैवारिमर्दनम् ।
करेषु वै दक्षिणेषु चैतदस्त्रचतुष्टयम् ॥"
(अपरा० २१२–२०)

२. अपरा० का पाठ "पीतयज्ञोपवीतिनम्" है ।

३. अपरा० का पाठ "वामे अक्षसूत्रं च दक्षिणे" है ।

४. अपरा० का पाठ सर्वथा भिन्न है :—
"शुद्धस्फटिकसंकाशं जटाचन्द्रविभूषितम् ।
त्रिनेत्रं शूलहस्तं च वामे धृतकपालकम् ॥
(अपरा० २१२–२२)

मृत्युञ्जयः

कपालमालिं सुश्वेतं शशाङ्ककृतशेखरम् ।

व्याघ्रचर्मधरं मृत्युञ्जयं नागेन्द्रभूषितम् ।। १४ ।।

मृत्युञ्जय कपाल की माला को धारण किये हैं। अतिश्वेत वर्ण के हैं। उनके मस्तक पर चन्द्रमा विराज रहा है। उन्होंने व्याघ्र-चर्म धारण किया है तथा सर्प से विभूषित हैं और मृत्यु को जीतने वाले हैं ।। १४ ।।

त्रिशूलं चाक्षमाला च दक्षयोः करयोः स्मृतौ ।

कपालं कुण्डिका वामे योगमुद्रा करद्वयम् (ये) ।। १५ ।।

वह दाहिने हाथों में त्रिशूल और अक्षमाला लिये हैं तथा उनके बाँये हाथों में कपाल व कुण्डिका है। उनके शेष दो हाथ योगमुद्रा में हैं ।। १५ ।।

वरदाक्षः (किरणाक्षः ?)

चतुर्भुजो महाबाहुः शुक्लपादाक्षिपाणिकः ।

पुस्तकाभयहस्तोऽसौ स वराक्ष(किरणाक्ष)स्त्रिलोचनः[1] ।।१६।।

किरणाक्ष महाबाहु, चतुर्भुज, श्वेत वर्ण के पैर, आँख और हाथवाले हैं। उनके एक हाथ में पुस्तक, दूसरा अभयमुद्रा में हैं, वे त्रिनेत्र हैं ।। १६ ।।

श्रीकण्ठः

चित्रवस्त्रधरं कुर्याच्चित्रयज्ञोपवीतिनम्[2] ।

चित्ररूपं महेशानं[3] चित्रैश्वर्यसमन्वितम् ।। १७ ।।

श्रीकण्ठ को चित्र (कई रंग के) वस्त्र और चित्र यज्ञोपवीत को धारण किये हुए बनाना चाहिये। महा ईशान का स्वरूप विचित्र (या चित्त-आकर्षक) है और वे विचित्र ऐश्वर्य से विभूषित हैं ।। १७ ।।

---

१. अपरा० (२१२-२७) में किरणाक्ष का वर्णन इस प्रकार है :—

"चतुर्भुजं महावक्षः शुक्लाक्षं सूत्रपाणिकम् ।
पुस्तकाभयहस्तं च वरदाक्षं त्रिलोचनं ।।

'एशियाटिक सोसाइटी' की प्रति का पाठ 'स च काक्षस्त्रिलोचनः' भ्रष्ट है। 'सरस्वती भवन' की प्रति का पाठ 'स वराक्षस्त्रिलोचनः' है।

२. अपरा० का पाठ 'चित्रसूत्रवस्त्रधरं' है;

३. अपरा० का पाठ 'महासत्यं' है। 'रूपमण्डन' का पाठ शुद्ध है।

चतुर्बाहुं चैकवस्त्रं[1] (वत्रं) सर्वालङ्कारभूषितम् ।
खड्गं धनुः शरं खेटं श्रीकण्ठं विभ्रतं भुजैः[2] ॥१८॥

इनकी चार भुजाएँ हैं, एक मुख है तथा सभी प्रकार के अलंकारों से मण्डित हैं। श्रीकण्ठ हाथों में खड्ग, धनुष, बाण और खेटक (ढाल) धारण किये हैं ॥ १८ ॥

अहिर्बुध्न्यः

अहिर्बुध्न्यो गदां सर्पं चक्रं डमरु-मुद्गरौ ।
शूलाङ्कुशाक्षमालां च दक्षोर्ध्वाधः क्रमाद्दधत् ॥ १९ ॥
तोमरं पट्टिशं चर्म कपालं तर्जनीघटौ ।
शक्तिः(क्तिं) परशुकं वामहस्ते सन्धारयत्यसौ ॥ २० ॥

अहिर्बुध्न्य ऊपर-नीचे के क्रम से दाहिने हाथों में गदा, सर्प, चक्र, डमरु, मुद्गर, शूल, अङ्कुश और रुद्राक्ष की माला धारण करते हैं। बाएं हाथ में वे तोमर, पट्टिश, चर्म, कपाल धारण करते हैं, पाँचवाँ हाथ तर्जनी मुद्रा में है और शेष हाथों में क्रमशः घट, शक्ति और परशु धारण करते हैं ॥ १९-२० ॥

विरूपाक्षः

विरूपाक्षस्ततः खड्गं शूलं डमरुमङ्कुशम् ।
सर्पं चक्रं गदामक्षसूत्रं विभ्रत् कराष्टकैः ॥ २१ ॥
खेटं खट्वाङ्गशक्तिश्च परशुं तर्जनीघटम् ।
घण्टाकपालकं चेति वामोर्ध्वादिकराष्टकैः ॥ २२ ॥

विरूपाक्ष अपने दाहिने आठ हाथों में क्रमशः खड्ग, शूल, डमरु, अङ्कुश, सर्प, चक्र, गदा और अक्षसूत्र धारण किये हैं। बाएँ हाथ में ऊपर-नीचे के क्रम से खेट, खट्वाङ्ग, शक्ति, परशु धारण करते हैं तथा एक हाथ तर्जनी मुद्रा में है और शेष हाथों में घट, घण्टा, और कपाल धारण करते हैं ॥ २१-२२ ॥

---

१. अपरा० का पाठ 'चैकवक्त्रं' है जो शुद्ध है।

२. अपरा० का पाठ 'खड्गं धनुः शरं खेटं शशाङ्ककृतशेखरम्' है। किन्तु 'रूपमण्डन' का पाठ अधिक शुद्ध है।

बहुरूपा

बहुरूपो दधद् दक्षे डमरुं च सुदर्शनम् ।
सर्पं शूलाङ्कुशौ कुम्भं कौमुदीं जपमालिकाम् ।। २३ ।।
घण्टाकपालखट्वाङ्गतर्जनी(:)कुण्डिकां धनुः ।
परशुं पट्टिशं चेति वामोर्ध्वादिक्रमेण हि ।। २४ ।।

बहुरूपी सदाशिव दाहिने हाथों में क्रमशः डमरु, सुदर्शन, सर्प, शूल, अङ्कुश, कुम्भ, कौमुदी तथा जपमाला धारण करते हैं तथा बाएँ हाथों में ऊपर-नीचे के क्रम से घण्टा, कपाल, खट्वाङ्ग धारण करते हैं, एक हाथ तर्जनी मुद्रा में है, पुनः अन्य हाथों में क्रमशः कुण्डिका, धनुष, परशु तथा पट्टिश धारण करते हैं ॥ २३-२४ ॥

त्र्यम्बकः

त्र्यम्बकोऽथ दधच्चक्रं डमरुं मुद्गरं शरम् ।
शूलाङ्कुशान्य(व)क्षसूत्रं दक्षोर्ध्वादिक्रमेण हि ।। २५ ।।
गदाखट्वाङ्गपात्राणि कार्मुकं तर्जनीघटौ ।
परशुं पट्टिशं चेति वामार्धा(मोर्ध्वा)दि कराष्टके ।। २६ ।।

त्र्यम्बक दाहिने हाथों में ऊपर-नीचे क्रम से चक्र, डमरु, मुद्गर, शर, शूल, अङ्कुश, अक्षमाला धारण करते हैं तथा बाएँ हाथों में ऊपर-नीचे के क्रम से गदा, खट्वाङ्ग, पात्र, धनुष धरते हैं, एक हाथ तर्जनी मुद्रा में है और शेष हाथों में क्रमशः घट, परशु तथा पट्टिश धारण करते हैं ॥ २५-२६ ॥

इति द्वादश रुद्राः[3] ।

उमामहेश्वरः

उमामहेश्वरं वक्ष्ये उमया सह शङ्करः[1] ।
मातुलिङ्गं त्रिशूलञ्च धरते दक्षिणे[2] करे ।। २७ ।।

उमा-महेश्वर का वर्णन करता हूँ। उमा के साथ शङ्कर हैं। शङ्कर के दाहिने हाथों में मातुलुङ्ग और त्रिशूल है ॥ २७ ॥

---

१. अपरा० (२१३-२५) का पाठ 'शङ्करम्' है ।

२. अपरा का पाठ 'धृतं दक्षिणतः' है ।

३. द्वादश रुद्रों की यही सूची सरस्वती-भवनवाली 'रूपमण्डन' की प्रति में भी

आलिङ्गितो वामहस्ते नागेन्द्रं(न्द्रो)द्वितीये करे।
हरस्कन्ध उमाहस्ते दर्पणो द्वितीये करे[1] ॥ २८ ॥

बाएं एक हाथ से वे उमा का अलिङ्गन करते हैं और दूसरे में नागेन्द्र है। उमा का एक हाथ शिव के कन्धे पर है और दूसरे में दर्पण है ॥ २८ ॥

अधस्ताद् वृषभं कुर्यात् कुमारञ्च गणेश्वरम्।
भृङ्गिरीटं तथा कुर्यात्रिमंसि(निर्मांसं)नृत्यसंस्थितम्[2] ॥ २९ ॥

इनके नीचे वृष, कुमार और गणेश को बनाना चाहिये तथा भृङ्गी को जिनके शरीर में मांस नहीं है, नर्तन करते हुए दिखाया जाना चाहिये ॥ २९ ॥

मिलत्ती है। किन्तु मृत्युञ्जय और किरणाक्ष के बीच में एक नाम विजय का भी जोड़ दिया गया है। इस प्रकार सरस्वतीभवन की प्रति में रुद्रों की संख्या तेरह है। आश्चर्य यह है कि फिर भी इन तेरह रुद्रों के वर्णन के बाद 'इति एकादशरुद्राः' ही लिखा है। इस प्रति में विजय नामक रुद्र का विवरण इस प्रकार है :—

एकवक्त्रं त्रिनेत्रं च शशाङ्ककृतशेखरम्।
वृहल्ललाटकपालं च कम्बुग्रीवं सुशोभनम् ॥
चतुर्भुजं महाबाहुं शूलपङ्कजधृत्करम्।
दिव्यरूपधरं देवं वरदाभयपाणिकम् ॥

(रूपमण्डन ४।१६–१७)

यह विवरण अपरा० (२१२।२६) का उद्धरणमात्र है। अपरा० की एकादशरुद्रसूची में अहिर्बुध्न्य, विरूपाक्ष और त्र्यम्बक का नाम नहीं है। इनके स्थान पर विजय, अघोरास्त्र और महादेव का वर्णन है। सदाशिव का वर्णन एकादशरुद्रसूची के बाहर है।

१. अपरा० का पाठ है :—

आलिङ्गन् वामहस्तेन नागेन्द्रं च द्वितीयके।
हरस्कन्धे उमाहस्तं दर्पणं द्वितीये करे ॥

(अपरा० २१३–२६)

२. अपरा० (२१३–२७) का पाठ 'निर्मांसं नृत्यसंस्थितम्' है।

हरिहरमूर्त्तिः

कार्यो हरिहरस्यापि दक्षिणार्धे शिवः सदा ।
हृषीकेशश्च वामार्धे श्वेतनीलाकृती क्रमात् ।। ३० ।।
वरं त्रिशूलचक्राब्जधारिणो बाहुकाः क्रमात् ।
दक्षिणे वृषभः पार्श्वे वामे विहगराडिति ।। ३१ ।।

हरिहर की प्रतिमा में भी सदा दाहिने शिव और वामार्द्ध में हृषीकेश की आकृतियों को बनाना चाहिये। वर्ण श्वेत और नील क्रम से दिखाना चाहिये। उनका एक हाथ वरद मुद्रा में और शेष हाथों में त्रिशूल, चक्र और कमल है। उनके पार्श्व में दाहिने वृष और वाम में गरुड है ॥ ३०-३१ ॥

हरिहरपितामहः[1]

एकपीठसमारूढमेकदेहनिवासिनम्[2] ।
षड्भुजञ्च चतुर्वक्त्रं सर्वलक्षणसंयुतम् ।। ३२ ।।
अक्षमालां[3] त्रिशूलञ्च गदां कुर्याच्च दक्षिणे[4] ।
कमण्डलुञ्च खट्वाङ्गं चक्रं वामभुजे तथा ।। ३३ ।।

एक पीठ पर और एक ही शरीर में हरिहरपितामह की प्रतिमा सभी लक्षणों से समन्वित चार मुखों और छः भुजाओं से युक्त बनती है। इनके दाहिने हाथों में अक्षमाला, त्रिशूल, और गदा तथा बाएँ हाथों में कमण्डलु, खट्वाङ्ग और चक्र होता है ॥ ३२-३३ ॥

---

१. अपरा० (२१३।३०-३४) के अनुसार यह विवरण हरिहरपितामह का है जो उचित है। 'रूपमण्डन' में यह हरपितामह का विवरण बताया गया है।

२. अपरा० २१३।३० का पाठ 'समारूढमेकदेहं' है।

३. अपरा० २१३।३१ का पाठ 'अक्षसूत्रं' है।

४. अपरा० २१३।३१ का पाठ "गदां चैव तु दक्षिणे" है।

लक्ष्मीनारायणः

उमाञ्च द्विभुजां कुर्याल्लक्ष्मीर्नारायणाश्रिता ।
देवं शस्त्रैः स्वकीयैश्च गरुडोपरि संस्थितम् ॥ ३४ ॥

दक्षिणः कण्ठलग्नोऽस्या वामो हस्तः सरोजधृक् ।
विभोर्वामकरो लक्ष्म्याः कुक्षिभागस्थितः सदा ॥ ३५ ॥

उमा को द्विभुज बनाना चाहिये। लक्ष्मी-नारायण एक साथ गरुड पर स्थित हैं। उनके हाथों में उन्हीं के आयुध हैं। लक्ष्मी का दाहिना हाथ नारायण के कण्ठ-प्रदेश पर है और बाएँ में कमल है। नारायण का बायाँ हाथ सदा ही लक्ष्मो के कुक्षि-भाग में स्थित रहता है ॥३४-३५॥

युग्मम्

सर्वेषामेव देवानां युग्मं युग्मं विधीयते ।
तेषां शक्तिः पृथग्रूपा तदस्त्रवाहनाकृति[ः] ॥ ३६ ॥

इसी प्रकार सभी देवताओं को युग्म रूप में बनाना चाहिये। उनकी शक्तियों का पृथक् स्वरूप, अस्त्र, वाहन और आकृति है ॥ ३६ ॥

अथ लिङ्गानि

स्थिरलक्ष्मीप्रदं हैमं तारजतश्चैव
राजतम् [राजतश्चैव राज्यदम्] ।
प्रजावृद्धिकरं ताम्रं वङ्गमायुर्विवर्धनम् ॥ ३७ ॥

स्वर्ण-लिङ्ग स्थिर लक्ष्मीप्रद है। चाँदी का लिङ्ग राज्यप्रद है। ताम्रलिङ्ग प्रजा की वृद्धि करनेवाला है। रांगे का लिङ्ग आयु-वर्द्धक है ॥ ३७ ॥

---

१. उपेन्द्रमोहन के संस्करण में 'राङ्गं ताम्रमायुः प्रवर्धनम्' पाठ है।

विशेष[1]कारकं कांस्यं पित्तलं भुक्तिमुक्तिदम् ।
सीसकं [वं]शकृल्लिङ्गमायसं पुरि(रिपु)नाशनम्[2] ।३८।

कांस्य-लिङ्ग विशेष (हित) कारक है । पीतल का लिङ्ग भोग और मोक्ष का प्रदाता है । सीसे का लिङ्ग वंशकारक है तथा लोह लिङ्ग रिपु का नाश करने वाला है ॥ ३८ ॥

अष्टलोहमयं लिङ्गं कुष्ठरोगक्षयापहम् ।
त्रिलोहसम्भवं लिङ्गमन्तर्धानप्रसिद्धिदम्[3] ॥ ३९ ॥

अष्टलोह (अष्टधातु) का लिङ्ग कुष्ठ रोग का नाशक है और त्रिलोह का लिङ्ग अदृश्य होना आदि सिद्धि देता है ॥ ३९ ॥

अष्टरत्नलिङ्गफलम्

आयुष्यं हीरकं लिङ्गं भोगदं मौक्तिकोद्भवम् ।
सुखकृत् पुष्परागोत्थं वैदूर्यं शत्रुमर्दनम् ॥ ४० ॥

हीरे का लिङ्ग आयु, मोती का लिङ्ग भोग और पुखराज का लिङ्ग सुख देनेवाला है तथा वैदूर्य का लिङ्ग शत्रुनाशक है ॥ ४० ॥

श्रीप्रदं पद्मरागश्च इन्द्रनीलं यशःप्रदम् ।
लिङ्गं मणिमयं पुष्टचै स्फाटिकं सर्वकामदम् ॥ ४१ ॥

पद्मराग का लिङ्ग श्रीप्रद, इन्द्रनील का यशःप्रद, मणि (सामान्य मणि) का लिङ्ग पुष्टिप्रद और स्फटिक-लिङ्ग सर्वकामप्रद है ॥ ४१ ॥

पीठविधिः

रत्नलिङ्गं द्विधा ख्यातं स्वपीठं धातुपीठकम् ।
धातुजं तु स्वयोनिस्थं सिद्धिमुक्तिप्रदायकम् ॥ ४२ ॥

---

१. उपेन्द्रमोहन महोदय ने 'विशेष विद्वेष कारकं' पाठ माना है; किन्तु यहाँ प्रसङ्ग लिङ्ग के शुभ प्रभावों के वर्णन का है । अतएव 'विद्वेष' की अपेक्षा 'हितकारक' पाठ उचित है ।

२. इसी प्रकार 'पुरिनाशनम्' का भी संदर्भ नहीं बैठता । इसे 'रिपुनाशनम्' समझना समीचीन होगा ।

३. इस पंक्ति का ऊपर की पंक्ति से संदर्भ नहीं बैठता । अर्थ स्पष्ट है ।

ताम्रजं पुष्परागस्य स्फटिकस्य तु राजतम् ।
ताम्रजं मौक्तिकस्यापि शेषाणां हेमजं मतम् ॥ ४३ ॥

रत्न-लिङ्ग की पीठिका दो प्रकार की होती है। एक तो जिस धातु का लिङ्ग हो उसी धातु की पीठिका और दूसरी किसी अन्य धातु की। यदि किसी धातुविशेष का लिङ्ग उसी धातुविशेष की पीठिका में स्थित हो तो वह सिद्धि और मुक्ति का प्रदाता है। पुष्पराग का लिङ्ग ताम्र-पीठिका में, स्फटिक का लिङ्ग चाँदी की पीठिका में, मोती का लिङ्ग ताम्रपीठिका में तथा अन्य मणियों के लिङ्ग सोने की पीठिका में स्थापित करने चाहिये ॥ ४२–४३ ॥

लिङ्गोचिता मणयः

समस्तमणिजातीनां दीप्त(प्तिः)सान्निध्यकारक(ण)म् ।
(मनोत्मानं प्रमाणानि तेषु ग्राह्यं नवाम्बुदैः ?)[1] ॥४४॥

समस्त मणियाँ दीप्ति का (देवदीप्ति की ?) सान्निध्य करानेवाली हैं ॥ ४४ ॥

चलाचललिङ्गम्

शैलेयं भोगदं लिङ्गं मृण्मयं सर्वकामदम् ।
दारुजं वसुसिद्ध्यर्थं सर्वमेतच्चलाचलम् ॥ ४५ ॥

शिला का लिङ्ग भोगप्रद है, मिट्टी का लिङ्ग सर्वकामप्रद है और लकड़ी का लिङ्ग धनप्रद है। ये सभी लिङ्ग चल तथा अचल होते है ॥ ४५ ॥

चललिङ्गम्

एकाङ्गुलादिपञ्चान्तं चललिङ्गञ्च कन्यसम् ।
षट्पर्वादिदशान्तञ्च मध्यमेकादशादितः ॥ ४६ ॥

एक अङ्गुल परिमाण से लेकर पाँच अङ्गुल परिमाण तक का लिङ्ग छोटा चल लिङ्ग है, छः से दस अङ्गुल तक परिमाण का मध्यम चल लिङ्ग है और ग्यारह अङ्गुल या अधिक परिमाण का लिङ्ग उत्तम है ॥ ४६ ॥

---

१. पाठ भ्रष्ट है। अर्थ नहीं निकलता।

स्थिरलिङ्गम्

नैकहस्तादधो वाद्यं (लिङ्गं) प्रासादे स्थिरतां नयेत् ।
स्थिरं तत् स्थापयेद् गेहे गृण्यांहे(गृहांहो)दूरकृद् यतः ॥४७॥

एक हाथ से कम का लिङ्ग प्रासाद में स्थापित नहीं करना चाहिये। इसे स्थिर लिङ्ग कहते हैं, अतएव इसे घर से दूर स्थापित करना चाहिये ॥ ४७ ॥

लक्षणादिहीनस्यापि पूज्यत्वम्

बाण(वर्ण)लक्षणहीनेऽपि यत्र वै रोचते मनः ।
तत्र पूजां प्रकुर्वीत धर्मकामार्थमोक्षदाम् ॥ ४८ ॥

वर्ण और लक्षणों से हीन होने पर भी यदि कोई लिङ्ग रुचिकर हो तो उसकी पूजा करनी चाहिये; क्योंकि वह धर्म, अर्थ, काम और मोक्ष का देनेवाला है ॥ ४८ ॥

रत्नलिङ्गमानम्

रत्नमेकाङ्गुलं लिङ्गमङ्गुलाङ्गुलवृद्धितः[1] ।
नवान्तं नवलिङ्गञ्च वृद्धिर्वा मुद्गमानिका ॥ ४९ ॥

रत्नलिङ्ग एक अङ्गुल प्रमाण से लेकर पृथक्-पृथक् एक-एक अङ्गुल बढ़ाते हुये कुल नौ अङ्गुल प्रमाण तक बनाये जा सकते हैं। अथवा वृद्धि-क्रम में अङ्गुल की अपेक्षा मुद्ग प्रमाण भी माना जा सकता है ॥ ४९ ॥

---

१. रत्नलिङ्गों के मान का यह विवरण अपरा० (१९८ । ७–८) से तुलनीय है :—

अभिधानप्रमाणानि लिङ्गान्युक्तानि वै नव ।
अङ्गुलाङ्गुलान्तरतः लिङ्गानां वर्धते क्रमः ॥
एकाङ्गुलोद्भवं मध्ये लिङ्गान्यष्टौ यथाक्रमम् ।
मुद्गप्रमाणान्यष्टौ च शास्त्रदृष्ट्या ततः क्रमात् ॥

धातुलिङ्गमानम्

धातोरष्टाङ्गुलं पूर्वमष्टाष्टाङ्गुलवर्धनात् ।
त्रिहस्तान्तं नवैव स्युर्लिङ्गानि च यथाक्रमम्[1] ॥ ५० ॥

धातु-लिङ्ग बनाते समय आठ अङ्गुल का एक और इसके बाद क्रमशः आठ-आठ अङ्गुल बनाते हुये तीन हाथ तक के प्रमाण के कुल नौ लिङ्ग बनाये जा सकते हैं ॥ ५० ॥

दारवलिङ्गमानम्

दृढकाष्ठमयं लिङ्गं कर्त्तव्यं षोडशाङ्गुलम् ।
षोडशाङ्गुलिका वृद्धिः षट्करान्तं नवैव हि[2] ॥ ५१ ॥

सोलह अङ्गुल का एक दृढ काष्ठ का लिङ्ग बनाना चाहिये। इसके उपरान्त सोलह-सोलह अङ्गुल की वृद्धि करते हुये छः हाथ तक के प्रमाण के कुल नौ लिङ्ग बनाने चाहिये ॥ ५१ ॥

शैललिंगमानम्

हस्तादिनवहस्तान्तं शैलं लिङ्गं विधीयते ।
हस्तवृद्धया नवैव स्युर्मध्ये वृद्धिर्यदृच्छया[3] ॥ ५२ ॥

---

१. यह विवरण अपरा० (१९९।१) के आधार पर है। वहाँ इन नव प्रकार से लिङ्गों के नाम क्रमशः श्रियोद्भव, महाकान्त, प्रोद्यन्त, सम्भव, सोमराज, महाराज, राजलिङ्ग, महान्तक, वृषध्वज बताया गया है। अपरा० (१९९।३-४)।

२. यह विवरण अपरा० २००।२-३ के आधार पर है। अपरा० का विवरण इस प्रकार है :—

षोडशाङ्गुलमाद्यं स्यात् क्रमात् षोडशवृद्धितः ।
विधेयं लिङ्गनवकं षट्करान्तं प्रकीर्तितम् ॥
(अपरा० २००।३)

अपरा० (२००।४) में इनके नाम भी दिये गये हैं।

३. रूपमण्डन का यह विवरण अपरा० (२०१) के आधार पर है। अपरा० का विवरण है :—

"हस्तादि नवान्तं लिङ्गनवकं हस्तवृद्धितः ।
हस्ताधश्च न कर्तव्यं लिङ्गं शैलमयं तथा" ॥
(अपरा० २०१।१-२)

एक हाथ से नौ हाथ तक के प्रमाण के पत्थर के लिङ्ग बनते हैं। वृद्धि की इच्छा रखने वाले को इसके बीच एक-एक हाथ की वृद्धि करते हुए कुल नौ लिङ्ग बनाने चाहिये ॥ ५२ ॥

लिङ्गमानम्

मृद्दारुलोहशैलानां दैर्घ्ये भक्ते जिनांशकैः (२४)।
कुर्यात् षट्सार्धसप्ताष्टनवांशै[र्वि]स्तरं शुभम् ॥५३॥

मिट्टी, लकड़ी, लोहा और पत्थर के लिङ्गों की दीर्घता चौबीस अंशों के विभाग में होगी अर्थात् तीन, छः, बारह या चौबीस भाग में होगी। इनका विस्तार छः, साढ़े सात, आठ और नौ अंश में बनाना शुभ अर्थात् उत्तम है ॥ ५३ ॥

लिङ्गवृक्षाः[1]

श्रीपर्णीशिशु(शिश)पाशोकाः शिरीषः खादिनो(रो)ऽर्जुनः।
चन्दनः श्रीफलो निम्बो रक्तचन्दनबीजकौ ॥ ५४ ॥
कर्पूरो देवदारुश्च चन्दनः पारिजातकः।
चम्पको मधुवृक्षश्च हिन्तालश्चागुरुः शुभाः ॥ ५५ ॥

लिङ्ग बनाने के लिये श्रीपर्णी, शिशप, अशोक, शिरीष, खदिर, अर्जुन, चन्दन, श्रीफल, निम्ब, रक्तचन्दन, वीर्यक, कपूर, देवदारु, चन्दन, पारिजात, चम्पा, मँहुआ, हिन्ताल, अगरु के वृक्ष शुभ अर्थात् अच्छे हैं ॥ ५४–५५ ॥

---

१. लिङ्गवृक्षों की सूचियाँ अपरा० २००।६-८, वि० ध० ३।२५१ में हैं। द्र० पृष्ठ ७०।

वृक्षलक्षणम्

[निर्व्रणाः सुदृढाः] सर्वे लिङ्गार्थे सौख्यदायकाः[1] ।
ग्रन्थिकोटरसंयुक्तान् शाखोद्भूतान् परित्यजेत् ॥५६॥

व्रणहीन वृक्ष सभी प्रकार के लिङ्ग बनाने के लिये सुखकर हैं अर्थात् सुविधाजनक हैं। ग्रन्थि कोटरयुक्त और शाखा से उत्पन्न लकड़ी का लिङ्ग निर्माण कर्म के लिये त्याग करना चाहिये ॥ ५६ ॥

दार्वादिलिङ्गोचित्ता प्रासादाः

निलयं दारुलिङ्गानामिष्टकादारुजं शुभम् ।
शैलजं धातुरत्नानां स्वरूपं चाधिकं शुभम्[2] ॥ ५७ ॥

लकड़ी के लिङ्ग के लिये ईंट और लकड़ी का मन्दिर बनाना शुभ है अर्थात् अच्छा है। धातु और रत्नों के लिङ्गों के लिये पत्थर का मन्दिर अधिक शुभ है ॥ ५७ ॥

प्रासादमानेन लिङ्गमानम्

धातुजे रत्नजे बाणे दारुजे च स्वयम्भुवि ।
गृहनूनाधिकं [गृहं न्यूनाधिकं] वाऽपि वक्त्र-
लिङ्गषु पार्थिवः [वक्त्रलिङ्गेषु[3] पार्थिवे] ॥ ५८ ॥

धातुलिङ्ग, रत्नलिङ्ग, वाणलिङ्ग, लकड़ी का लिङ्ग, स्वयम्भू लिङ्ग, मुखलिङ्ग और मिट्टी के लिङ्गों के लिये मन्दिर न्यूनाधिक मान का भी बनाना चाहिये ॥ ५८ ॥

---

१. 'रूपमण्डन' का यह मत अपरा० (२००।९) से तुलनीय है।

निर्व्रणाः सुदृढाः कार्याः प्राञ्जला दोषवर्जिताः ।
शाखोद्भवादिकभेदग्रन्थिकोटरवर्जिताः ॥

(अपरा० २००।९)

२. अपरा० (१९८-२९) का मत है :—

'द्रव्यानुरूपतः कुर्यान्निलयः स्वेच्छया नरः ।'

३. 'रूपमण्डन' का यह वचन अपरा० (१९८।२८) के आधार पर है—

रत्नधातुजलिङ्गानां बाणादेश्च स्वयम्भुवः ।
निलयं न्यूनाधिकं च कुर्याद् वै सर्वकामदम् ॥

प्रासादमानेन लिङ्गमानम्[1]

हस्तमानं भवेल्लिङ्गं वेदहस्ते सुरालये ।
ज्येष्ठलिङ्गै(लिङ्गन्तु) वेदांशे षट्त्रिंशं नवहस्तकम्[2] **।।५९।।**

चार हाथ के सुरालय में लिङ्ग का मान एक हाथ होना चाहिये। छत्तीस हाथ के सुरालय (सुरालय के गर्भगृह) का चतुर्थांश अर्थात् नव हाथ ज्येष्ठ लिङ्ग का मान होना चाहिये ।। ५९ ।।

पञ्चादि भूतवेदांशे[3] **प्रासादे हस्तसंख्यया ।**
मध्यमं पञ्चमांशेन हस्तादिनवहस्तकम् ।। ६० ।।

पैंतालीस हाथ के सुरालय में इसका पञ्चमांश अर्थात् नौ हाथ मध्यम लिङ्ग का मान होना चाहिये ।। ६० ।।

---

१. जैसे अङ्गुल का मान निश्चित नहीं था और उसका मान मुखमान के आधार पर और प्रतिमा द्रव्य की लम्बाई-चौड़ाई के आधार पर निर्धारित किया जाता था (द्रष्टव्य पृ० २२-२५) उसी प्रकार यह हस्तमान भी कोई निश्चित मान नहीं था अपितु गर्भगृह के मान की सापेक्षता के आधार पर निर्धारित किया जाता था। उत्तम, मध्यम और कनीयस् इन तीन प्रकार के लिंगों का मान नौ हाथ ही बताया गया है। किन्तु नौ हाथ की लम्बाई गर्भ गृहमान के सापेक्ष्य सम्बन्ध से तीन लम्बाइयों का था। आनुपातिक सम्बन्ध के लिये द्र० पृ० ७३ ।

२. अपरा० (२०२।४) का पाठ निम्नलिखित है :—

हस्तमानं भवेल्लिगं वेदहस्ते सुरालये ।
सप्तवेदांशं तु लिंगं षट्त्र्यंशेन हस्तकम् ।।

अपरा० का सप्तवेदांशं पाठ अशुद्ध है ।

३. 'रूपमण्डन' का पाठ 'पञ्चादिभूतवेदांशे' है। अपरा० (२०२।५) का पाठ पञ्चादिभूतवेदान्तं और दे० मू० प्र० (६।७६) का पाठ पञ्चादिभूत-वेदान्तं या वेदान्ते है। उपेन्द्रमोहन ने इसकी व्याख्या इस प्रकार की है :— "प्रसादमानस्यावधिमाह पञ्चादीति। पञ्चसंख्याया आदिः पञ्चादिः चतुःसंख्येत्यर्थः। तथा च चतुर्हस्ततोभूतवेदान्ते पञ्चचत्वारिंशद्धस्तमिते प्रासादे हस्तसंख्यया लिंगं स्थाप्यमित्यर्थः।" दे० मू० प्र० पृ० ११० ।

कृ(ऋ)त्वादि युगल(त)त्वान्त[1] [हस्तसंख्या] शिवालये ।
षष्ठांशेन प्रकर्त्तव्यं हस्तादिनवहस्तकम् ॥ ६१ ॥

चौवन हाथ के शिवालय में इसका षष्ठांश अर्थात् नौ हाथ का (कनिष्ठ) लिङ्ग बनाना चाहिये ॥ ६१ ॥

कनिष्ठा(ष्ठ)ज्येष्ठलिङ्गेषु मध्यमामध्यमेषु च ।
प्रासादाः कन्यसे ज्येष्ठाः सीमामानमिदं स्मृतम् ॥६२॥

कनिष्ठ, ज्येष्ठ, मध्यम और अमध्यम लिङ्गों का मान तथा कनिष्ठ और ज्येष्ठ प्रासाद का यही सीमामान है ॥ ६२ ॥

गर्भे पञ्चांशके त्र्यंशे ज्येष्ठलिङ्गं तु मध्यमम् ।
नवांशं पञ्चभागं स्याद् गर्भार्धं कन्यसोदयम् ॥६३॥

गर्भगृह का पाँच भाग करके उसके तीन भाग के बराबर मध्यम लिंग का मान है। नव भाग करके उसके पाँच भाग के बराबर मध्यम लिंग का मान है। गर्भगृह का अर्द्धांश कनीयस् लिंग का मान है ॥ ६३ ॥

यह ब्याख्या समीचीन है। पञ्च की आदि संख्या ४ है और वेद जो चार की संख्या का वाचक है उसकी अन्तिम संख्या (बाद की संख्या) ५ है। इस प्रकार पञ्चादिभूतवेदान्ते का अर्थ ४५ है।

१. 'कृत्वादियुगलत्वान्तं' पाठ अशुद्ध है। दे० मू० प्र० (६।७०) का पाठ 'रित्यादि युगलं चान्ते' भी भ्रष्ट है। उपेन्द्रमोहन (दे० मू० प्र० पृ० ११०) ने इस पाठ तथा इसके अर्थ के विषय में लिखा है 'रित्यादियुगल'मित्ययं दुर्ग्रहार्थः पाठः यच्च समानतंत्रे रूपमण्डने 'कृत्वा द्वियुगलम्' इति पाठः सोऽपि दुर्ज्ञेयप्रकृतिप्रयोग इत्युपेक्षितः।'' किन्तु, 'रूपमण्डन' के पाठ का संस्कार अपरा० (२०२।६) के आधार पर सफलतापूर्वक किया जा सकता है। अपरा० का पाठ "ऋत्वादि युगतत्त्वान्ता हस्तसंख्या शिवालये" है। ऋत्वादि का अर्थ ५ है। (ऋतु अर्थात् ६ के आदि में जो अर्थात् ५) युगतत्त्व का अर्थ है ४। इस प्रकार ऋत्वादि युगतत्त्वान्ता का अर्थ हुआ जिस संख्या के आदि में ५ और अन्त में ४ है अर्थात् ५४। अपरा० का पाठ भी कुछ संस्कार की अपेक्षा रखता है। इसका शुद्ध पाठ 'ऋत्वादि युगतत्त्वान्ते हस्तसंख्ये शिवालये' होगा।

लिङ्गे शुभचिह्नानि[1]

पद्मं शङ्खो ध्वजा छत्रं खड्गं शक्तिकचामरे ।
वज्रं दण्डोर्ध्वभागञ्च(ऽर्धचन्द्रश्च)चक्रं मत्स्यौ घटः शुभः ।६४।
सौख्यदं चिह्नमित्याधा(द्य)मावर्त्तो दक्षिणेऽपि यः ।
श्वेतरक्ता पीतकृष्णा रेखा वर्णेषु सौख्यदा ।। ६५ ।।

पद्म, शङ्ख, ध्वजा, छत्र, खड्ग, शक्ति, चामर, वज्र, दण्ड, अर्द्धचन्द्र, चक्र, मत्स्य, घट, आवर्त आदि सुख देने वाले चिन्ह जिन लिङ्गों के दक्षिणी भाग में हैं वे लिङ्ग शुभ अर्थात् अच्छे हैं। जिन पर श्वेत, लाल, पीले और काले वर्ण की रेखाएँ हों वे भी सुख देनेवाले हैं ।। ६४-६५ ।।

लिङ्गब्रह्मादिभागः

ब्रह्मांशश्चतुरस्रोऽधो मध्येऽष्टास्रस्तु वैष्णवः ।
पूजाभागः सुवृत्त[ः] स्यात् पीठोर्ध्वं शंकरस्य च ।।६६।।

नीचे का चौकोर अंश ब्रह्मा का, अष्टकोणात्मक अंश विष्णु और पीठ के ऊपर का गोल और पूजा भाग शिव अंश है ।। ६६ ।।

लिङ्गस्यार्द्धविभागाः

पूजायामे कलांशे च लिङ्गचित्रं(ह्नं) दशांशकैः ।
पीठस्यार्धे द्विभागे च रेखा कार्या प्रदक्षिणे ।।६७।।

---

१. इस विषय का अपरा० (२०३।१-३५) में अच्छा विवेचन है।

२. यह विवेचन अपरा० (२०३।३६-३९) से तुलनीय है। अपरा० का विवरण इस प्रकार :—

पूजाभागो मस्तकाद्यो विभक्तस्तु कलांशकैः ।
पीठोर्ध्वं दशमान्ते च लिङ्गाकृति च लक्षणम् ।।
पृथुत्वमष्टमांशेनोभयरेखान्तरे विदुः ।
मस्तकं लिङ्गकाकारं लक्षितं च चतुर्विधम् (पञ्चधा तथा) ।।

पूजा भाग के सोलह भाग करके उसके दशांश में लिङ्-चित्र बनाना चाहिये। पीठ के अर्द्ध के दो भाग में दक्षिण की तरफ लिङ्ग में रेखा बनानी चाहिये ॥ ६७ ॥

मस्तकं मानमध्ये तु बाह्योऽङ्गे राष्ट्रविभ्रमः ।
छत्राभमष्टमांशेन सार्धे द्व्यंशं षडङ्गके ॥ ६८ ॥
त्रपुषाभं विस्तरार्धं कुक्कुटाण्डं शिरो मतम् ।
त्रिभागे लिङ्गविस्तारे एकांशेनार्धचन्द्रकम् ॥६९॥
सार्धत्र्यंशेन तुल्यं स्यादष्टांशे बुद्बुदाकृति[1] ।
ऊर्ध्वाधोमध्यहीनं यल्लिङ्गं नाशकरं भवेत् ॥७०॥

लिङ्ग-मान के मध्य में मस्तक बनाना चाहिये। मध्य में न बनाकर बाहर बनाने से राष्ट्रविभ्रम होता है। लिङ्ग के अष्टमांश के ढाई अंश में छत्राभ, छठे में त्रपुषाभ, लिङ्ग के विस्तार के आधे में कुक्कुटाण्ड की तरह, लिङ्ग के विस्तार का तीन भाग करके उसके एक भाग में अर्द्धचन्द्र की तरह और लिङ्ग के आठवें अंश में बूँद की आकृति की तरह लिङ्ग का शीर्ष-भाग बनाना चाहिये। ऊर्ध्व, मध्य या अधः भाग में हीन लिङ्ग नाश करनेवाला होता है ॥ ६८-७० ॥

---

१. अपरा० में पाँच प्रकार के शिरोविधान का वर्णन है :—

पूजाभाग ऊर्ध्वतः स्याद्रुद्रांशो वृत्तसंज्ञकः ॥
विस्तारं चास्य लिङ्गस्य तदन्तमुपलक्षयेत् ।
विभक्तिर्मस्तके तेषां लिङ्गानां पञ्चधा भवेत् ॥
छत्राकारमष्टमांशे सार्धद्व्यंशं षडंशके ।
त्रपुषाभं वेदभक्ते द्विभागं कुक्कुटाण्डकम् ॥
त्रिभक्ते लिङ्गविस्तारे चैकांशमर्धचन्द्रकम् ।
सार्धत्र्यंशेन तुल्यं स्यादष्टांशे बुद्बुदाकृति ॥

(अपरा० २०२।३३–३६)

'रूपमण्डन' का 'लिङ्गशिरोविधान वर्णन' कुछ सामान्य हेर-फेर के साथ अपरा० का ही है।

घटितरत्नलिङ्गलक्षणम्

दीर्घे वा सन्धिरेखाभिर्युक्तं काकपदाकृति
लिङ्गं नान्याश्रितं लिङ्गमाश्रिताः सर्वदेवताः ।
स्थापयेन्मुख्यदेवस्य स्कन्ध मेढ्रान्तरे सुरान् ।।७१।।

बड़ी सन्धिरेखा तथा काकपदाकृति से युक्त (लिङ्ग भी हानिकारक है) ॥ ७० ॥

लिङ्ग किसी का आश्रित नहीं होता । सभी देवता लिङ्ग के आश्रित होते हैं । मन्दिर में मुख्य देवता (शिव) के स्कन्ध और मेढ्र के अन्तर पर (बीच में) अन्य देवताओं की स्थापना करनी चाहिये ॥ ७१ ॥

वाणोत्पत्तिस्थानम्[1]

वाराणस्यां प्रयागे च गङ्गायाः सङ्गमेषु च ।
कुरुक्षेत्रे सरस्वत्यां बाणलिङ्गं सुखावहम् ।। ७२ ।।

वाराणसी, प्रयाग और गंगा के संगम में, कुरुक्षेत्र और सरस्वती में वाणलिंग सुखप्रद है ॥ ७२ ॥

यानि वै नर्मदायाञ्च अन्तर्वेद्याञ्च सङ्गमे ।
केदारे च प्रभासे च बाणलिङ्गं सुखावहम् ।। ७३ ।।

जो नर्मदा और अन्तर्वेदि का संगम है वहाँ तथा केदार और प्रभास में भी वाणलिंग सुखप्रद है ॥ ७३ ॥

'अग्निपुराण' का 'लिङ्गशिरोविधान' का वर्णन निम्नलिखित है :—

मूर्द्धान्तो भूतभागेशो व्यक्तेऽव्यक्ते च तद्वति ।
पञ्चलिंगव्यवस्थायां शिरो वर्तुलमुच्यते ।।
छत्राभं कुक्कुटाभं वा बालेन्दुप्रतिमाकृतिः ।
एकैकस्य चतुर्भेदैः काम्यभेदात् फलं वदे ।।
(अग्नि० ५४।३३–३४)

१. वाणलिंग की उत्पत्ति के सम्बन्ध में अपरा० अध्याय २०५ में विस्तृत कथा है ।

वाणपरीक्षा

त्रिपञ्चवारं यस्यैव तुलासाम्यं न जायते ।
तदा वाणः समाख्यातः शेषं पाषाणसम्भवम् ।। ७४ ।।

तीन या पाँच बार तौलने पर जिसका भार समान न उतरे उसे वाण कहते हैं, शेष पाषाणमात्र ही है ।। ७४ ।।

वर्ज्यलिङ्गानि

स्थूलं खण्डञ्च (खर्वञ्च) दीर्घञ्च स्फुटितं छिद्रसंयुतम् ।
विन्दुयुक्तं च शूलाग्रं कृष्णं च चिपिटं तथा ।।७५।।
वक्रञ्च मध्यहीनञ्च बहुवर्णञ्च यद् भवेत् ।
वर्जयेन्मतिमाँल्लिङ्गं सर्वदोषकरं यतः ।। ७६ ।।

स्थूल, खरोंचदार (या खण्डित) दीर्घ, चिटका हुआ, छिद्रयुक्त, बिन्दुयुक्त, जिसके अग्र में शूल हो अर्थात् नुकीला हो, चिपटा, चक्रवाला, मध्यहीन लिंग बुद्धिमानों को विसर्जित कर देना चाहिये; क्योंकि ऐसे लिंग समस्त दोषों को उत्पन्न करने वाले होते हैं ।। ७५-७६ ।।

ग्रन्थान्तरे

महानदीसमुद्भूतं सिद्धक्षेत्रादिसम्भवम् ।
पाषाणं परया भक्त्या लिङ्गवत् पूजयेत् सुधीः ।। ७७ ।।

महानदी और सिद्ध क्षेत्रों से उत्पन्न पाषाण को लिंग के समान ही पूरी भक्ति के साथ विद्वानों को पूजना चाहिये ।। ७७ ।।

सदोषं गुणसंयुक्तं बाणं पूज्यं हि नित्यशः ।
बलाल्लक्ष्मीं समाकृष्य भुज्यते वाणलिङ्गतः ।। ७८ ।।

दोषयुक्त अथवा गुणरूपयुक्त, जैसा भी हो वाणलिंग नित्यशः पूज्य है। वाणलिंग लक्ष्मी को बलात् खींचकर उपभोग के लिये प्रस्तुत करता है ।। ७८ ।।

सर्वव्रततपोदानतीर्थदेवेषु यत्फलम् ।
तत् फलं कोटिगुणितं प्राप्यते लिङ्गपूजनात् ।। ७९ ।।

सभी प्रकार के व्रत, तप, दान, तीर्थाटन और देवपूजा का जो फल है उसका करोड़ों गुना फल लिंग पूजा से प्राप्त होता है ॥ ७९ ॥

शतवारं कुरुक्षेत्रे सहस्रं जाह्नवीजले ।
लक्षवारं नर्मदायां कोटिं च कुरुजाङ्गले[1] ॥ ८० ॥

कृत्वा स्नानं तथा पिण्डं होमं दानं च भोजनम् ।
गुणिते कोटिवारश्च सर्वपुण्यं लभेन्नरः ॥ ८१ ॥

कुरुक्षेत्र में सौ बार, गंगा में सहस्र बार, नर्मदा में लाख बार, कुरुजांगल[1] में करोड़ बार स्नान करने तथा होम, पिण्ड और भोजन तथा दानादि करने से जो पुण्य होता है, उसका करोड़ गुना पुण्य मनुष्य को वाणपूजन से होता है ॥ ८०–८१ ॥

पद्मे (धातवे) शतहस्तेषु बाणे त्विषुशतेषु च ।
स्वयम्भुवि सहस्रान्तं शिवतीर्थोदकं स्मृतम् ॥ ८२ ॥

शिवतीर्थोदक धातुलिंग पर चढ़ाया गया सौ गुना, वाणलिंग पर चढ़ाया गया पाँच सौ गुना और स्वयम्भू लिंग पर चढ़ाया गया हजार गुना पवित्र माना गया है ॥ ८२ ॥

वाहनविधिः

लिङ्गायामसमो दैर्घ्ये उच्छ्रायः पीठिकासमः ।
समभागायतो वृषः पञ्चभागोन्नतो भवेत् ॥ ८३ ॥

लिंग के आयाम के समान वृष की दीर्घता, पीठिका के समान ऊँचाई और उसीके बराबर आयाम होना चाहिये। वृष के आयाम के पंचम अंश के बराबर वृष के ककुद की ऊँचाई होनी चाहिये ॥ ८३ ॥

---

१. कुरुजांगल प्रदेश कुरुक्षेत्र ही में था और सरस्वती नदी पर स्थित काम्यक-वन से लेकर यमुना तट पर स्थित खाण्डव बन तक फैला हुआ था। विमल चरण ला, हिस्टारिकल ज्योग्रफी आफ एसियण्ट इण्डिया पृ० १०१।

वाणलिङ्गे वृषं कुर्यात् स्वयम्भूर्मुखमृण्मये ।
शते सहस्रलिङ्गे च वृषं न्यूनाधिकं विदुः ॥ ८४ ॥

वाणलिंग के साथ भी वृष बनाना चाहिये। स्वयम्भू लिंग मिट्टी के लिंग, शतलिंग और सहस्र लिंग के साथ भी बुद्धिमानों को लिंगानुसार मान के आधार पर न्यूनाधिक मान का वृष बनाना चाहिये ॥ ८४ ॥

लिङ्गानि

पीठिका[1]

विस्तारस्य त्रिभागेण प्रणालं चाधिकं मतम्[2] **।**
तदर्धेनग्न(नाग्र)विस्तारं त्रिभागो जलवाहकः ॥ ८५ ॥

लिंग के विस्तार के तीन भाग से कुछ अधिक में प्रणाल बनाना चाहिये। प्रणाल के आधे अग्र विस्तार के तीन भागों में जलवाहक बनाना चाहिये ॥ ८५ ॥

---

१. पीठिका के विशेष विवरण के लिये द्रष्टव्य अग्नि० अ० ५४-५५ ।

२. यह विवरण अग्नि० (५४।२१-२२) से तुलनीय है। 'अग्निपुराण' का विवरण इस प्रकार है :—

प्रणालस्य त्रिभागेण निर्गमस्तु त्रिभागतः ॥
मूलेऽङ्गुल्यग्रविस्तारमग्रे त्र्यंशेन चार्द्धतः ।
ईषन्निम्नन्तु, कुर्वीत खातं तच्चोत्तरेण वै ॥

तथा :—

सममूलस्य विस्तारमग्रे कुर्य्यात् तदर्द्धतः ।
विस्तारस्य तृतीयेन तोयमार्गन्तु कारयेत् ॥
(अग्नि० ५५।४)

इस प्रसंग में अपरा० २०७।२ का विवरण भी द्रष्टव्य है :—

प्रणालं तु त्रिभागेण स्कन्धद्रव्यार्धकं तथा ।
त्रिधा विभक्तमग्रं वै मध्यांशे जलमार्गतः ॥

पीठिका

पृथुत्वं पीठिकायास्तु लिङ्गायामसमं भवेत्[1] ।
उदयो विष्णुभागान्ते उमावत्[2] पीठिका स्मृता ॥ ८६ ॥

लिंग के आयाम के बराबर पीठिका की मोटाई होनी चाहिये। लिंग के विष्णु भाग के अन्त में पीठिका का आकार उमा (योनि ?) की तरह होना चाहिये ॥ ८६ ॥

जात्यैकया विधातव्यं नित्य(नेष्ट)मन्योन्यसङ्कुलम्[3] ।
आहुः शैलद्रुमे(द्रुमैः)[4] केचित् पीठं पक्वेष्टकामयम् ॥८७॥

जिस द्रव्य का लिंग हो उसी द्रव्य की पीठिका होनी चाहिये, दोनों दो पृथक् द्रव्यों की न हों। किसी किसी का अभिमत है कि पीठिका पहाड़ी लकड़ी अथवा पकी इंट की भी निर्मित हो सकती है ॥ ८७ ॥

---

१. अपरा० (२०७।१) का भी यही मत है :—

लिंगायामसमं पीठे पृथुत्वं तु प्रमाणतः ।

मत्स्य० (२६१।२०) का मत 'अर्चायामसमन्दैर्घ्यं लिंगायामसमन्तथा' भी तुलनीय है।

२. उमा तु पीठिका ज्ञेया लिंगं शङ्कर उच्यते। (अपरा० २०७।३१)

३. मत्स्य० (२६१।२०) का अभिमत भी इसी प्रकार है :—

शैले शैलमयीं दद्यात् पार्थिवे पार्थिवीं तथा ॥
दारुजे दारुजां कुर्यात् मिश्रो मिश्रां तथैव च ।
नान्ययोनिस्तु कर्तव्या सदा शुभफलेप्सुभिः ॥

अपरा० का भी विवरण इसी प्रकार है :—

शैले नियोजयेच्छैलीं दारुजे दारुजां तथा ।
पार्थिवे पार्थिवा कार्या लोहजे लोहजोत्तमा ॥
रत्नजे धातुजा शस्ता रत्नजा तु विशेषतः ।
नान्ययोनिं प्रकुर्वीत कृतायां वैरविग्रहे ॥
(अपरा० २०७।२८-२९)

४. 'रूपमण्डन' का मूलपाठ 'आहुः शैलद्रुमे केचित् पीठं पक्वेष्टकामयम्' है। 'द्रुमे' पाठ के आधार पर यह अर्थ होगा कि पहाड़ी लकड़ी से बने लिंग की पीठिका। पकी ईंट की बनाने का भी विधान कहा गया है। किन्तु 'द्रुमे' की अपेक्षा 'द्रुमैः' पाठ स्वीकार करना और भी अच्छा होगा और तब अर्थ होगा कि किसी-किसी का अभिमत है कि पीठिका पहाड़ी लकड़ी अथवा पकी इंट की भी निर्मित हो सकती है।

उपर्युपरि पीठानां सन्धिरङ्गावसानके ।
जा(ना)लस्य मध्यमध्ये च कर्णे सन्धिं न लन्धयेत् ॥८८॥

पीठिका के ऊपर और अन्त में, नाली (प्रणाली) के बीचोंबीच और कर्ण में जोड़ नहीं रखना चाहिये ॥ ८८ ॥

चतुरस्रादिवृत्तान्ता पीठिका दशधा स्मृता[1] ।
उन्नता दर्पणाकारा बाह्ये मेखलयाऽन्विता ॥ ८९ ॥

चौकोर, गोल आदि भेद से पीठिका दस प्रकार की होती है । ऊँची, दर्पण के आकार की गोल, जिसमें बाहर की ओर मेखला हो ॥ ८९ ॥

त्रिंशदंशस्तु पिण्ड्याश्च जगत्याञ्च परिक्षिपेत् ।
ऊर्ध्वाधो (जाड्यकुम्भस्य ?) तन्मध्ये कनकं भवेत्[2] ।९०।

पीठिका के तीसवें हिस्से के बराबर जगती बनानी चाहिये ॥ ९० ॥

अर्द्धा(अर्चा)[3] दैर्घ्यसमा दैर्घ्ये लिङ्गायामायता भवेत् ।
यस्य देवस्य या पत्नी पीठे तां परिकल्पयेत् ॥९१॥

पीठिका की दीर्घता अर्चा (लिंग) की दीर्घता के समान तथा पीठिका

---

१. मत्स्य० (२६१।१८) का वचन है :—

देवस्य यजनार्थन्तु पीठिका दश कीर्तिता ।

विशेष विवरण के लिये द्रष्टव्य मत्स्य० अध्याय २६१ ।

२. पाठ भ्रष्ट है । संस्कार भी सम्भव नहीं हुआ । पीठिका का पूर्ण विवरण मत्स्य० अध्याय २६१, अग्नि० अध्याय ५५ और अपरा० अ० २०७ द्रष्टव्य है ।

३. 'रूपमण्डन' में अर्द्धा पाठ है । उपेन्द्रमोहन ने इस पाठ का संस्कार नहीं किया है और प्रश्नचिह्न (?) लगाकर छोड़ दिया है । किन्तु यह श्लोक मत्स्य० (२६१।१९) का उद्धरणमात्र है । मत्स्य० में पाठ अर्द्धा नहीं अर्चा है । पूरा श्लोक इस प्रकार है :—

अर्च्चायामसमं दैर्घ्यं लिंगायामसमं तथा ।
यस्य देवस्य या पत्नी तां पीठे परिकल्पयेत् ॥

अपरा० (२०७।११ और ३०) का भी यही मत है :—

यावद्दीर्घं भवेल्लिंगं तावान् पीठस्य विस्तरः ।

का आयाम लिङ्ग के ही आयाम के समान होना चाहिये। जिस देवता की जो पत्नी हो उसको उसी की पीठिका पर स्थापित करना चाहिये ॥९१॥

मुखलिङ्गम्

मुखलिङ्गं त्रिवक्त्रं वा एकवक्त्रञ्चतुर्मुखम् ।
सम्मुखं चैकवक्त्रं स्यात्त्रिवक्त्रे पृष्ठतो नहि ॥ ९२ ॥
पश्चिमास्यं स्थितं शुभ्रं कुङ्कुमाभं तथोत्तरम् ।
याम्यं कृष्णं करालं स्यात् प्राच्यां दीप्ताग्निसन्निभम् ।९३।
सद्यो वामं तथाऽघोरं तत्पुरुष चतुर्थकम् ।
पञ्चमञ्च तथेशानं योगिनामथ(प्य)गोचरम् ॥ ९४ ॥

मुखलिङ्ग तीन मुखवाला, एक मुखवाला और चार मुखवाला होना चाहिये। एक मुखवाले लिङ्ग में मुख सामने रहता है। तीन मुखवाले में मुख पीछे की ओर नहीं रहता। चारमुख वाले में पीछेवाला मुख उजला होना चाहिये, उत्तरवाला लाल, दक्षिणवाला काला भयंकर और सामनेवाला प्रज्वलित अग्नि की तरह होना चाहिये। सद्योजात, वामदेव, अघोर और चौथे तत्पुरुष हैं। पाँचवें ईशान हैं, जिन्हें योगी भी नहीं जानते ॥ ९२–९४ ॥

एकद्वारशिवायतनम्[1]

वामे गणाधिपः स्थाप्यो दक्षिणे पार्वती तथा[2] ।
नैर्ऋत्ये भास्करं विद्याद् वायव्ये च जनार्दनम् ॥ ९५ ॥
मातृभिर्मातृकास्थानं कारयेद्दक्षिणां दिशम्[3] ।
सौम्ये शान्तिगृह कुर्याद् यक्षाधीशं तु पश्चिमे[4] ॥ ९६ ॥

---

१. यह विवरण अपरा० (१२१।४५) का उद्धरण है।

२. अपरा० का पाठ है 'वामे गणपतिश्चैव दक्षिणे पार्वती स्थिता'।

३. अपरा० का पाठ है 'मातृभ्यो मातृसंस्थानं दक्षिणस्यां हि कारयेत्'।

४. अपरा० के अनुसार पश्चिम में यक्षाधीश नहीं, अपितु जलशायी का स्थान है। अपरा० का पाठ इस प्रकार है :—

सौम्ये शान्तिगृहं कुर्यात् पश्चिमे जलशायिनम्।

(अपरा० १२१।५)

बाँए गणेश को स्थापित करना चाहिये और दाँए पार्वती को। नैर्ऋत्य में भास्कर तथा वायुकोण में जनार्दन को स्थापित करना चाहिये। मातृकाओं का स्थान दक्षिण दिशा में करना चाहिये। उत्तर में शान्तिगृह बनाना चाहिये और कुबेर को पश्चिम में स्थापित करना चाहिये ॥ ९५–९६ ॥

चतुर्मुखशिवायतनम्[1]

वामहस्ते गृहं[2] कुर्याद्यशोद्वारञ्च[3] दक्षिणे।
मध्ये रुद्रः प्रतिष्ठाप्यो मातृस्थानञ्च दक्षिणे ॥ ९७ ॥

वामे देवो महालक्ष्मीरुमा [वै] भैरवस्तथा[4]।
ब्रह्माविष्णुस्तथा रुद्रः पृष्ठदेशे तु कारयेत् ॥ ९८ ॥

इन्द्रादित्यौ च कर्णौ च(कर्णयोश्च)
आग्नेय्यां स्कन्द एव च[6]।
ईशाने विघ्नराजस्य(स्तु)[7] धूम्र ईशानगोचरे ॥ ९९ ॥

बाँए हाथ की ओर गृह (शान्तिगृह) बनाना चाहिये और दक्षिण में यशोद्वार। बीच में रुद्र की प्रतिष्ठा करनी चाहिये तथा दक्षिण में मातृकाओं की। रुद्र के बाँए देवी महालक्ष्मी उमा और भैरव तथा रुद्र (के) पाछे (?) ब्रह्मा और विष्णु को बनाना चाहिये। आग्नेयदिशा में कर्णकोण पर इन्द्र, आदित्य और स्कन्द को तथा ईशानकोण में गणेश और धूम्र को स्थापित करना चाहिये ॥ ९७–९९ ॥

---

१. 'रूपमण्डन' का 'चतुर्मुखशिवायतन' वर्णन भी अपरा० १२१।६–८ है।
२. अपरा० का पाठ 'वामे स्नानगृहं' है।
३. अपरा० का पाठ 'सोमद्वारं' है।
४. अपरा० का पाठ 'वामे देवीं महालक्ष्मीमुमां वै भैरवीं तथा' है। यह पाठ 'रूपमण्डन' की अपेक्षा अधिक शुद्ध है।
५. अपरा० का पाठ 'ब्रह्माविष्णू तथा रुद्रं' है।
६. अपरा० का पाठ 'चन्द्रादित्यौ स्थितौ कर्णे ह्याग्नेयां स्कन्द एव च' है।
७. 'रूपमण्डन' के पाठ 'विघ्नराजस्य' का संशोधन उपेन्द्रमोहन ने 'विघ्न-

शिवप्रतिहारौ[1]

मातुलिङ्गञ्च नागेन्द्रं डमरुं बीजपूरकम् ।
नन्दी मुकुटशोभाढ्यः सर्वाभरणभूषितः ॥१००॥

नन्दी सभी आभूषणों से विभूषित होकर और सुन्दर मुकुट धारण किये हुये अपने हाथों में मातुलिङ्ग, सर्प, डमरु और बीजपूर धारण किये होते हैं ॥ १०० ॥

खट्वाङ्गश्च कपालञ्च डमरुं बीजपूरकम् ।
दंष्ट्राकरालवदनो महाकालस्तु दक्षिणे ॥१०१॥

भयंकर दाँत और मुखवाले महाकाल दक्षिण में स्थित हैं और उनके हाथों में खट्वाङ्ग, कपाल, डमरु और बीजपूरक है ॥ १०१ ॥

दक्षिणप्रतिहारौ[2]

तर्जनी च त्रिशूलञ्च डमरुं गज(द)मेव च ।
हेरम्बो वामभागे स्याद् भृङ्गी दक्षिणतः स्मृतः ॥१०२॥
गजं (गदां)[3] डमरुखट्वाङ्गं तर्जनीं वामहस्ततः ।
उभौ च दक्षिणे द्वारे भृङ्गी दक्षिणतः स्मृतः ॥१०३॥

बाँए भाग में तर्जनी, त्रिशूल, डमरु, गज (गदा ?) धारण किये हुये हेरम्ब स्थित हैं और भृङ्गी दक्षिण में गज (गदा ?) डमरु, खट्वाङ्ग धारण किये हुये तथा एक बाँया हाथ तर्जनी मुद्रा में किये हुये स्थित हैं। दोनों की स्थिति दक्षिण द्वार पर कही गयी है और भृङ्गी दाएँ रहते हैं।१०२-१०३।

राजोऽस्य' किया है। अपरा० का पाठ 'विघ्नराजस्तु' है। किन्तु इसका उचित संस्कार 'विघ्नराजश्च' के रूप में करना अपेक्षाकृत उचित है।

१. 'रूपमण्डन' का शिवप्रतिहार विवरण अपरा० २१३।१-८ का उद्धरण है।

२. हेरम्ब और भृङ्गी का विवरण अपरा० (२१३।३-४) में थोड़ा भिन्न है :-

तर्जनीत्रिशूलं चैव गदां डमरुकं तथा।
हेरम्बो वामभागे हि भृङ्गीच दक्षिणे स्मृतः ॥
गदाडमरुखट्वाङ्गं तर्जनीं वामहस्तके।
उभौ च दक्षिणद्वारे भृङ्गी दक्षिणतः शुभः ॥

३. तालिका-संख्या २१ (पृ० ६८) में हेरम्ब और भृङ्गी के हाथों में गज के स्थान पर गदा ही समझना चाहिये।

पश्चिमप्रतिहारौ

त्रिशूलं डमरुं चैव खट्वाङ्गं च कपालकम्[1] ।
कपालं डमरुं दन्तं बीजपूरं तथा दधत्[2] ॥१०४॥
दुर्मुखः पश्चिमे वामे पाण्डुरो दक्षिणे तथा ।

पश्चिम द्वार पर त्रिशूल, डमरु, खट्वाङ्ग और कपाल धारण किये हुए दुर्मुख बाएँ; और कपाल, डमरु, दंत तथा बीजपूरक लिये हुये पाण्डुर दाएँ स्थित हैं ॥ १०४ ॥

उत्तरप्रतीहारौ

मातुलिङ्गं मृणालश्च खट्वाङ्गं पद्मदण्डकौ[3] ॥१०५॥
सितो वामेऽसितो दक्षे उत्तरद्वारसंस्थितौ ।
पद्मं दण्डश्च खट्वाङ्गं मृणालं बीजपूरकम् ॥१०६॥

उत्तर द्वार पर बाँए सित मातुलिङ्ग, मृणाल, खट्वाङ्ग और पद्मदण्डक (कमलनाल) और दाएँ असित पद्मदण्डक, खट्वाङ्ग, मृणाल और बीजपूरक लिये हुये स्थित हैं ॥ १०५–१०६ ॥

इति शिवप्रतिहारौ ।

इति सूत्रधारमण्डनविरचिते वास्तुशास्त्रे रूपमण्डने शिवमूर्तिशिवलिङ्ग-लक्षणाधिकारश्चतुर्थोऽध्यायः ॥ ४ ॥

---

१. अपरा० में 'बीजपूरकम्' पाठ है ।

२. अपरा० (२१३।६) में पाण्डुर का वर्णन 'खट्वाङ्गं च कपालं च डमरु-बीजपूरकम्' है ।

३. अपरा० में उत्तर दिशा के प्रतिहारों का विवरण इस प्रकार है :—

मातुलिङ्गं मृणालं च खट्वाङ्गं पद्मदण्डकम् ।
सितश्चोत्तरे द्वारे वामे चैव व्यवस्थितः ॥
पद्मखण्डं च खट्वाङ्गं मृणालं बीजपूरकम् ।
असितो दक्षिणे भागे उत्तरे द्वार एव च ॥
(अपरा० २१३।७-८)

पञ्चमोऽध्यायः

[शाक्ताधिकारः]

गौरीमूर्त्तेः सामान्यलक्षणम्[1]

अथ गौर्याः प्रवक्ष्यामि प्रमाणं मूर्तिनिर्णयम् ।
चतुर्भुजा त्रिनेत्रा या सर्वाभरणभूषणा ॥ १ ॥

अब गौरी की प्रतिमा का प्रमाण और निर्णय कहूँगा। गौरी के चार हाथ, तीन नेत्र हैं तथा वह सभी आभूषणों से विभूषित है ॥ १ ॥

उमा[2]

अक्षसूत्राम्बुजं धत्ते दर्पणञ्च कमण्डलुम् ।
उमानाम्नी भवेन्मूर्त्तिर्वन्दिता त्रिदशैरपि ॥ २ ॥

देवताओं से वन्दित उमा की मूर्ति के चारों हाथों में क्रमशः अक्षसूत्र, कमल, दर्पण एवं कमण्डलु है ॥ २ ॥

पार्वती[3]

अक्षसूत्रां शिवां देवीं गणाध्यक्षकमण्डलुम् ।
(अक्षसूत्रं शिवं देवं गणाध्यक्षं कमण्डलुम्)[4] **।**
पक्षद्वयेऽग्निकुण्डञ्च पार्वती पर्वतोद्भवा ॥ ३ ॥

पर्वतपुत्री पार्वती की मूर्ति के साथ शिव, गोद में गणेश, हाथों में अक्षसूत्र और कमण्डलु तथा उसके दोनों ओर अग्निकुण्ड होता है ॥ ३ ॥

---

१. गौरी के सामान्य लक्षणों का विवेचन अपरा० (२२२।१–५) में है। 'रूपमण्डन' का यह श्लोक अपरा० २२२।१ और २२२।५ की प्रथम पंक्तियों के चयन से बनाया गया है।

२. सामान्य अन्तर के साथ यह श्लोक अपरा० २२२।८ का उद्धरण है।

३. यह श्लोक अपरा० २२२।९ का उद्धरण है।

४. अपरा० का पाठ 'अक्षसूत्रं शिवो देवो गणाध्यक्षः कमण्डलुः' है।

श्रिया[1]

अक्षसूत्रं तथा पद्ममभयञ्च वरन्तथा ।

गोधासना प्रिया (श्रिया) मूर्त्तिर्गृहे पूज्या श्रियै सदा ॥४॥

श्रिया की मूर्ति अपने हाथों में क्रमशः अक्षसूत्र, कमल, अभय (अभयमुद्रा) तथा वर (वरदमुद्रा) धारण करती है तथा गोधाचर्म के आसन पर स्थित है। घर में उसकी पूजा सदा कल्याणप्रद होती है ॥ ४ ॥

रम्भा[2]

कमण्डलवक्षसूत्रञ्च बिभ्राणा वज्रमङ्कुशम् ।

गजासनस्थिता रम्भा कर्त्तव्या सर्वकामदा ॥ ५ ॥

रम्भा की मूर्ति कमण्डलु, अक्षसूत्र, वज्र तथा अंकुश धारण की हुई तथा गज चर्म के आसन पर बैठी बनानी चाहिए। यह सर्व कामप्रद है ॥ ५ ॥

तोतला[3]

शूलाक्षसूत्रं दण्डञ्च बिभ्राणा चैव चामरम् ।

तोतला कथिता चेयं सर्वकोपप्रणाशनी ॥ ६ ॥

---

१. यह विवरण अपरा० २२२।१२ के आधार पर है। अपरा० का विवरण निम्नलिखित है :—

अक्षपद्माभयवरं गोधिकासनसंस्थिता ।
श्रियामूर्तिस्तु तन्नाम गृहे पूज्या श्रिये सदा ॥

२. रम्भा का यह विवरण अपरा० २२२।१५ के आधार पर है। अपरा० का विवरण निम्नलिखित है :—

कमण्डल्वक्षवज्राश्च अङ्कुशो गजसंस्थिता ।
तथाऽप्रतिमरूपा च रम्भा नाम तु कामदा ॥

३. अपरा० में तोतला का विवरण भिन्न है :—

अक्षसूत्रं तथा दण्डः खेटकं चामरं तथा ।
श्वेता ध्यानार्चनाद्देवी तोतला विषनाशिनी ॥
(अपरा० २२२।१८)

तोतला की प्रतिमा शूल, अक्षसूत्र, दण्ड और चामर धारण की हुई बनानी चाहिये यह सभी कोपों का नाश करनेवाली है ॥ ६ ॥

त्रिपुरा[1]

नागपाशाङ्कुशौ चैव(वा)भयदं वरदं करम् ।
त्रिपुरानाम सा पूज्या वन्दिता त्रिदशैरपि ॥ ७ ॥

त्रिपुरा के दोनों हाथों में क्रमशः नागपाश और अङ्कुश होते हैं तथा एक हाथ अभयमुद्रा में और एक हाथ वरदमुद्रा में होता है। यह देवताओं द्वारा वन्दित तथा पूजित है ॥ ७ ॥

गौर्यायतनम्

वक्ष्यामि गौर्यायतनं देवतानामनुक्रमात् ।
वामे सिद्धिः श्रिया याम्ये सावित्री चैव पश्चिमे ॥ ८ ॥

देवताओं के क्रम से गौरी का आयतन कह रहा हूँ। उसके बाँए में सिद्धि, दक्षिण में श्रिया तथा पश्चिम में सावित्री की मूर्ति बनानी चाहिये ॥ ८ ॥

---

१. अपरा० का विवरण भी इसी प्रकार का है :—

पाशाङ्कुशाभयवरा धनेस्या(?)च्च चतुर्भुजा ।
त्रिपुरा नाम संपूज्या वन्दिता त्रिदशैरपि ॥

(अपरा० २२२।१९)

२. 'रूपमण्डन' का यह विवरण अपरा० (१२१।१८–२०) के आधार पर है। सूत्रधार ने अपरा० के श्लोकों में थोड़ा हेर-फेर करके 'रूपमण्डन' में गौरी के आयतन का विवरण दिया है। किन्तु अपरा० के अनुसार दक्षिण-दिशा में मातृका की स्थिति है, 'रूपमण्डन' में सिद्धि का स्थान बताया गया हैं। अपरा० का 'गौर्यायतन' विवरण इस प्रकार है :—

गौर्यायाः सम्प्रवक्ष्यामि देवतानामृजुक्रमम् ।
दक्षे मातृः श्रिया सौम्ये सावित्रीं पश्चिमे विदुः ॥
द्वे पृष्ठकर्णयोश्चैव भगवती सरस्वती ।
गणेशं च कुमारं च त्वीशाने चाग्निगोचरे ॥
कुण्डलाभ्यामलङ्कृत्वा सर्वाभरणभूषिता ।
मध्ये देवी प्रतिष्ठाप्या महेशस्य सदा प्रिया ॥

(अपरा० १२१।१८-२०)

पृष्ठकर्णद्वये कार्या भगवती सरस्वती ।
ईशाने तु गणेशः स्यात् कुमारौ चाग्निकोणके ॥ ९ ॥

गौरी के पीछे दोनों कर्णों (कोनों) में भगवती सरस्वती, ईशानकोण में गणेश तथा अग्निकोण में दो-दो कुमार होने चाहिये ॥ ९ ॥

कुण्डलाभ्यामलङ्कृता चेश्वरस्य सदा प्रिया ।
मध्ये गौरी प्रतिष्ठाप्या सर्वाभरणभूषिता ॥ १० ॥

मध्य में कुण्डलों से अलङ्कृत तथा सर्वाभरणभूषित ईश्वरप्रिया गौरी की प्रतिमा प्रतिष्ठापित करनी चाहिये ॥ १० ॥

गौर्या अष्टौ द्वारपालिकाः[1]

अभयाङ्कुशपाशदण्डैर्जया चैव तु पूर्वतः ।
सव्यापसव्ययोगेन विजया ता(ना)म सा[2] भवेत्[3] ॥११॥
अभयाम्बुजपोदण्डअजिता(पाशदण्डैरजिता)[4] चापराजिता ।
अभयावज्राङ्कुशदण्डैर्विभक्ता मण्ड(ङ्ग)लाऽपि च ॥१२॥
अभयं शङ्खपद्मदण्डैर्मोहिनी स्तम्भिनी तथा[5] ।
जया च विजया चैव अजिता त्वपराजिता ॥ १३ ॥

---

१. 'रूपमण्डन' का यह विवरण अपरा० २२०।२१–२४ के आधार पर है।

२. उपेन्द्रमोहन ने 'तामसा' का संस्कार 'नाम सा' किया है।

३. अपरा० २२०।२२ में जया और विजया का विवरण इस प्रकार है :—

अभयाङ्कुशपाशाश्च दण्डः प्रदक्षिणं जया ।
सव्यापसव्ये शस्त्राणां विजया सा प्रकीर्तिता ॥

४. अपरा० में अजिता और अपराजिता का विवरण निम्नलिखित है :—

अभयाब्जपाशा दण्डोऽजिता सव्येऽपराजिता ।

५. अपरा० का विवरण कुछ विशेष है :—

अभयशङ्खाब्जदण्डा मोहनीत्येव नामतः ।
शस्त्रापसव्ययोगेन सा भवेत् स्तम्भनी तथा ॥
(अपरा० २२०।२४)

विभक्ता विमला (मङ्गला)[1] चैव मोहिनी स्तम्भिनी तथा ।
गौर्या आयतने श्रेष्ठा अष्टा (अष्टौ) स्युर्द्वारपालिका [:] ।१४।

पूर्वादि दिशाओं के क्रम से जया विजया आदि की स्थिति है। जया का एक हाथ अभयमुद्रा में है और शेष हाथों में अङ्कुश, पाश और दण्ड है। विजया भी जया की ही तरह है और वह जया के ही आयुधों को दण्ड, पाश, अङ्कुश और अभय क्रम से धारण करती हैं। अजिता और अपराजिता का एक हाथ अभय और शेष तीन हाथों में कमल, पाश और दण्ड हैं। विभक्ता और मङ्गला का एक हाथ अभयमुद्रा में और शेष तीनों हाथों के आयुध वज्र, अङ्कुश और दण्ड हैं। मोहिनी और स्तम्भिनी का एक हाथ अभयमुद्रा में और शेष तीन हाथों में शङ्ख, पद्म और दण्ड हैं। गौरी के आयतन में इन आठ प्रतिहारों की स्थितियाँ दिखानी चाहिये। इनके नाम जया, विजया, अजिता, अपराजिता, विभक्ता, मङ्गला, मोहिनी और स्तम्भिनी हैं ॥ ११-१४ ॥

गणेशः

दन्तश्च परशुं पद्मं मोदकञ्च गजाननः ।
गणेशो मूषिकारूढो बिभ्राणः सर्वकामदः ॥ १५ ॥

गणेश का मुख हाथी के मुख के समान है, वह मूषक पर आरूढ हैं तथा दन्त, परशु, पद्म तथा मोदक धारण किये हुए हैं। यह सर्वकामप्रद हैं ॥ १५ ॥

हेरम्बः

वरं तथाऽङ्कुशं दन्तं दक्षिणे परशुंथाभयम् ।
वामे कपालं बाणाक्षं पाशं कौमु(मो)दकी तथा ॥१६॥
धारयन्तं करै रम्यैः पञ्चवक्त्रं त्रिलोचनम् ।
हेरम्बं मूषकारूढं कुर्यात् सर्वार्थिकामदम् ॥१७॥

हेरम्ब की प्रतिमा पाँच मुखोंवाली, तीन आँखोंवाली तथा मूषक पर आरूढ बनानी चाहिये। उसके दाहिने हाथों में क्रमशः वरद मुद्रा, अङ्कुश, दन्त, परशु तथा अभयमुद्रा होनी चाहिए और बाँए हाथों में

१. अपरा० (२२०।२१) में 'मङ्गला' पाठ है।

क्रमशः कपाल, बाण, अक्ष, पाश तथा कौमोदकी होनी चाहिये। यह सब प्रकार के अर्थ और कामों को देनेवाले हैं ॥ १६–१७ ॥

वक्रतुण्डः

लम्बोदरं त्रिनयनं पाशाङ्कुशधरं परम्।
वरदाभयहस्तञ्च लसत्कर्णं[१] सचामरम् ॥ १८ ॥

वक्रतुण्ड की प्रतिमा लम्बोदर, तीन नेत्रवाला, पाश, अङ्कुश, वरद (मुद्रा) एवं अभय (अभयमुद्रा) युक्त हाथोंवाली, सुन्दर कानोंवाली एवं चामर से युक्त होनी चाहिये ॥ १८ ॥

गणेशायतनम्[२]

वामाङ्गे[३] गजकर्णं तु सिद्धिं दद्याच्च दक्षिणे।
पृष्ठकर्णे तथा द्वौ च धूम्रको बालचन्द्रमाः[४] ॥ १९ ॥
उत्तरे तु सदा गौरी याम्ये चैव सरस्वती।
पश्चिमे यक्षराजश्च बुद्धिः पूर्वे सुसंस्थिता ॥ २० ॥

गणेश के आयतन में बाँए अंग में गजकर्ण तथा दायें अंग में सिद्धि होनी चाहिए तथा दोनों के पृष्ठ भाग में धूम्रक और बालचन्द्रमा होने चाहिये। उत्तर दिशा में गौरी, दक्षिण में सरस्वती, पश्चिम में यक्षराज तथा पूर्व में बुद्धि स्थित होनी चाहिये ॥ १९–२० ॥

गणेशप्रतिहाराः[५]

सर्वे च वामनाकाराः सौम्याश्च पुरुषाननाः।
तर्जनीपरशुपद्ममविघ्नो दण्डहस्तकः[६] ॥ २१ ॥

---

१. दे० मू० प्र० (८।२५) का पाठ 'चलत्कर्णं' है।
२. 'रूपमण्डन' का गणेशायतन विवरण अपरा० (१२१।२-३) का उद्धरण है।
३. अपरा० का पाठ 'वामे' है।
४. अपरा० का पाठ 'द्वौ पृष्ठकर्णयोश्चैव धूम्रको बालचन्द्रमा' है।
५. गणेश-प्रतिहारों का यह विवरण अपरा० (२२०।१५–२०) का सङ्कलन है।
६. अपरा० का पाठ 'तर्जनी परशुः पद्मं दण्डो हस्तेष्वविघ्नकः' है।

तर्जनीदण्डापसव्ये स भवेद् विघ्नराजकः ।
तर्जनीखड्गखेटञ्च दण्डहस्तः सुवक्त्रकः[1] ॥ २२ ॥
तर्जनीदण्डापसव्ये दक्षिणे बलवान् भवेत् ।
तर्जनीबाणचापञ्च दण्डश्च गजकर्णकः[2] ॥ २३ ॥
तर्जनीदण्डापसव्ये गोकर्णः पश्चिमे स्थितः ।
तर्जनीपद्माङ्कुशञ्च दण्डहस्तः सुसौम्यकः ॥ २४ ॥
तर्जनीदण्डापसव्ये स चैव शुभदायकः[3] ।
पक्षद्वारादिके सर्वे प्राच्यादिष्वष्ट संस्थिताः[4] ॥ २५ ॥

गणेश के प्रतिहार बौने, सुन्दर एवं पुरुष की तरह मुखवाले होते हैं। ये आठ हैं तथा पूर्वादि क्रम से एक-एक दिशा में दो-दो द्वारों पर स्थित रहते हैं। अविघ्न नामक प्रतिहार अपने हाथों में क्रमशः तर्जनी (मुद्रा), परशु, पद्म और दण्ड धारण करते हैं। विघ्नराज नामक प्रतिहार अपने दाहिने हाथों में तर्जनी (मुद्रा) और दण्ड धारण करते हैं। सुवक्त्र नामक प्रतिहार हाथों में क्रमशः तर्जनी (मुद्रा), खड्ग, खेटक तथा

---

१. सुवक्त्र का विवरण अपरा० में इस प्रकार किया गया है :—

तर्जनी खड्गखेटौ तु दण्डो हस्तैः सुवक्त्रकः ।

२. गजकर्ण के सम्बन्ध में अपरा० का विवरण निम्नलिखित है :—

तर्जनी बाणापौ च दण्डश्चक्राब्जकर्णकः ।

किन्तु 'रूपमण्डन' का पाठ अपेक्षाकृत अधिक शुद्ध है।

३. अपरा० में शुभदायक की अपेक्षा गणेश के आठवें प्रतिहार का नाम भयदायक कहा गया है। सौम्य या सुसौम्य के साथ इसका विवरण इस प्रकार है :—

तर्जनीपद्माङ्कुशाश्च दण्डश्चैव स सौम्यकः ।
शस्त्रापसव्ये च तथा भवेदभयदायकः ॥

अपरा० (२२०।१९)

'रूपमण्डन' का विवरण अपरा० की अपेक्षा शुद्ध है।

४. अपरा० का पाठ 'द्वारपक्षी सर्वदिक्षु स्थाप्या विघ्नविनाशनाः' है।

दण्ड धारण करते हैं। बलवान् नामक प्रतिहार दाहिने हाथों में तर्जनी (मुद्रा) एवं दण्ड धारण करते हैं। गजकर्ण नामक प्रतिहार हाथों में क्रमशः तर्जनो (मुद्रा), बाण, धनुष तथा दण्ड धारण करते हैं। गोकर्ण नामक प्रतिहार दाहिने हाथों में तर्जनी (मुद्रा) एवं दण्ड धारण करते हैं। सुसौम्य नामक प्रतिहार हाथों में क्रमशः तर्जनी (मुद्रा) पद्म, अंकुश तथा दण्ड धारण करते हैं। शुभदायक नामक प्रतिहार अपने दाहिने हाथों में तर्जनी (मुद्रा) एवं दण्ड धारण करते हैं ॥ २१–२५ ॥

कार्तिकेयः

कार्त्तिकेयं प्रवक्ष्यामि तरुणादित्यसन्निभम् ।
कमलोदरवर्णाभं कुमारं सुकुमारकम्[1] ॥ २६ ॥

कार्तिकेय की मूर्ति तरुण सूर्य और कमल के केसर के समान पोतवर्ण की वनानी चाहिये। कुमारावस्था तथा सुकुमार अंग होने चाहिये ॥ २६ ॥

ग(द)ण्डकैश्चीरकैर्युक्तं[2] मयूरवरवाहनम् ।
स्थापनीया खेटनगरे भुजान् द्वादश कल्पयेत्[3] ॥ २७ ॥

डण्डों पर चिथड़े लपेटे, मयूर जिनका वाहन है, ऐसे द्वादशभुज कार्तिकेय की प्रतिमा खेट नगर (छोटे या किसी अभिशप्त नगर) में स्थापित करनी चाहिये ॥ २७ ॥

---

१. 'रूपमण्डन' का कार्तिकेय सम्बन्धी विवरण मत्स्य० (२५९।४५–५१) का उद्धरण है।

२. मत्स्य० (२५९।४६) में 'गण्डकैश्चीरकैर्युक्त' की जगह 'दण्डकैश्चीरकैर्युक्तं' पाठ है। दे० मू० प्र० (८।३७) में गण्डकैश्चि(रकै) पाठ है। उपेन्द्रमोहन 'गण्डकैश्चिकुरैर्युक्तं'' पाठ उचित मानते हैं और शिखण्डि का विशेषण मानते हैं। उनकी व्याख्या इस प्रकार है :—

गण्डकैश्चिकुरैर्युक्तमिति गण्डदेशविलम्बिभिः केशैः। 'गालपाट्टा' इति प्रसिद्धैः शिखण्डकविशेषैर्युक्तमित्यर्थः। (दे० मू० प्र० पृष्ठ १५२)

३. मत्स्य० (२५९।४७) का पाठ 'स्थापयेत् स्वष्टे नगरे (स्वखेट नगरे) भुजान्द्वादश कारयेत्' है।

चतुर्भुजः कर्पटे (खर्वटे)[1] स्याद् वने ग्रामे द्विबाहुकः।
दक्षिणे शक्तिपाशश्च खड्गं बाणं त्रिशूलकम् ॥२८॥

खर्वट में चतुर्भुज मूर्ति तथा वन और ग्राम में द्विभुज मूर्ति बनानी चाहिए। उनके हाथों में दक्षिण क्रम से शक्ति, पाश, खड्ग एवं बाण तथा त्रिशूल होने चाहिये ॥ २८ ॥

वरदश्चैकहस्तः स्यादथवाऽभयदो भवेत्[2]।
एते दक्षिणतो ज्ञेयाः केयूरव(क)नकोज्ज्वलाः[3] ॥ २९ ॥

एक हाथ वरदमुद्रा में या अभयमुद्रा में होना चाहिये। ये सभी हाथ केयूर और कङ्कण से दीप्त होने चाहिये। यहां भी दक्षिण क्रम जानना चाहिये ॥ २९ ॥

धनुः पताका मुष्टिश्च[4] तर्जनी तु प्रसारिता।
खेटकं ताम्रचूडश्च (खेटकस्ताम्रचूडश्च) वामहस्तेषु शस्यते।३०।

बायें हाथों में क्रमशः धनुष, पताका, खेटक, ताम्रचूड (मुर्गा) तथा मुष्टि होने चाहिए और तर्जनी प्रसारित होनी चाहिये ॥ ३० ॥

द्विभुजश्च(स्य)[5] करे शक्तिर्वाम
ऊर्ध्वं [च] कुर्कुटम् (कुक्कुटः)[6]।
चतुर्भुजे शक्तिपाशौ वामतो दक्षिणे त्वसिः ॥ ३१ ॥

---

१. मत्स्य० का पाठ 'खर्वटे' है। खर्वट = मंडी वाला या तराई का शहर

२. मत्स्य० का पाठ 'वरदश्चैकहस्तः स्यादथ चाभयदो भवेत्' है।

३. मत्स्य० पाठ 'कटकोज्वलाः' है।

४. मत्स्य० का पाठ 'मुष्टिश्च' है।

५. मत्स्य० का पाठ 'द्विभुजस्य' है।

६. मत्स्य० का पाठ 'कुक्कुटः' है।

वरदोऽभयदो वाऽपि दक्षिण(णः)स्यात्तुरीयकम्(कः)[1] ।
कार्तिकेयममुं शुभ्रं कर्त्तव्यं सर्वकामदम् ।। ३२ ।।

द्विभुज मूर्ति के हाथ में—बायें हाथ में शक्ति तथा दाहिने हाथ में मुर्गा होना चाहिये। चतुर्भुज मूर्ति में—बायें हाथों में शक्ति तथा पाश होने चाहिये तथा दायें हाथों में—एक हाथ तलवार से युक्त तथा दूसरा वरदमुद्रा या अभयमुद्रा युक्त होना चाहिये। इस प्रकार कार्तिकेय की शुभ्र मूर्ति बनानी चाहिये। यह सर्वकामप्रद है ॥ ३१-३२ ॥

पञ्चलीला:[2]

अक्षसूत्राम्बुपात्रे च अधोहस्ते प्रकारयेत् ।
सर्वासामीदृशौ हस्तौ द्वावूर्ध्वौ कथयाम्यथ ।। ३३ ।।
पद्मे युग्मे लीलया स्याल्लीला पद्मं च पुस्तकम् ।
लीलाङ्गी पाशपद्माभ्यां ललिता वज्रमङ्कुशम् ।। ३४ ।।
पाशाङ्कुशौ लीलावती लीलायाः पञ्च कीर्तिताः ।।

लीलया, लीला, लीलाङ्गी, ललिता तथा लीलावती ये पाँच लीला-मूर्तियाँ हैं। इन सभी लीलाओं के निचले दोनों हाथों में अक्षसूत्र तथा कमण्डलु होने चाहिये। अन्य दोनों हाथों का विवरण इस प्रकार बताता हूँ। लीलया के दोनों ऊपरी हाथों में दो कमल, लीला के हाथों में पद्म और पुस्तक, लीलाङ्गी के हाथों में पाश और कमल तथा ललिता के हाथों में वज्र और अंकुश एवं लीलावती के हाथों में पाश और अंकुश बनाने चाहिये ॥ ३३-३४ ॥

महालक्ष्मी:[3]

वरं त्रिशूलं खेटञ्च पानपात्रं च बिभ्रती ।
नीलकण्ठं तथा नागा(गं) महालक्ष्मीः प्रकीर्तिता ।।३५।।

---

१. मत्स्य० का पाठ 'दक्षिणः स्यात्तु खेटकः' है।

२. 'रूपमण्डन' का पञ्चलीलाविवरण अपरा० (२२२।२०-२४) के आधार पर है। अपरा० में पञ्चलीला का वर्णादि भी बताया गया है।

३. महालक्ष्मी का यह विवरण सामान्य अन्तर के साथ अपरा० (२२२।२८) का उद्धरण है। द्रष्टव्य पृ० ८६-८८।

महालक्ष्मी का एक हाथ वरद मुद्रा में होता है और शेष तीन हाथों में त्रिशूल, खेटक और पान-पात्र होता है। महालक्ष्मी की प्रतिमा में नीलकण्ठ (शिव) और नाग भी बनाना चाहिये ॥ ३५ ॥

क्षेमङ्करी[1]

वरं त्रिशूलं खेटञ्च पानपात्रञ्च बिभ्रती ।
क्षेमङ्करी तदा नाम क्षेमारोग्यप्रदायिनी ॥ ३६ ॥

क्षेमङ्करी का एक हाथ वरद मुद्रा में है तथा शेष तीन हाथों में क्रमशः त्रिशूल, खेट और पान-पात्र है। यह यथानाम क्षेम और आरोग्य को देनेवाली है ॥ ३६ ॥

हरसिद्धिः[2]

कमण्डलुञ्च खड्गञ्च[ड]मरुं पानपात्रकम् ।
हरसिद्धिस्तदा नाम सर्वेषां सिद्धिहेतवे ॥ ३७ ॥

हरसिद्धि के हाथों में क्रमशः कमण्डलु, खड्ग, डमरु तथा पान-पात्र है। यह सभी प्राणियों को सिद्धि का कारण है ॥ ३७ ॥

गौर्यादीनां वाहनानि[3]

गोधासना भवेद् गौरी लीलया हंसवाहना ।
सिंहारूढा भवेद् दुर्गा मातरः स्वस्ववाहनाः ॥ ३८ ॥

गौरी का वाहन गोधा है। लीलया का वाहन हंस है। दुर्गा सिंह-वाहिनी है और मातृकाएँ अपने-अपने वाहन पर आसीन होती हैं ॥ ३८ ॥

चामुण्डा

चण्डिका क्रूररूपा च पिङ्गकेशा कृशोदरी ।
रक्ताक्षी भय(भीम)नेत्रा च निर्मांसा विकृतानना ॥३९॥

---

१. क्षेमङ्करी का विवरण सामान्य अन्तर के साथ अपरा० २२२।३० का उद्धरण है।

२. हरसिद्धि का वर्णन भी अपरा० (२२२।३६) का उद्धरण है।

३. यह विवरण भी अपरा० (२२२।३७) का उद्धरण है।

(चण्डिका क्रूररूपा च पिङ्गकेशा कृशोदरी)[1] ।
व्याघ्रचर्मपरीधाना भुजङ्गाभरणान्विता ॥ ४० ॥
कपालमालिनी कृष्णा शवारूढा भयावहा ।
त्रिशूलं खेटकं खड्गं धनुः पाशाङ्कुशौ शरः ॥ ४१ ॥
कुठारो दर्पणं घण्टा शङ्खं वस्त्रं गदा पविः ।
दण्डमुद्गर इत्येतैर्यथास्थानायुधैर्युता ॥ ४२ ॥
बाहुषोडशसंयुक्ता चण्डमुण्डविघातिनी ।

चण्डिका का रूप क्रूर है, उनके केश पीले हैं, उदर कृश है, आँखें लाल हैं, बड़ी-बड़ी (भयङ्कर ?) नेत्रवाली हैं, मांसरहित हैं और उनका मुख विकृत (विकराल) है। × × × चण्डिका का परिधान व्याघ्रचर्म का है और आभरण भुजङ्ग का है। वे कपालमालिनी हैं। उनका वर्ण काला है। वह शव पर आरूढ हैं और भयानक हैं। वे अपने हाथों में यथास्थान त्रिशूल, खेटक, खड्ग, धनुष, अङ्कुश, बाण, कुठार, दर्पण, घण्टा, शङ्ख, वस्त्र, गदा, वज्र, दण्ड और मुद्गर धारण करती हैं। चामुण्डा चण्ड और मुण्ड की विघातिनी हैं और उनके सोलह भुजाएँ हैं ॥ ३९–४२ ॥

रक्तचामुण्डा[2]

खड्गं पात्रञ्च मुशलं लाङ्गलञ्च बिभर्ति सा ।
आख्याता रक्तचामुण्डा देवी योगेश्वरीति च ॥ ४३ ॥

रक्तचामुण्डा जिसे योगेश्वरी भी कहा गया है, खड्ग, पात्र, मुशल और हल धारण करती हैं ॥ ४३ ॥

अधीते य इमं नित्यं रक्तदन्त्या वपुःस्तवम् ।
तं सा परिचरेद्देवी पतिं प्रियमिवाङ्गना ॥ ४४ ॥

जो इस रक्तदन्ती (रक्तचामुण्डा) देवी के स्तोत्र का नित्य पाठ

---

१. यह पंक्ति ऊपर आचुकी है।

२. 'रूपमण्डन' का रक्तचामुण्डावर्णन 'मूर्तिरहस्य' श्लोक संख्या ९ और ११ का उद्धरण है। श्रीदुर्गासप्तशती, पु० २११, गीताप्रेस, गोरखपुर।

करता है उसकी सेवा देवी उसी तरह करती है जिस तरह स्त्री प्रिय पति की सेवा करती है ॥ ४४ ॥

श्रीकात्यायनीमूर्तिः[1]

अथ कात्यायिनीं वक्ष्ये दशहस्तां
महभुंजाम् (सुदुर्जयाम्)[2] ।
तेजःप्रतापदां नित्यं नृपाणां सुखबोधिनी-[म्][3] ॥ ४५ ॥

अब कात्यायनी का वर्णन करेंगे। कात्यायनी दस हाथवाली तथा दुर्जेय हैं। वे नित्य ही राजाओं को तेज और प्रताप को देनेवाली तथा सुख का बोध कराने वाली हैं ॥ ४५ ॥

त्रिभङ्गीस्थानसंस्थानां महिषासुरसूदनीम्[4] ।
दक्ष(क्षे) त्रिशूलं खड्गञ्च चक्रं बाणं च शक्तिकाम् ।४६।
खेटकं पूर्णचापञ्च पाशमङ्कुशमेव च ।
घण्टाञ्च वामतो दद्याद् दैत्यमूर्धजधृक्कराम् ॥ ४७ ॥
हृदि शूलेन निर्भिन्नं तिर्यग्दन्तविभूषितम्[5] ।
रक्तरक्तीकृताङ्गञ्च रक्तविस्फारितेक्षणम्[6] ॥ ४८ ॥

---

१. 'रूपमण्डन' का कात्यायनीविवरण मत्स्य० (२५९।५४-६४) और अपरा० (२२३।६-११) के आधार पर संकलित है।

२. मत्स्य० (२५९।५४) के आधार पर है।

३. अपरा० (२२३।६) की पंक्ति है।

४. 'रूपमण्डन' के श्लोक (४६-४७) का आधार मत्स्य० (२५९।६१) की पंक्तियाँ हैं। मत्स्य० में पाठ इस प्रकार है :—

त्रिभङ्गस्थानसंस्थानां महिषासुरमर्दिनीम् ।
त्रिशूलं दक्षिणे दद्यात् खड्गं चक्रं तथैव च ॥
तीक्ष्णं बाणं तथा शक्तिं वामतोऽपि निबोधत ।
खेटकं पूर्णचापञ्च पाशमङ्कुशमेव च ॥
घण्टां वा परशुञ्चापि वामतः सन्निवेशयेत् ।
अधस्तान्महिषं तद्वद्विशिरस्कं प्रदर्शयेत् ॥

५. यह पंक्ति अपरा० (२२३।१०) के आधार पर है। अपरा० का पाठ 'हृदि शूलेन निर्भिन्नं-महिष-कुक्षौ सुदर्शनम्' है।

६. श्लोक ४८ का उत्तरार्द्ध मत्स्य० (२५९।६२) का उत्तरार्द्ध है और श्लोक ४९ का पूर्वार्द्ध मत्स्य० २५९।६३ का पूर्वार्द्ध है।

वेष्टितं नागपाशैश्च भृकुटीभीषणाननम् ।। ४९ ।।
देव्यास्तु दक्षिणं पादं समं सिंहोपरि स्थितम् ।
किञ्चिदूर्ध्वं तथा वाममङ्गुष्ठो महिषोपरि[1] ।। ५० ।।

त्रिभंगी मुद्रा में स्थित महिषासुरमर्दिनी दाहिने हाथों में क्रमशः त्रिशूल, खड्ग, चक्र, बाण और शक्ति धारण करती हैं। बाएँ हाथों में क्रमशः खेटक, चाप, पाश, अङ्कुश और घण्टा धारण करती हैं। (कभी कभी अन्तिम बाँए हाथ में विकल्प से दैत्य के मस्तक का केश धारण करती हैं।) दैत्य के हृदय में शूल विधा है। दैत्य टेढ़े दांतों से विभूषित है। उसका शरीर रक्त से लाल हो गया है। वह लाल और विस्फारित नेत्रों से (देवी की ओर) देख रहा है। दैत्य नागपाश से जकड़ा है तथा भौंहे चड़ी हैं जिससे उसका आनन भीषण है। देवी का दाहिना पैर सीधा और सिंह के ऊपर स्थित है तथा बाँया पैर कुछ ऊपर उठा है और उसका अंगूठा महिषासुर पर टिका है ॥ ४६-५० ॥

चण्डिकाष्टकप्रतिहाराः[2]

चण्डिकायाः प्रतीहारान् कथयिष्याम्यनुक्रमात् ।
वेतालः करटश्चैव[3] पिङ्गाक्षो भृकुटिस्तथा ।। ५१ ।।
धूम्रकः कङ्कदश्चैव रक्ताक्षश्च सुलोचनः ।
दंष्ट्राननो विकटास्यः संस्फुरद्दशनोज्ज्वलः[4] ।। ५२ ।।
बर्बरीव्यक्तदेहश्च[5] रक्ताक्षश्च महाबलः ।
तर्जनी चैव खट्वाङ्गमूर्ध्वं डमरुदण्डकौ ।। ५३ ।।
वेतालः सुसमाख्यातोऽपसव्ये करटः पुनः ।
अभयं खड्गखेटञ्च दण्डः पिङ्गललोचनः ।। ५४ ।।

---

१. यह श्लोक मत्स्य० २५९।६४ का उद्धरण है।

२. चण्डिका के प्रतिहारों का विवरण सामान्य अन्तर के साथ अपरा० (२२०।२५-३२) का उद्धरण है। द्रष्टव्य पृ० ९१-९२।

३. अपरा० का पाठ 'कोटरश्चैव' है।

४. अपरा० का पाठ 'दंष्ट्रास्यविकटाः कोपे स्फुरद्दशनकोज्ज्वलाः' है।

५. अपरा० का पाठ 'बर्बरीकाश्च कृष्णाङ्गम्' है।

वामेऽपसव्य-योगेन भवेद् भृकुटिनामकाः[1] ।
तर्जनी च त्रिशूलश्च खट्वाङ्गं दण्ड एव च ।। ५५ ।।
रक्ताक्षो वाम[नाम] भेदोऽसौ वामे दक्षे त्रि(सु)लोचनः ।
दिग्द्वारपक्षयुग्मे च प्रशस्ता विघ्ननाशनाः ।। ५६ ।।

मैं चण्डिका के प्रतिहारों का वर्णन क्रमशः करता हूँ। वेताल, करट, पिङ्गाक्ष, भृकुटि, धूम्र, कङ्कद, रक्ताक्ष और सुलोचन इनके नाम हैं। इनके मुख और दाँत भयानक हैं तथा भयङ्कर मुख से बाहर निकले हुये बड़े ही उज्ज्वल हैं। उनके शरीर पर बर्बरी फल की तरह दाग हैं। उनकी आँखें लाल-लाल हैं तथा वे बली हैं। वेताल का एक (दाहिना निचला) हाथ तर्जनी मुद्रा में है। दाहिने ऊपरी हाथ में खट्वाङ्ग और शेष दोनों हाथों में डमरु और दण्ड है। वेताल के दाएँ करट भी इन्हीं अस्त्रों को लिये हुए ही स्थित होता है। पिङ्गलाक्ष की स्थिति बाँए है और उसका एक हाथ अभय मुद्रा में है तथा शेष हाथों में क्रमशः खड्ग, खेटक और दण्ड है। उनके दाहिने भृकुटि नामक प्रतिहार की स्थिति हैं जिसका एक हाथ तर्जनी मुद्रा में है और शेष तीन हाथों में क्रमशः त्रिशूल खट्वाङ्ग और दण्ड है। रक्ताक्ष नामक प्रतिहार बाँए रहता है और त्रि(सु)लोचन नामक प्रतिहार दाँए रहता है। दिशाओं के क्रम में स्थित द्वारों के दोनों पक्षों में इनकी स्थिति प्रशस्त है। ये विघ्न-नाशक हैं ।। ५१-५६ ।।

लक्ष्म्या मूर्तिः

अष्टपत्राम्बुजस्योर्ध्वे लक्ष्मीः सिंहासने शुभे ।
विनायकवदासीना सर्वाभरणभूषिता ।। ५७ ।।
ऊर्ध्वहस्तौ प्रकर्त्तव्यौ देव्याः पङ्कजधारिणौ ।
वामे घृत(ऽमृत) घटं धत्ते दक्षिणे मातुलिङ्गकम् ।। ५८ ।।

समस्त आभरणों से विभूषित लक्ष्मी विनायक की तरह अष्टदल कमल के ऊपर सिंहासन पर स्थित है। उनके दोनों ऊपरी हाथों में कमल है। निचले बाँए हाथ में अमृतघट और दाहिने हाथ में मातुलिङ्ग (बिजौरा) है ।। ५७-५८ ।।

---

१. अपरा० का पाठ 'अभयापसव्ययोगेन भवेद् भृकुटिनामकः' है।

महालक्ष्मी।

क्षेत्रे कोल्लापुरेदैत्ये(पुरादन्ये)महालक्ष्मीर्यदाऽर्च्यते ।

लक्ष्मीवत् सा तदा कार्या रूपाभरणभूषिता ।। ५९ ।।

दक्षिणाधःकरे पात्रमूर्ध्वे कौमोदकी भवेत् ।

वामोर्ध्वे खेटकं धत्ते श्रीफलं तदधः करे ।। ६० ।।

कोल्लापुर से अन्य क्षेत्र में जब महालक्ष्मी की प्रतिमा पूजी जाय तो उसको सदा लक्ष्मी के समान ही रूप और आभरणों से विभूषित बनाना चाहिये। उसके दाहिने निचले हाथ में पात्र और ऊपरी हाथ में कौमोदकी गदा बनानी चाहिये। इसी प्रकार बाँए ऊपरी हाथ में खेटक तथा निचले हाथ में श्रीफल बनाना चाहिये ॥ ५९-६० ॥

महाविद्या

एकवक्त्रा चतुर्हस्ता मुकुटेन विराजिता ।

प्रभामण्डलसंयुक्ता कुण्डलान्वितशेखरा ।। ६१ ।।

अक्षाब्जवीणा पुस्तकं महाविद्या प्रकीर्तिता ।

महाविद्या एक मुख, चार हाथोंवाली तथा मुकुट से सुशोभित हैं। वह प्रभामण्डल से संयुक्त हैं तथा उनका सिर (कान ?) कुण्डल से युक्त है उनके चारों हाथों में क्रमशः अक्ष, कमल, वीणा तथा पुस्तक हैं ॥ ६१-६२ ॥

सरस्वती

वराक्षाब्जं पुस्तकञ्च सरस्वती शुभावहा ।। ६२ ।।

सरस्वती का एक हाथ वरदमुद्रा में है और शेष तीन हाथों में क्रमशः कमल, वीणा और पुस्तक धारण करती हैं ॥ ६२ ॥

ब्राह्मी

हंसारूढा प्रकर्त्तव्या साक्षसूत्रकमण्डलुः ।

स्रुवं च पुस्तकं धत्ते ऊर्ध्वहस्तद्वये शुभा ।। ६३ ।।

ब्राह्मी को हंस पर आरूढ बनाना चाहिए। वह ऊपरी दोनों हाथों में श्रुवा और पुस्तक धारण करती हैं तथा उनके नीचे वाले दोनों हाथों में अक्षसूत्र और कमण्डलु है ॥ ६३ ॥

माहेश्वरी

माहेश्वरी प्रकर्त्तव्या वृषभासनसंस्थिता ।

कपालशूलखट्वाङ्गवरदा च चतुर्भुजा ।। ६४ ।।

माहेश्वरी वृष पर स्थित हैं। उनके चार हाथ हैं जिनमें तीन हाथों में क्रमशः कपाल, शूल और खट्वाङ्ग है तथा चौथा हाथ वरद मुद्रा में है ॥ ६४ ॥

कौमारी

कुमाररूपा कौमारी मयूरवरवाहना ।
रक्तवस्त्रधरा तद्वच्छूलशक्तिगदाधरा ॥ ६५ ॥

कौमारो का रूप कुमार की ही तरह है। उनका वाहन मयूर है। वह लाल वस्त्र तथा हाथों में शूल शक्ति और गदा धारण करती हैं ॥६५॥

वैष्णवी

वैष्णवी विष्णुसदृशी गरुडोपरि संस्थिता ।
चतुर्बाहुश्च वरदा शङ्खचक्रगदाधरा ॥ ६६ ॥

वैष्णवी का रूप विष्णु के समान है। वह गरुड पर स्थित है। उनके चार हाथ हैं। एक हाथ वरदमुद्रा में और शेष तीनों हाथों में शङ्ख, चक्र और गदा है ॥ ६६ ॥

वाराही

वाराहीं तु प्रवक्ष्यामि महिषोपरि संस्थिताम् ।
वराह-सदृशी घण्टानादा चामरधारिणी ॥ ६७ ॥
गदाचक्रगदा(धरा) तद्वद्दानवेन्द्रविघातिनी ।
लोकानाञ्च हितार्थाय सर्वव्याधिविनाशिनी ॥ ६८ ॥

वाराही का वर्णन करता हूँ जो महिष के ऊपर स्थित है। उसका स्वरूप वराह के समान है। घण्टा, चामर, गदा और चक्र को धारण करती है। वराह की ही तरह दानवेन्द्र का विनाश करनेवाली है। वह लोकों का उपकार करनेवाली तथा समस्त व्याधियों को दूर करने वाली हैं ॥ ६७-६८ ॥

इन्द्राणी

इन्द्राणी त्विन्द्रसदृशी वज्रशूलगदाधरा ।
गजासनगता देवी लोचनैर्बहुभिर्वृता ॥ ६९ ॥

इन्द्राणी इन्द्र के सदृश हैं और उन्हीं की तरह वज्र, शूल, गदा धारण करती हैं। इन्द्राणी देवी अनेक नेत्रों वाली हैं तथा गज पर आसीन होती हैं ॥ ६९ ॥

चामुण्डा

दंष्ट्राला क्षीणदेहा च गर्त्ताक्षा भीमरूपिणी ।
दिग्बाहुः क्षामकुक्षिश्च मुशलं चक्रमार्गणौ ॥ ७० ॥
अङ्कुशं बिभ्रती खड्गं दक्षिणेष्वथ वामतः ।
खेटं पाशं धनुर्दण्डं कुठारं चेति बिभ्रती ॥ ७१ ॥
चामुण्डा प्रेतगा रक्ता विकृतास्यादि(हि)भूषणा ।
द्विभुजा वा प्रकर्त्तव्या (कृत्तिकाकार्यरन्विता ?) ॥ ७२ ॥

चामुण्डा बड़े दाँतोंवाली, क्षीण देहवाली, गर्त में घुसी आँखोंवाली और भयङ्कर स्वरूपवाली हैं। उनके दस हाथ हैं, कुक्षि क्षीण है। वह दाहिने हाथों में मुशल, चक्र, बाण, अङ्कुश और खड्ग तथा बाएँ हाथों में खेट, पाश, धनुष, दण्ड और कुठार धारण करती हैं। चामुण्डा का वाहन प्रेत है, वे लाल, विकृत मुख वाली हैं और सर्पों को धारण करती हैं। अथवा उनकी प्रतिमा द्विभुज भी बनानी चाहिये। वे कृतिकाओं (कृत्याओं) के कार्य को करती रहती हैं अर्थात् विनाश कार्य में रत रहती हैं) ॥ ७७-७२ ॥

इति सप्तमातरः ।

वीरेश्वरः

वीरेश्वरस्तु भगवान् वृषारूढो धनुर्धरः ।
वीणाहस्तं त्रिशूलञ्च मातृणामग्रतो भवेत् ॥
मध्ये च मातृका कार्या अन्ते तेषां(तासां)विनायकः ॥७३॥

वीरेश्वर भगवान् वृष पर आरूढ हैं और धनुर्धर हैं। उनके हाथों में वीणा और त्रिशूल भी है। वह (मातृकापट्ट में) मातृकाओं के आगे होते हैं, मध्य में मातृकाएँ होती हैं और इन सबके अन्त में विनायक होते हैं ॥ ७३ ॥

क्षेत्रपालः

क्षेत्रपालो विधातव्यो दिग्वासा घण्टभूषितः ।
कर्तिकां डमरुं बिभ्रद्दक्षिणे तु करद्वये[1] ॥७४॥

---

१. 'रूपमण्डन' का क्षेत्रपालविवरण 'मानसोल्लास' (१-३-८११-१३) का उद्धरण है ।

वामे शूलं कपालश्च मुण्डमालोपवीतकम् ।
करोतिकटितोदार (करोटिनिकरोदार)
सर्पग्रन्थितशेखरः[1] ॥७५॥

क्षेत्रपाल को घण्टा से विभूषित और नग्न बनाना चाहिये। उनके दाहिने दो हाथों में कर्तिका और डमरु होता है और बाएँ हाथों में शूल और कपाल होता है। वह मुण्डमाला का उपवीत धारण करते हैं तथा उनकी शिखा सर्प और मुण्ड समूह से गुँथी होती है ॥ ७४–७५ ॥

बटुकभैरवः

खट्वाङ्गमसिपाशश्च शूलश्च दधतः करैः ।
डमरुश्च कपालश्च वरदं भुजगं तथा ॥ ७६ ॥
आत्मवर्णसमोपेतसारमेयसमन्वितम् ।
ध्यात्वा जपेत् सुसंहृष्टः सर्वान् कामानवाप्नुयात् ॥७७॥

बटुकभैरव हाथों में खट्वाङ्ग, असि, पाश, शूल, डमरु, कपाल धारण करते हैं। उनका एक हाथ वरद में होता है तथा शेष (आठवें) हाथ में वह सर्प धारण करते हैं। उन्हीं के वर्ण की तरह का एक कुत्ता उनके पास होता है। जो व्यक्ति प्रसन्नतापूर्वक इनका ध्यान और जप करता है उसकी सभी कामनाएँ पूर्ण होती हैं ॥ ७६–७७ ॥

इति सूत्रधारमण्डनविरचिते वास्तुशास्त्रे रूपमण्डने गौर्याः प्रमाणमूर्ति-लक्षणाधिकारः पञ्चमोऽध्यायः ॥५॥

---

१. मानसोल्लास का पाठ "करोटिनिकरोदारमालाग्रथितशेखरः' है। 'करोटिनिकरोदार' की व्याख्या हरिदास महोदय ने इस प्रकार की है— "करोटिनिकरेण ललाटास्थिसमूहेन ग्रथिता या उदारा महती माला तया ग्रथितः शेखरः शिरस्थकेशजूटो यस्य सः।" दे० मू० पृ० १५७।

षष्ठोऽध्यायः

अथ जैनमूर्तिलक्षणाधिकारप्रारम्भः

चतुर्विंशतिरर्हन्तः[1]

एतस्यामि(म)वसर्पिण्यामृषभोऽजिन(त)सम्भवः ।
अभिनन्दस्तु सुमतिस्ततः पद्मप्रभाभिधः ॥१॥

सुपार्श्वश्चन्द्रप्रभश्च सुविधिनाथः शीतलः ।
श्रियांशो(श्रेयांसो)वासुपूज्यश्च विमलोऽनन्ततीर्थकृत् ॥२॥

धर्मः शान्तिश्व कुन्थ्वारौ मल्ली च मुनिः सुव्रतः ।
नमिनेमिपार्श्ववीराश्चतुर्विंशति अर्हताः ॥ ३ ॥

इस अवसर्पणी में चौबीस आर्हत हैं। इनके नाम क्रमशः ऋषभ, अजित, सम्भव, अभिनन्दन, सुमति, पद्मप्रभ, सुपार्श्व, चन्द्रप्रभ, सुविधि, शीतल, श्रेयांश, वासुपूज्य, विमल, अनन्त, धर्म, शान्ति, कुन्थु, अरु, मल्ली, मुनि, सुव्रत, नेमि, पार्श्व और महावीर हैं ॥ १–३ ॥

---

१. अपरा० (२२१।१–४) में तीर्थङ्करों का विवरण इस प्रकार है :—

तीर्थङ्करान् प्रवक्ष्यामि चतुर्विसतिसङ्ख्यकान् :
नामवर्णलाञ्छनार्थ-देवी-यक्षादिकक्रमान् ॥ १ ॥

ऋषभश्चाजितश्चैव सम्भवश्चाभिनन्दनः ।
सुमतिः पद्मप्रभश्च सुपार्श्वः सप्तमो मतः ॥२॥

चन्द्रप्रभश्च सुविधिः शीतलो दशमो मतः ।
श्रेयांसो वासुपूज्यश्च विमलोऽनन्तसंज्ञकः ॥३॥

धर्मः शान्तिः कुन्थुररो मल्लिनाथस्तथैव च ।
मुनिस्तथा सुव्रतश्च नमिश्चारिष्टनेमिकः
पार्श्वनाथो वर्धमानश्चतुर्विंशतिरर्हताम् ॥४॥

जिनानां वर्णाः[1]

रक्तौ च पद्मप्रभवासुपूज्यौ
शुक्लौ च चन्द्रप्रभपुष्पदन्तौ ।
कृष्णौ पुनर्नेमि[मुनी च नीलौ]
श्रीमल्लिपार्श्वौ कनकत्विषोऽन्ये ।। ४ ।।

पद्मप्रभ और वासुपूज्य का वर्ण लाल है। चन्द्रप्रभ और पुष्पदन्त (?) का वर्ण शुक्ल है। नेमि और मुनि का वर्ण काला तथा श्री मल्लि और पार्श्व का वर्ण नीला है। शेष सभी तीर्थङ्करों का वर्ण सुनहरा है ॥ ४ ॥

यथाक्रमं जिनानां ध्वजाः[2]

वृषो गजोऽश्वः [प्लवगः क्रौञ्चोऽब्जः] स्वस्तिकः शशी ।
मकरवत्सखड्गीशमहिषाः शूकरस्तथा ।। ५ ।।
श्येनो वज्रं मृगश्छागो नन्द्यावर्त्तो घटोऽपि च ।
कूर्मो नीलोत्पलं शङ्खः फणी सिंहोऽर्हतां ध्वजाः ।। ६ ।।

---

१. अपराजितपृच्छा (अ० पृ० २२१।५-७) के अनुसार जैनतीर्थङ्करो का वर्ण इस प्रकार है :—

चन्द्रप्रभः पुष्पदन्तः श्वेतौ वै क्रौञ्चसम्भवौ ?
पद्मप्रभो धर्मनाथो रक्तोत्पलनिभौ मतौ ॥५॥
सुपार्श्वः पार्श्वनाथश्च हरिद्वर्णौ प्रकीर्तितौ ।
नेमिश्च श्यामवर्णः स्यान्नीलो मल्लिः प्रकीर्तितः ॥६॥
शेषाः षोडश सम्प्रोक्तास्तसकाञ्चनसमप्रभाः ॥७॥

२. अपराजितपृच्छा (२२१।८-१०) में तीर्थंकरों के ध्वजों का विवरण इस प्रकार है :—

वृषो राजाश्वकपयः क्रौञ्चपद्मकस्वस्तिकाः ।
चन्द्रो मकरश्रीवत्सौ गण्डको महिषस्तथा ॥८॥
शूकरः शशादनश्च वज्रश्च मृग आजकः ।
नन्द्यावर्तश्च कलशः कूर्मो नीलाब्ज-शङ्खकौ ॥९॥
सर्पः सिंहश्चर्षभादेर्लाञ्छनानीरितानि च ॥१०॥

तीर्थङ्करों के ध्वजचिह्न क्रमशः वृष, गज, अश्व, कपि, क्रौञ्च, अब्ज, स्वस्तिक, शशी, मकर, श्रीवत्स, खड्गीश (गण्डक ?), महिष, शूकर, श्येन, वज्र, मृग, छाग, नन्द्यावर्त, घट, कूर्म, नीलोत्पल, शङ्ख, सर्प और सिंह हैं ॥ ५–६ ॥

अथ नक्षत्राणि

उत्तराषाढरोहिण्यौ मृगशीर्षं पुनर्वसुः ।
मघा चित्रा विशाखा चानुराधा मूलमेव च ॥ ७ ॥
पूर्वाषाढा श्रुतिश्चैव शतभिषोत्तरं पदम् ।
रेवती पुष्यभरणी(ण्यौ) कृत्तिका रेवती क्रमात् ॥ ८ ॥
अश्विनो श्रवणाश्विन्यौ तथा चित्रा विशाखिका ।
उत्तराफाल्गुनी चेति जिनानां जन्मभानि वै ॥ ९ ॥

जिनों के जन्म-नक्षत्र क्रमशः उत्तराषाढा, रोहिणी, मृगशिरा, पुनर्वसु, मघा, चित्रा, विशाखा, अनुराधा, मूल, पूर्वाषाढा, श्रवण, शतभिष, उत्तराभाद्रपद, रेवती, पुष्य, भरणी, कृत्तिका, रेवती, अश्विनी, श्रवण, अश्विनी, चित्रा, विशाखा और उत्तराफाल्गुनी हैं ॥ ७-९ ॥

अथ राशयः

धनुर्वृषोऽथ मिथुनौ(नं) मिथुनं सिंहकन्यकैः(के) ।
तुलावृश्चिकचापानि धनुर्मकर[कुम्भकौ] ॥१०॥
[मीनो मीनः] कर्कमेषौ वृषो मीनोऽप्यजः क्रमात् ।
मकरो मेषकन्ये तु तुलाकन्येति राशयः ॥११॥

जिनों को राशियाँ क्रमशः धनु, वृष, मिथुन, मिथुन, सिंह, कन्या, तुला, वृश्चिक, धनु, धनु, मकर, कुम्भ, मीन, कर्क, मेष, बृष, मीन, मेष, मकर, मेष, कन्या, तुला तथा कन्या हैं ॥ १०–११ ॥

जिनोपासकयक्षनामानि[1]

गोमुखो महायक्षस्त्रिमुखो यक्षनायकः ।
तुम्बरुः कुसुमश्चापि मातङ्गो विजयो जयः ॥ १२ ॥

---

१. जिनोपासक यक्षों के नाम और स्वरूप-ज्ञान के लिये द्रष्टव्य अपरा० (२२१।३९–५५) ।

ब्रह्मा यक्षेट् कुमारः षण्मुखपातालकिन्नराः ।

गरुडो गन्धर्वो यक्षेट् कुबेरो वरुणोऽपि च ॥ १३ ॥

जिनोपासक यक्षों के नाम क्रमशः गोमुख, महायक्ष, त्रिमुख, यक्षनायक, तुम्बरु, कुसुम, मातङ्ग, विजय, जय, ब्रह्मा, यक्षेट् (ईश्वर ?) कुमार, षण्मुख, पाताल, किन्नर, गरुड, गन्धर्व, यक्षेट्, (यक्षेन्द्र ?) कुबेर, वरुण, भृकुटि, गोमेध, पार्श्व और मातङ्ग हैं ॥ १२-१३ ॥

जिनानां शासनदेवताः[1]

भृकुटिर्गोऽभिधः [पार्श्वो] मातङ्गोऽर्हदुपासकाः ।

चक्रेश्वर्यजिन(त)वला दुरितारिश्च कालिका ॥ १४ ॥

महाकाली श(श्या)मा शान्ता [भृकुटिश्च] सुतारिका ।

अशोका मानवी चंडी विदिता चाङ्कुशी तथा ॥ १५ ॥

कन्दर्पी निर्वाणी [बाला] धारिणी धरणप्रिया ।

नादरक्ता च गन्धर्वाऽम्बिका पद्मावती तथा ।

सिद्धायिका चेति जैन्यः [क्रमाच्छासनदेवताः] ॥ १६ ॥

जैन यक्षिणियों के नाम क्रमशः चक्रेश्वरी, अजितबला, दुरितारि, कालिका, महाकाली, श्यामा, शान्ता, भृकुटि, सुतारिका, अशोका, मानवी, चण्डी, विदिता, अङ्कुशी, कन्दर्पी, निर्वाणी, बाला, धारिणी, धरणप्रिया, नादरक्ता (नरदत्ता ?), गन्धर्वा, अम्बिका, पद्मावती और सिद्धायिका हैं ॥ १४-१६ ॥

एतेषां लक्षणम् —

तत्र गोमुखः[2]

ऋषभो(भे) गोमुखो यक्षो हेमवर्णो गजाननः[3] **।**

वरोऽक्षसूत्रं पाशञ्च बीजपूरं करेषु च ॥ १७ ॥

---

१. जिनों के शासनदेवताओं के स्वरूप-वर्णन के लिये द्रष्टव्य अपरा० (२२१।११-३८) ।

२. अपरा० (२११।४३) में गोमुख या वृषवक्त्र का विवरण इस प्रकार है :-

वराक्षसूत्रे पाशश्च मातुलिङ्गं चतुर्भुजः ।
श्वेतवर्णो वृषमुखो वृषभासनसंस्थितः ॥

३. द्रष्टव्य पृ० १०१ ।

ऋषभ के यक्ष गोमुख का वर्ण हेम है और उनका मुख गज की तरह है। उनका एक हाथ वरद मुद्रा में है तथा अन्य तीन हाथों में क्रमशः अक्षसूत्र, पाश और बीजपूरक हैं ॥ १७ ॥

चक्रेश्वरी[1]

चक्रेश्वरी हेमवर्णा ताक्ष्यारूढाऽष्टबाहुका ।
वरं बाणं[गदा]चक्रं च (शक्तिः शूलमनाकुलम्?[2]) ॥१८॥

चक्रेश्वरी नामक यक्षिणी हेमवर्ण की गरुडारूढ तथा आठ भुजों वाली है। इसका एक हाथ वरद मुद्रा में है तथा शेष में बाण, गदा, चक्र (शक्ति, शूल, पाश और धनुष) हैं ॥ १८ ॥

अम्बिका[1]

सिंहारूढाऽम्बिका पीताऽऽम्रलुम्बी ? नागपाशकम् ।
अङ्कुशञ्च तथा पुत्रं तस्या हस्तेष्वनुक्रमात् ॥१९॥

अम्बिका सिंह पर आरूढ हैं और उनका वर्ण पीला है। उनके हाथों में क्रमशः आम्रमञ्जरी (?) नागपाश, अङ्कुश तथा पुत्र होता है ॥ १९ ॥

---

१. द्रष्टव्य पृ० १०१ ।

२. अष्टभुजी चक्रेश्वरी का यह विवरण अपूर्ण है । वर, बाण, चक्र के अतिरिक्त अष्टभुजी चक्रेश्वरी के हाथों में पाश, चाप, पुनः चक्र और गदा रहता हैं । द्रष्टव्य भट्टाचार्य, जैन आइकनोग्राफी पृ० १२१ ।

१. अपरा० (२२१।३६) में अम्बिका का विवरण निम्नलिखित है :—

हरिद्वर्णा सिंहसंस्था द्विभुजा च फलं वरम् ।
पुत्रेणोपास्यमाना च सुतोत्सङ्गा तथाऽम्बिका ॥

पृ० १०१ में भी नाग, पाश, अङ्कुश और पुत्र की जगह आम्र, नागपाश, अङ्कुश और पुत्र समझा जाय । जैन आइकनोग्राफी के अनुसार (पृ० १५२) अम्बिका आम्रमञ्जरी लिये रहती है ।

पार्श्वः[1]

पार्श्वः स्यात् पार्श्वनाथस्य कूर्मारूढो गजाननः ।
बीजपूरोरगं नागं नकुलं श्यामबर्णकैः(कः) ॥२०॥

पार्श्व नामक यक्ष पार्श्वनाथ का है, वह कूर्म पर आसीन है तथा उसका मुख गज की तरह है। उसका वर्ण काला है तथा हाथों में बीजपूरक, उरग, नाग और नकुल धारण करता है ॥ २० ॥

पद्मावती[2]

रक्तायसवती पूर्णा (पद्मा) [कुक्कुटस्था] चतुर्भुजा ।
पद्मं पाशोंशो(पाशाङ्कुशौ) बीजपूरं च कारयेत् ॥२१॥

पद्मावती का वर्ण तपे लोहे की तरह या ताँबे की तरह लाल है। वे कुक्कुट पर आसीन हैं तथा चतुर्भुज हैं। उनके हाथों में पद्म, पाश, अङ्कुश और बीजपूरक वनाने चाहिये ॥ २१ ॥

मातङ्गः[3]

महावीरस्य मातङ्गो गजारूढो मितो भवेत् ।
दक्षिणे नकुलं हस्ते वामे स्याद् बीजपूरकम् ॥ २२ ॥

महावीर के यक्ष मातङ्ग हैं, जो गजारूढ हैं। उनके दाहिने हाथ में नकुल और बाँए हाथ में बीजपूरक होना चाहिये ॥ २२ ॥

---

१. अपरा० (२२१।५५) में पार्श्व का वर्णन कुछ भिन्न है :

पार्श्वो धनुर्बाणभृण्डिमुद्‌गरश्च फलं वरः ।
सर्परूपः श्यामवर्णः कर्तव्यः शान्तिमिच्छता ॥

२. अपरा० (२२१।३७) में पद्मावती का वर्णन निम्नलिखित है :—

पाशाङ्कुशो पद्मवरे रक्तवर्णा चतुर्भुजा ।
पद्मासना कुक्कुटस्था ख्याता पद्मावतीति च ॥

३. अपरा० (२२१।५६) में मातंग का वर्णन इस प्रकार है :—

फलं वरोऽथ द्विभुजो मातंगो हस्तिसंस्थितः ।

सिद्धायिका[1]

सिद्धाय(यि)का नीलवर्णा
सिद्धा(सिंहा-)रूढा चतुर्भुजा ।
पुस्तकं चाभयं धत्ते बाणं वै मातुलिङ्गकम् ॥ २३ ॥

सिद्धायिका नीलवर्ण की हैं, चार हाथों वाली हैं तथा सिंह पर आसीन होती हैं। उनके एक हाथ में पुस्तक रहती है, दूसरा हाथ अभय मुद्रा में होता है और शेष दोनों हाथों में बाण और मातुलिङ्ग होते हैं ॥ २३ ॥

द्वितीयभेदेन चक्रेश्वरी[2]

द्वादशभुजाष्टचक्राणि वज्रयोर्द्वयमेव च ।
मातुलिङ्गाभये चैव पद्मस्था गरुडोपरि ॥ २४ ॥

द्वादशभुजी चक्रेश्वरी के आठ हाथों में चक्र, दो में वज्र और दो में मातुलिङ्ग होते हैं। वह गरुड पर पद्मासन से बैठी होती हैं ॥ २४ ॥

जिनेषु चतुर्णां प्राधान्यकथनम्

जिनस्य मूर्त्तयोऽनन्ताः पूजिताः [सर्वसौख्यदा]ः ।
चतस्रोऽतिशयैर्युक्तास्तासां पूज्या विशेषतः ॥ २५ ॥

जिन की अनन्त मूर्तियाँ होती हैं। वे सभी पूज्य हैं और सभी प्रकार के सुखों को देनेवाली हैं। इनमें चार विशेष हैं और वे विशेष रूप से पूज्य हैं ॥ २५ ॥

---

१. अपरा० (२२१।३८) में सिद्धायिका का विवरण निम्नलिखित है :—

द्विभुजा कनकाभा च पुस्तकं चाभयं तथा ।
सिद्धायिका तु कर्तव्या भद्रासनसमन्विता ॥

२. अपरा० (२२१।१५-२६) में द्वादशभुजी चक्रेश्वरी का वर्णन इस प्रकार है :—

षट्पादा द्वादशभुजा चक्राण्यष्टौ द्विवज्रकम् ।
मातुलिङ्गाभये चैव तथा पद्मासनोऽपि च ॥
गरुडोपरिसं स्थिता च चक्रेश्वरी हेमवर्णिका ।

एषां नामानि

श्रीआदिनाथो नेमिश्च पर्वं(पार्श्वो)वीरश्चतुर्थकः ।
चक्रे चर्या(श्वर्य)म्बिका पद्मावतीसिद्धायिकेति च ॥२६॥

श्री आदिनाथ, नेमि, पार्श्व और चौथे वीर (महावीर) हैं। चक्रेश्वरी, अम्बिका, पद्मावती, सिद्धायिका, ये चार यक्षिणियाँ हैं॥ २६ ॥

कैलाशं सोमशरणं सिद्धिर्वर्ति सदाशिवम् ।
सिंहासनं धर्मचक्रमुपरीन्द्रातपत्रकम् ॥ २७ ॥

इन जिनों के कैलाश, सोमशरण, सिद्धिर्वति और सदाशिव नामक सिंहासन हैं। इनकी प्रतिमाओं में धर्मचक्र और ऊपर छत्र होते हैं ॥२७॥

जिनप्रतिहारनामानि

इन्द्र इन्द्रजयश्चैव माहेन्द्रो विजयस्तथा ।
धरणेन्द्रः पद्मकश्च सुनाभः सुरदुन्दुभिः ॥ २८ ॥
इत्यष्टौ च प्रतीहारा वीतरागाश्च शान्तिदाः ।

इन्द्र, इन्द्रजय, महेन्द्र, विजय, धरणेन्द्र, पद्मक, सुनाभ, सुरदुन्दुभि ये आठ जिनों के प्रतिहार हैं। सभी वीतराग और शान्ति-प्रदाता हैं ॥ २८-२९ ॥

प्रतिहाराणामायुधानि[1]

फलं वज्राङ्कुशौ दण्डमिन्द्रमिन्द्रजयस्तथा ॥ २९ ॥
द्वौ वज्रौ फलदण्डश्च माहेन्द्रो विजयोद्भवः ।
तदायुद्ध(ध)योगाद्भवा त्रिपञ्चादिफणोर्ध्वगाः ॥ ३० ॥
धरणेन्द्रः पद्मकश्च सर्वे शान्तिकराः स्मृताः ।
यक्षरूपाधिकाराश्च निधिहस्ताः शुभोदरा(याः) ॥३१॥
सुनाभ्यो(भो) दुन्दुभिश्चैव क्रमेणाष्टौ प्रकीर्तिताः ।
इत्यष्टौ च प्रतीहारा वीतरागाः प्रकीर्तिताः ॥३२॥
नगरादिपुरग्रामे सर्वे विघ्नप्रणाशनाः ।

---

१. जिन के प्रतिहारों का वर्णन (अपरा० २२०।३५-३८) के आधार पर है।

इन्द्र और इन्द्रजय के हाथों में फल, वज्र, अङ्कुश और दण्ड है। माहेन्द्र और विजयोद्भव के दो हाथों में वज्र और शेष दो में फल और दण्ड है। इन्हीं आयुधों के योग से धरणेन्द्र और पद्मक की मूर्तियाँ बनती हैं किन्तु इनके ऊपर तीन या पाँच सर्प-फण भी होते हैं। ये सभी शान्ति-प्रदाता हैं। सुनाभ और दुन्दुभि (सुरदुन्दुभि) यक्ष के रूप और आकार के हैं, निधिहस्त हैं और शुभदायक है। इन आठों को क्रमशः बनाना चाहिये। इन आठों प्रतिहारों को वीतराग बनाना चाहिये। नगर, पुर, ग्रामादि में इनकी प्रतिमाएँ बनानी चाहिये। ये सभी विघ्ननाशक हैं ॥ २९-३३ ॥

छत्रत्रयं जिनस्यैव रथिकाभिस्त्रिभिर्युता(तम्) ॥ ३३ ॥
अशोकद्रुमपत्रैश्च देवदुन्दुभिवादकैः ।
[सिंहासनेनासुराद्यैर्गजसिंहैः] विभूषिताः ॥ ३४ ॥
मध्ये च कर्मचक्रं च तत्पार्श्वयोश्च यक्षिणीः ।
द्वितालविस्तराः कार्या बहिः परिकरस्य तु ॥ ३५ ॥
दैर्घ्ये तु प्रतिमा तुल्या तयोरूर्ध्वे तु तोरणम् ।
वाहिका बाह्यपक्षे तु गो(भिः)सिंहैरलंकृताः ॥ ३६ ॥
कर्तव्या द्वारशाखा च तत्तन्मूर्तिगसंयुता ।
तोरणं पञ्चधा प्रोक्तं रथिकायं(यां) च देवताः ॥ ३७ ॥
ललितं चेतिकाकारं त्रिरथं बलितोदरम् ।
श्रीपुञ्जं पञ्चरथिकं सप्नावा(प्रमा-)नन्दवर्धनम् ॥ ३८ ॥
रथिकायां भवेद् ब्रह्मा विष्णुरीशश्च चण्डिका ।
जिनो गौरी गणेशश्च स्वे स्वे स्थाने सुखावहाः ॥ ३९ ॥

इति परिकरः ।

जिन की प्रतिमाएँ तीन छत्र से युक्त और त्रिरथ होती हैं। वे अशोकद्रुम के पत्रों, देव दुन्दुभि-वादकों, सिंहासन, असुर आदि तथा गज और सिंहों से विभूषित होती हैं। मध्य में कर्म चक्र होता है तथा पार्श्वों में यक्षिणियाँ बनी होती है। परिकरों का वाह्य विस्तार दो ताल और दीर्घता मुख्य प्रतिमा के बराबर होनी चाहिये। इनके ऊपर तोरण होना

चाहिये। बाह्य पक्ष में गो सिंहादि से अलंकृत बाहिकाएँ और प्रतिमा द्वारशाखा से युक्त बनानी चाहिये तथा उनमें विभिन्न देवताओं की मूर्ति बनी होनी चाहिये। देवता की रथिका में बनाने के लिये पाँच प्रकार के तोरण कहे गये हैं। ललित, चेतिकाकार, त्रिरथ, बलितोदर, श्रीपुञ्ज, पञ्चरथिक और सातवाँ आनन्दवर्धन ये सात प्रकार की रथिकाएँ होती हैं। रथिका में ब्रह्मा, विष्णु, ईश, चण्डिका, जिन, गौरी, गणेश अपने-अपने स्थान में सुखावह हैं॥ ३३-३९॥

श्रीमद्देशे [मेदपाटा-] भिधाने
क्षेत्राख्ये(ख्यो)ऽभूत् सूत्रधारो वरिष्ठः।
पुत्रो ज्येष्ठो मण्डनस्तस्य, तेन
प्रोक्तं शास्त्रं मण्डनं रूपपूर्वम् ॥४०॥

श्री सम्पन्न मेदपाट नाम के देश में क्षेत्र नामक एक वरिष्ठ सूत्रधार हुआ। उसका ज्येष्ठ पुत्र मण्डन था, जिसने 'रूपमण्डन' ग्रन्थ की रचना की॥ ४०॥

इति श्रीसूत्रधारमण्डनविरचिते वास्तुशास्त्रे रूपमण्डने
षष्ठमोऽध्यायः [षष्ठोऽध्यायः] समाप्तः।

❀ समाप्तश्चायं ग्रन्थः ❀